In einer heißen Sommernacht

SANDRA
BROWN

In einer heißen Sommernacht

Roman

Aus dem Amerikanischen
von Claudia Geng

Weltbild

Die amerikanische Originalausgabe erschien 2009 unter dem Titel
Rainwater bei Simon & Schuster, New York.

Besuchen Sie uns im Internet:
www.weltbild.de

Genehmigte Lizenzausgabe für Verlagsgruppe Weltbild GmbH,
Steinerne Furt, 86167 Augsburg

Übersetzung: Claudia Geng
Textredaktion: Regine Kirtschik
Umschlaggestaltung: *zeichenpool, München
Umschlagmotiv: Glow Images, München (© Egmont Strigl) /
www.shutterstock.com
Gesamtherstellung: GGP Media GmbH, Pößneck
Printed in the EU
ISBN 978-3-86365-101-5

2015 2014 2013 2012
Die letzte Jahreszahl gibt die aktuelle Lizenzausgabe an.

Für Daddy, der die Geschichte inspirierte,
und für Mop, der mich inspirierte.

Prolog

»Ist Ihre Taschenuhr zufällig zu verkaufen?«

Der alte Mann hob den Kopf. Die Frau, die die Frage gestellt hatte, beugte sich über die Glasvitrine, die zwischen ihnen stand. In der Vitrine lagen Schnupftabakdosen, Hutnadeln, Rasiermesser mit Griffen aus Hirschhorn, Salzfässchen mit Löffeln aus fleckigem Sterlingsilber und diverse Schmuckstücke, die erst kürzlich aus einer Haushaltsauflösung eingetroffen waren.

Aber die Frau interessierte sich für seine Taschenuhr.

Er schätzte sie und ihren Begleiter auf Mitte vierzig. Wahrscheinlich machte die goldene Taschenuhr auf die beiden einen eleganten und altertümlich originellen Eindruck à la Rockwell. Das Paar war adrett gekleidet, im feinen Country-Club-Stil. Beide waren schlank und gebräunt und passten gut zusammen, als bildeten sie schon immer ein Doppelpack; der Mann und die Frau waren gleichermaßen attraktiv.

Sie waren in einem schnittigen Geländewagen gekommen, der auf dem staubigen Kiesparkplatz vor dem Antiquitätengeschäft fehl am Platze wirkte. In der halben Stunde, seit sie hier waren, hatten mehrere Objekte ihr Interesse geweckt. Die Sachen, die sie sich ausgesucht hatten, waren qualitativ hochwertig. Wie bereits ihre äußere Erscheinung vermuten ließ, besaßen sie einen anspruchsvollen Geschmack.

Der alte Mann hatte die ausgewählten Gegenstände gerade auf einer Quittung aufgelistet, als die Kundin ihn auf die Taschenuhr ansprach. Er legte beschützend die Hand auf seine Westentasche, aus der die Taschenuhr herauslugte, und lächelte. »Nein, Ma'am. Von meiner Uhr kann ich mich nicht trennen.«

Sie hatte das Selbstbewusstsein einer hübschen Frau, die es gewohnt war, andere mit ihrem Lächeln zu betören. »Auch nicht zu einem guten Preis? Solche Uhren findet man heutzutage selten. Die neuen Modelle sehen so … nun ja, neu aus. Durch den Glanz wirken sie unecht und billig, nicht wahr? Eine Patina, wie bei Ihrer Uhr, verleiht dagegen Charakter.«

Ihr Begleiter, der die Bücherregale durchstöbert hatte, gesellte sich zu ihnen an die Verkaufstheke. Wie seine Frau beugte er sich über die Glasvitrine, um die Taschenuhr genauer in Augenschein zu nehmen. »Vierundzwanzig Karat?«

»Ich glaube schon, obwohl ich sie nie habe schätzen lassen.«

»Ich würde sie auch ohne Gutachten nehmen«, erwiderte der Mann.

»Aber ich möchte sie nicht verkaufen. Tut mir leid.« Der Ladenbesitzer fuhr fort, die Quittung sorgfältig auszufüllen. An manchen Tagen machte die Arthritis in den Fingern ihm das Schreiben schwer, aber was hatte ein Computer in einem Antiquitätengeschäft zu suchen? Außerdem traute er der modernen Elektronik nicht.

Er rechnete die Beträge auf altmodische Art zusammen,

übertrug die Zehner und kam schließlich auf die Gesamtsumme. »Inklusive Steuer macht das dreihundertsiebenundsechzig Dollar und einundvierzig Cent.«

»Das geht in Ordnung.« Der Mann zückte eine Kreditkarte aus einem kleinen Krokodillederportemonnaie und schob sie über die Vitrine. »Setzen Sie bitte noch zwei Flaschen Evian auf die Rechnung.« Er ging zu einem modernen Kühlschrank mit Glastür. Der hatte eigentlich auch nichts in einem Antiquitätengeschäft zu suchen, aber durstige Kunden blieben länger, wenn sie etwas zu trinken bekamen. Darum war der Kühlschrank das einzige kleine Zugeständnis des Ladenbesitzers an die Moderne.

»Die gehen aufs Haus«, entgegnete er seinem Kunden. »Bedienen Sie sich.«

»Das ist sehr nett von Ihnen.«

»Ich kann es mir leisten«, erwiderte er lächelnd. »Dies ist mein bestes Geschäft an diesem Wochenende.«

Der Mann nahm zwei Flaschen Wasser aus dem Kühlschrank und gab eine davon seiner Frau, dann unterschrieb er den Kreditkartenbeleg. »Gibt es viele Kunden, die sich hierher verirren, abseits der Interstate?«

Der Ladenbesitzer nickte. »Ja, meist Leute, die es nicht besonders eilig haben, an ihr Ziel zu kommen.«

»Wir haben Ihre Reklame an der Autobahn gesehen«, sagte die Frau. »Wir sind neugierig geworden und haben uns spontan entschieden, die Ausfahrt zu nehmen.«

»Die Werbung kostet mich einen Haufen Geld. Schön zu wissen, dass sie was bringt.« Er begann, die Ware in Seidenpapier einzuschlagen.

Der Mann ließ den Blick durch den Raum wandern, sah kurz hinaus auf den Parkplatz, der abgesehen von seinem eigenen Benzinschlucker leer war, und fragte mit zweifelndem Unterton: »Läuft das Geschäft denn gut?«

»Mittelprächtig. Der Laden ist für mich eine Art Hobby. Das hält meinen Körper und meinen Geist in Bewegung. So habe ich eine Beschäftigung im Ruhestand.«

»In was für einer Branche haben Sie früher gearbeitet?«

»In der Textilbranche.«

»Haben Sie sich schon immer für Antiquitäten interessiert?«, fragte die Frau.

»Nein«, antwortete der alte Mann verlegen. »Wie die meisten Dinge in meinem Leben kam auch das hier …«, er machte eine ausladende Bewegung mit den Händen, »… unerwartet.«

Die Frau zog einen hohen Hocker heran und setzte sich. »Das klingt nach einer spannenden Geschichte.«

Der alte Mann lächelte erfreut über ihr Interesse und die Gelegenheit zu einem Schwätzchen. »Die Möbel aus dem Haus meiner Mutter waren jahrelang eingelagert. Als ich in Rente ging und Zeit hatte, den ganzen Nachlass durchzusehen, stellte ich fest, dass ich für das meiste davon keine Verwendung hatte. Aber ich dachte mir, andere Leute könnten vielleicht Interesse daran haben. Also begann ich, zuerst das Porzellan und anderen Kleinkram zum Beispiel auf Wochenendflohmärkten zu verkaufen. Obwohl ich keinen besonderen Ehrgeiz hatte, stellte sich heraus, dass ich ein Verkaufstalent war.

Es dauerte nicht lange, da brachten Freunde und Bekannte mir ständig Sachen vorbei, um sie für sie zu verkaufen. Bevor ich wusste, wie mir geschah, hatte ich keinen Platz mehr in meiner Garage und musste dieses Gebäude hier mieten.«

Er schüttelte den Kopf und lachte leise in sich hinein.

»Ich bin in den Handel mit Antiquitäten einfach so hineingestolpert. Aber es gefällt mir.« Er grinste sie an. »Das hält mich auf Trab und das Geld in Umlauf, außerdem lerne ich nette Leute kennen wie Sie beide. Woher kommen Sie?«

Sie antworteten, dass sie in Tulsa lebten und ein langes Wochenende in San Antonio verbracht hatten, um mit Freunden Golf zu spielen. »Wir haben es nicht eilig, nach Hause zu kommen. Als wir Ihr Schild sahen, haben wir spontan beschlossen, einen Zwischenstopp einzulegen und uns bei Ihnen umzuschauen. Wir sammeln für unser Haus am See Antiquitäten und Landhausmöbel.«

»Ich bin froh, dass Sie angehalten haben.« Er gab der Frau eine Visitenkarte mit seinem Geschäftslogo. »Falls Sie es sich mit der Suppenterrine von Spode, die Sie so lange betrachtet haben, noch anders überlegen sollten, rufen Sie mich an. Ich verschicke Waren auch per Post.«

»Vielleicht mache ich das.« Sie fuhr mit dem Finger über den aufgeprägten Namen auf der Visitenkarte und las ihn laut vor. »Solly. Das ist ein ungewöhnlicher Name. Vorname oder Zuname?«

»Vorname. Eine Abkürzung für Solomon, nach dem weisen König im Alten Testament.« Er lächelte wehmütig. »Ich habe mich oft gefragt, ob meine Mutter Hintergedanken hatte, als sie diesen Namen wählte.«

»Das ist das zweite Mal, dass Sie Ihre Mutter erwähnen.« Das Lächeln der Frau war wärmer, sogar hübscher, wenn sie es nicht einsetzte, um daraus einen Vorteil zu schlagen. »Sie müssen ihr wohl sehr nahe gestanden haben. Ich meine, ich nehme an, sie lebt nicht mehr.«

»Sie starb Ende der Sechziger.« Ihm kam der Gedanke, dass das für das Paar wie eine Ewigkeit klingen musste. Sie waren damals sicher erst geboren. »Mutter und ich hatten ein sehr enges Verhältnis. Ich vermisse sie heute noch. Sie war eine tolle Frau.«

»Stammen Sie aus Gilead?«

»Ich bin hier geboren, in einem großen gelben Haus, das früher meinen Großeltern mütterlicherseits gehörte.«

»Haben Sie Familie?«

»Meine Frau ist vor acht Jahren gestorben. Ich habe zwei Kinder, einen Sohn und eine Tochter. Beide leben in Austin und haben mich mit insgesamt sechs Enkelkindern beglückt. Das älteste wird bald heiraten.«

»Wir haben zwei Söhne«, sagte die Frau. »Sie studieren an der Oklahoma State.«

»Kinder sind eine Freude.«

Die Frau lachte. »Aber auch eine Herausforderung.«

Ihr Mann hatte die Unterhaltung verfolgt, während er nebenbei den Bücherschrank inspizierte. »Das sind Erstausgaben.«

»Alle signiert und in hervorragendem Zustand«, erwiderte der Ladenbesitzer. »Ich habe sie neulich bei einer Haushaltsauflösung erstanden.«

»Beeindruckende Sammlung.« Der Mann strich mit dem Finger über die Buchrücken. *»Kaltblütig* von Truman Capote. Steinbeck. Norman Mailer. Thomas Wolfe.« Er wandte sich zu dem alten Mann um und grinste. »Ich hätte meine Kreditkarte im Wagen lassen sollen.«

»Ich nehme auch Bargeld.«

Der Kunde lachte. »Darauf wette ich.«

Seine Frau fügte hinzu: »Nur nicht für Ihre Taschenuhr.«

Der alte Mann fädelte das Endstück der Kette durch das Knopfloch seiner Weste und legte die Uhr in seine Handfläche. Sie ging nicht eine Sekunde nach, seit er sie das letzte Mal aufgezogen hatte. Im Laufe der Zeit war das weiße Zifferblatt leicht vergilbt, aber dadurch wirkte die Uhr nur noch edler. Die schwarzen Zeiger waren filigran wie Spinnfäden. Der Minutenzeiger hatte eine scharfe Pfeilspitze. »Ich würde sie gegen nichts eintauschen, Ma'am.«

Sie erwiderte mit weicher Stimme: »Für Sie ist die Uhr von unschätzbarem Wert.«

»Genau so ist es, ja.«

»Wie alt ist denn das gute Stück?«, fragte der Mann.

»Das weiß ich nicht genau«, antwortete der Ladenbesitzer. »Es ist nicht ihr Alter, das die Uhr für mich so wertvoll macht.« Er drehte die Uhr um und hielt sie ihnen entgegen, sodass sie die Gravur auf der Rückseite des Goldgehäuses lesen konnten.

»11. August 1934«, las die Frau laut. Sie blickte den alten Mann wieder an und fragte: »Wofür steht das Datum? Für einen Hochzeitstag? Einen Geburtstag? Oder für etwas Außergewöhnliches?«

»Etwas Außergewöhnliches?« Der alte Mann lächelte. »Nein, das nicht. Nur für etwas sehr Spezielles.«

1

Als Ella Barron an diesem Morgen aufwachte, ahnte sie nicht, dass ihr ein folgenschwerer Tag bevorstand.

Ihr Schlaf war nicht von einer unbewussten Vorahnung unterbrochen worden. Es hatte keinen Wetterumschwung gegeben, keine plötzlichen atmosphärischen Störungen, kein ungewöhnliches Geräusch, das sie aus dem Schlaf hochschrecken ließ.

Wie fast jeden Morgen wachte sie ganz langsam eine halbe Stunde vor Sonnenaufgang auf. Gähnend streckte sie sich, während ihre Füße an kühle Stellen zwischen den Laken wanderten. Weiterzuschlafen stand außer Frage. Es würde ihr niemals in den Sinn kommen, sich einen derartigen Luxus zu gönnen. Sie hatte schließlich Verantwortung zu tragen und Pflichten zu erfüllen, die man nicht aufschieben oder sogar aussitzen konnte. Sie blieb nur so lange im Bett liegen, bis ihr einfiel, was heute für ein Tag war. Waschtag.

Sie machte rasch ihr Bett und sah anschließend kurz nach Solly, der noch fest schlief.

Sie kleidete sich wie immer rasch an. Ohne Zeit für Eitelkeiten drehte sie flink ihre langen Haare zu einem Knoten und steckte sie mit Haarnadeln fest, bevor sie ihr

Schlafzimmer verließ und sich in die Küche aufmachte. Sie bewegte sich leise, um die anderen im Haus nicht zu wecken.

Dies war die einzige Tageszeit, zu der es in der Küche still und kühl war. Im Laufe des Tages staute sich durch den Küchenherd immer mehr Wärme im Raum, während von draußen die Hitze durch die Fliegengittertür und das Fenster über dem Spülbecken sickerte. Selbst Ellas Energie erzeugte Wärme.

Proportional zum Thermometer stieg auch der Geräuschpegel, und zur Mittagszeit entwickelte die Küche, die das Herz des Hauses war, ein eigenes pulsierendes Leben, das sich erst beruhigte, wenn Ella das Licht endgültig löschte, was meistens Stunden später war, nachdem ihre Gäste sich zurückgezogen hatten.

Heute Morgen hielt sie nicht inne, um die Kühle und Stille zu genießen. Sie band ihre Schürze um, feuerte den Herd an, setzte Kaffee auf und rührte den Brötchenteig an. Margaret erschien pünktlich, und nachdem sie ihren Hut abgelegt und an den Türhaken gehängt hatte, nahm sie dankbar eine Blechtasse mit gesüßtem Kaffee von Ella entgegen, bevor sie wieder nach draußen ging, um die Waschmaschine für die erste Ladung Wäsche mit Wasser zu füllen.

Die Aussicht, eine elektrische Waschmaschine zu kaufen, lag so fern, dass Ella nicht einmal davon zu träumen wagte. Für die absehbare Zukunft würde sie weiterhin mit der mechanischen Kurbelmaschine vorlieb nehmen müssen, die noch von ihrer Mutter stammte. Die Seifenlauge und das Schmutzwasser liefen in einen Graben ab, der an dem Schuppen entlangführte, in dem die Maschine stand.

An einem Sommertag wie heute wurde es ab dem späten Vormittag in der Waschküche drückend heiß. In den Wintermonaten schien dafür die nasse Wäsche schwerer zu sein, wenn man raue und taube Hände von der Kälte hatte. Waschtage waren in jeder Jahreszeit gefürchtet. Am Ende solcher Tage hatte Ella jedes Mal Rückenschmerzen.

Solly tapste im Pyjama in die Küche, als sie gerade Speck briet.

Das Frühstück wurde um acht serviert.

Um neun Uhr war jeder gefüttert und das Geschirr gespült, abgetrocknet und weggeräumt. Ella stellte einen Topf mit Senfblättern zum Dünsten auf den Herd und brachte in einem zweiten Topf Wäschestärke von Faultless zum Sieden. Dann schnappte sie sich Solly und ging nach draußen, um den ersten Korb Wäsche aufzuhängen, die Margaret gewaschen, ausgespült und ausgewrungen hatte.

Es war fast elf Uhr, als Ella ins Haus zurückkehrte, um in der Küche nach dem Rechten zu sehen. Als sie etwas mehr Salz zu den Senfblättern gab, klingelte jemand an der Vordertür. Ella ging durch den dunklen Hausflur, trocknete sich rasch die Hände an ihrer Schürze ab und warf einen kurzen Blick in den Spiegel an der Wand. Ihr Gesicht war von der Hitze gerötet und feucht, ihr schwerer Knoten hatte den Haarnadeln getrotzt und war in den Nacken gerutscht, aber sie setzte ihren Weg zur Tür fort, ohne sich kurz zurechtzumachen.

Auf der anderen Seite der Türschwelle stand Doktor Kincaid und spähte durch das Fliegengitter. »Morgen, Mrs Barron.« Seinen weißen Strohhut schmückte ein rotes Band, das von Generationen von Schweißflecken verfärbt war. Er nahm seinen Hut ab und hielt ihn auf eine galante Art vor die Brust.

Ella war überrascht, den Doktor auf ihrer Veranda zu sehen, aber immer noch deutete nichts darauf hin, dass dies ein außergewöhnlicher Tag würde.

Doktor Kincaids Praxis war mitten in der Stadt auf der Hill Street, aber er machte auch Hausbesuche, meistens für Entbindungen, manchmal auch, um zu verhindern, dass Patienten mit einer ansteckenden Krankheit Erreger in Gilead verbreiteten, einer kleinen Ortschaft mit zweitausend Einwohnern.

Ella hatte den Doktor vor ein paar Jahren mitten in der Nacht ins Haus gerufen, weil einer ihrer Untermieter aus dem Bett gefallen war. Mr Blackwell, ein älterer Herr, dessen Beschämung glücklicherweise größer gewesen war als seine Verletzungen, protestierte sogar, obwohl Doktor Kincaid Ella zustimmte, dass eine gründliche Untersuchung vorsichtshalber nicht schaden konnte. Mr Blackwell wohnte nicht mehr im Haus. Kurz nach diesem Vorfall wurde er von seinen Angehörigen in ein Seniorenheim nach Waco gebracht. Mr Blackwell hatte ebenso vergeblich gegen seinen unfreiwilligen Umzug protestiert.

Hatte einer ihrer Gäste heute nach dem Arzt gerufen? Normalerweise entging Ella nur wenig im Haus, aber sie hatte sich fast den ganzen Vormittag draußen aufgehalten, darum war es gut möglich, dass eine der Schwestern ohne ihr Wissen telefoniert hatte.

»Guten Morgen, Doktor Kincaid. Haben die Dunne-Schwestern Sie gerufen?«

»Nein. Ich bin nicht hier, um einen Krankenbesuch zu machen.«

»Was kann ich dann für Sie tun?«

»Ist das ein ungünstiger Zeitpunkt?«

Ella dachte an die Berge von Wäsche in den Körben, die

darauf warteten, gesteift zu werden, aber die Stärke musste noch ein bisschen abkühlen. »Keineswegs. Treten Sie ein.« Sie griff nach oben, um die Fliegengittertür zu entriegeln, und stieß sie auf.

Doktor Kincaid wandte sich nach rechts und winkte auffordernd mit seinem Hut. Ella hatte die Anwesenheit des anderen Mannes nicht bemerkt, bis dieser hinter dem großen Farn neben der Tür hervortrat und in ihr Blickfeld kam.

Ellas erster Eindruck von dem Mann war, dass er sehr groß und sehr schlank war. Er sah beinahe unterernährt aus. Er trug einen schwarzen Anzug, ein weißes Hemd mit einem schwarzen Binder und hielt einen schwarzen Filzhut in der Hand. Sie fand, seine Kleidung wirkte streng und unpassend an so einem heißen Tag, vor allem im Vergleich zu Doktor Kincaids leichtem Anzug aus Seersucker und dem weißen Strohhut mit dem roten Band.

Der Doktor stellte ihr den Mann vor. »Mrs Barron, das ist Mr Rainwater.«

Der Fremde beugte kurz den Kopf. »Ma'am.«

»Mr Rainwater.«

Sie trat zur Seite und bedeutete den beiden einzutreten. Doktor Kincaid ließ dem anderen Mann den Vortritt. Nach ein paar Schritten blieb dieser im Hausflur stehen, um seine Augen an das Dämmerlicht zu gewöhnen. Dann musterte er seine Umgebung, während er gedankenverloren die Krempe des Huts durch seine langen, schlanken Finger zog.

»Hier hinein, bitte.« Ella überholte ihre beiden Gäste und deutete in den Salon. »Nehmen Sie Platz.«

»Wir dachten, wir hätten die Klingel gehört.«

Die piepsige Stimme veranlasste Ella, sich umzudrehen. Die Dunne-Schwestern, Violet und Pearl, standen auf dem unteren Treppenabsatz. In ihren pastellfarbenen Blümchenkleidern und den altmodischen Schuhen waren sie praktisch identisch. Beide hatten einen Heiligenschein aus weißen Haaren. Ihre blau geäderten, gefleckten Hände umklammerten identische Taschentücher mit Zierspitze, handbestickt von ihrer Mutter, wie sie Ella erzählt hatten.

Mit unverhohlener Neugier spähten sie über Ellas Schulter hinweg, um einen Blick auf die Besucher zu erhaschen. Ein Besuch war nämlich ein großes Ereignis.

»Ist das Doktor Kincaid?«, fragte Pearl, die Neugierigere der beiden. »Hallo, Doktor Kincaid«, rief sie.

»Guten Morgen, Miss Pearl.«

»Wen haben Sie uns mitgebracht?«

Miss Violet warf ihrer Schwester einen tadelnden Blick zu. »Wir wollten eigentlich bis zum Mittag eine Partie Gin Rummy spielen«, raunte sie Ella zu. »Stören wir?«

»Keineswegs.« Ella bat die Schwestern, sich in den hinteren Teil des Salons zu setzen, und schritt voraus. Nachdem die zwei am Kartentisch Platz genommen hatten, sagte sie »Meine Damen, Sie entschuldigen uns, bitte« und zog die beiden schweren Schiebetüren aus Eiche zu, die den großen Raum teilten. Sie gesellte sich zu den beiden Männern im vorderen Bereich, der auf die Veranda hinauszeigte. Trotz ihrer Aufforderung, sich zu setzen, standen beide noch.

Doktor Kincaid fächelte sich Luft mit seinem Strohhut zu. Ella schaltete den Ventilator auf dem Tisch in der Ecke an und richtete den Luftstrom in seine Richtung, dann bedeutete sie den Männern, in den Ohrensesseln Platz zu nehmen. »Bitte.«

Sie folgten ihrer Aufforderung.

Da Sommer war und zudem Waschtag, hatte sie heute Morgen auf Strümpfe verzichtet. Befangen wegen ihrer nackten Beine, verschränkte sie die Füße und versteckte sie unter ihrem Sessel. »Kann ich Ihnen Limonade anbieten? Oder Eistee?«

»Das klingt sehr gut, Mrs Barron, aber ich muss leider passen«, antwortete der Doktor. »Ich muss gleich wieder zu meinen Patienten in die Praxis.«

Sie blickte Mr Rainwater an.

»Nein, danke«, antwortete er.

Der Gang in die Küche hätte ihr die Möglichkeit verschafft, die Schürze auszuziehen, die einen feuchten Fleck hatte, wo sie sich die Hände abgetrocknet hatte, und ihre Frisur zu richten. Aber da ihre Gäste nichts trinken wollten, musste sie in ihrer unordentlichen Aufmachung ausharren, solange der Besuch dauerte, dessen Grund immer noch nicht genannt worden war. Sie fragte sich, was Solly gerade machte und wie lange die unerwarteten Besucher bleiben würden. Sie hoffte, dass Mr Rainwater kein Vertreter war. Sie hatte nicht die Zeit, sich seinen Sermon anzuhören, was auch immer er ihr andrehen wollte.

Der Geruch der dünstenden Senfblätter war selbst hier im vorderen Salon sehr stark. Der Doktor zog ein großes weißes Taschentuch aus seinem Jackett und tupfte den Schweiß von seiner kahlen Stirn. Eine Wespe flog gegen das Fliegengitter vor dem Fenster und versuchte wütend durchzukommen. Das Summen des Ventilators schien so laut wie eine Kreissäge.

Sie war erleichtert, als Doktor Kincaid sich räusperte und sagte: »Ich habe gehört, Sie haben eine Untermieterin verloren.«

»Das ist richtig. Mrs Morton ist zu ihrer kranken

Schwester gezogen, irgendwo in den Osten von Louisiana, glaube ich.«

»Ein gutes Stück weit weg von hier«, bemerkte er.

»Ihr Neffe ist gekommen und hat sie auf der Zugfahrt begleitet.«

»Das ist sicher nicht verkehrt für sie. Haben Sie schon einen Bewerber für das freie Zimmer?«

»Mrs Morton ist erst vorgestern abgereist. Ich hatte noch keine Zeit, eine Anzeige aufzugeben.«

»Tja, dann … gut, das ist gut«, sagte der Doktor und begann enthusiastisch, sich Luft zuzufächeln, als gäbe es etwas zu feiern.

Ella, die allmählich den Grund des Besuchs ahnte, blickte zu Mr Rainwater. Er saß leicht vorgebeugt da, beide Füße fest auf dem Boden. Seine schwarzen Schuhe waren poliert, wie ihr auffiel. Sein dickes, schwarzes Haar war nach hinten gekämmt, bis auf eine Strähne, die glatt und glänzend wie ein Satinband widerspenstig in seine hohe Stirn fiel. Seine Wangenknochen waren ausgeprägt, die Augenbrauen glatt und schwarz wie Krähenflügel. Er hatte außergewöhnlich blaue Augen, die auf sie gerichtet waren.

»Sie suchen ein möbliertes Zimmer, Mr Rainwater?«

»Ja. Ich brauche eine Unterkunft.«

»Ich bin noch nicht dazu gekommen, die Grundreinigung durchzuführen. Aber sobald das Zimmer fertig ist, bin ich gerne bereit, es Ihnen zu zeigen.«

»Ich bin nicht wählerisch.« Mr Rainwater lächelte und zeigte sehr weiße Zähne, die vorne leicht schief waren. »Ich nehme das Zimmer auch ungesehen.«

»Oh, ich befürchte, Sie können nicht sofort einziehen«, erwiderte Ella rasch. »Nicht bevor die Bettwäsche gelüftet, alles geschrubbt und der Boden gewachst ist. Ich habe sehr hohe Ansprüche.«

»Was Ihre Gäste betrifft oder an die Sauberkeit?«

»Beides.«

»Genau aus diesem Grund habe ich ihn zu Ihnen gebracht«, warf der Doktor hastig ein. »Ich habe zu Mr Rainwater gesagt, dass Sie auf tadellose Sauberkeit und auf eine straffe Organisation im Haus achten. Ganz zu schweigen von der hervorragenden Küche, die Ihre Gäste genießen. Mr Rainwater wünscht eine gepflegte Unterkunft. Ein friedliches und ruhiges Haus.«

Genau in diesem Moment drang ein furchtbares Scheppern aus der Küche, gefolgt von einem Schrei, der einem das Blut in den Adern erstarren ließ.

2

Ella schoss wie ein Blitz von ihrem Sessel hoch. »Entschuldigen Sie mich.«

Sie lief aus dem Salon durch den Hausflur und stürzte in die Küche, wo Solly mitten im Raum stand und wie am Spieß brüllte, während er den linken Arm steif wie einen Besenstiel vom Körper weghielt.

Heiße Stärke war vom Handgelenk bis hoch zur Schulter über seinen Arm gespritzt. Sein Oberkörper hatte auch etwas abbekommen, und sein Baumwollhemd klebte nass an seiner Haut. Der Topf, der zuvor auf dem Herd stand, lag nun umgekippt auf dem Boden. Der klebrige bläuliche Brei sickerte daraus hervor und bildete eine große Pfütze.

Ohne das Chaos zu beachten, hob Ella ihren Sohn hoch und drückte ihn an sich. »Oh nein, oh Gott. Solly, Solly, oh mein Liebling. Oh Herr.«

»Kaltes Wasser.« Doktor Kincaid war ihr auf dem Absatz gefolgt und erfasste die Situation sofort. Er lotste Ella zum Spülbecken und drehte den Wasserhahn auf, bevor er Sollys Arm unter den kalten Strahl drückte.

»Haben Sie Eis?«

Mr Rainwaters Frage richtete sich an Margaret, die aus

dem Garten hereingelaufen war und Jesus laut um Hilfe anflehte, noch bevor sie wusste, was passiert war.

Da Margaret nicht fähig schien zu antworten, schrie Ella über Sollys Kreischen hinweg: »Im Eisschrank. Ich habe erst heute Morgen einen neuen Block geliefert bekommen.«

Ella und Doktor Kincaid mühten sich weiterhin, den verbrühten Arm des Jungen unter den kalten Wasserstrahl zu halten. Ella spritzte etwas Wasser auf Sollys Hemd, um die Stärke zu neutralisieren, die seine Haut unter dem dünnen Stoff verbrannte.

Das alles war nicht ganz einfach. Sie mussten Solly mit aller Kraft bändigen, während er mit dem freien rechten Arm um sich schlug und dabei häufig Ella oder den Doktor schmerzhaft traf. Der Junge wehrte sich, indem er mit dem Kopf stieß und mit den Füßen trat. Einige Teile des Porzellangeschirrs auf dem Abtropfbrett fielen herunter und zerbrachen auf dem Boden in der immer größer werdenden Stärkepfütze.

»Das wird helfen.« Mr Rainwater stellte sich mit einem frisch abgeschlagenen Stück Eis neben Ella. Während sie und Doktor Kincaid versuchten, Solly so ruhig wie möglich zu halten, rieb Mr Rainwater mit dem Eis über den Arm ihres Sohnes, wo sich nun hässliche rote Flecken zeigten.

Das Eis kühlte die Verbrennungen, und Solly hörte schließlich auf zu schreien, aber er nickte weiter rhythmisch mit dem Kopf. Der Doktor drehte den Wasserhahn zu. Ella bemerkte, dass seine Jackettärmel bis zu den Ellenbogen nass waren, und ihr wurde bewusst, dass ihre Schürze und ihr Kleid ebenfalls von Wassser durchtränkt waren.

»Danke.« Sie nahm Mr Rainwater ab, was von dem Eisstück übrig war, und rieb damit weiter über Sollys Arm, während sie ihn zu einem Stuhl trug und auf den Schoß nahm. Sie schlang die Arme eng um ihn, drückte einen Kuss auf seinen Kopf und wiegte ihn sanft an ihrer Brust. Dennoch dauerte es mehrere Minuten, bis das rhythmische Kopfwackeln aufhörte.

In der offenen Tür erschienen die Dunne-Schwestern, um Mitgefühl und Trost zu spenden.

Margaret hielt mit einer Hand ihren Schürzenzipfel vor den Mund, während die andere flehentlich zur Decke erhoben war. Unter lautem Schluchzen lamentierte sie: »Heiliger Herr Jesus, hilf diesem armen Kind. Lieber Jesus, hilf diesem Jungen.«

Ella war dankbar für Margarets Gebete und hoffte, dass der Herr sie erhörte, aber das laute Wehklagen sorgte für Unruhe. »Margaret, hol' bitte seine Zuckerstangen«, sagte sie.

Ihre ruhige Stimme schnitt durch Margarets inbrünstige Litanei. Die Magd verstummte, glättete ihre Schürze und ging zur Speisekammer, wo Ella immer ein Glas mit Zuckerstangen hinter dem Mehl und dem Zucker versteckte. Wenn Solly Süßes entdeckte, forderte er es vehement ein, indem er sich auf den Boden warf und mit den Beinen in der Luft strampelte, bis er erschöpft war oder Ella kapitulierte, um den Frieden wiederherzustellen.

Die Zuckerstangen waren für Krisenzeiten reserviert. So wie diese.

Margaret stieß ein ersticktes Schluchzen aus. »Das ist meine Schuld. Er hat draußen im Sand gespielt. Sie wissen ja, wie gerne er mit dem großen Holzlöffel buddelt. Ich habe ihm nur einen Moment den Rücken zugedreht. Es kann nicht länger gewesen sein als eine halbe Minute. Ich war damit beschäftigt, das Bettlaken auf die Leine zu hängen. Und als Nächstes höre ich ihn brüllen wie am Spieß. Es tut mir so leid, Miss Ella. Ich …«

»Es ist nicht deine Schuld, Margaret. Ich weiß, wie schnell er verschwinden kann.«

Margaret haderte leise murmelnd weiter mit sich, während sie die Zuckerstangen aus der Speisekammer holte, den Blechdeckel abschraubte und Solly das Glas auffordernd entgegenstreckte. »Margaret wird sich das nie im Leben verzeihen. Oh nein, niemals. Welche möchtest du haben, mein kleiner Schatz?«

Solly nahm Margaret nicht wahr, also suchte Ella eine Zuckerstange für ihn aus, weiß mit orangefarbenen Streifen. Sie gab sie ihm nicht direkt, sondern legte sie auf den Tisch. Er griff sofort danach und steckte sie in den Mund. Alle in der Küche seufzten erleichtert auf.

»Lassen Sie mich einen Blick auf die Verbrennungen werfen.«

»Nein.« Ella streckte die Hand vor, um den Doktor davon abzuhalten, sich zu nähern und Solly wieder zu beunruhigen. »Auf seiner Haut haben sich keine Blasen gebildet. Die Stärke war nicht mehr so heiß, weil sie seit über zwei Stunden abkühlt. Als Solly den Topf vom Herd gekippt hat, war der Schreck wohl größer als alles andere, denke ich.«

»Nur gut, dass er nicht …«

Miss Pearls Kommentar wurde abrupt unterbrochen, wahrscheinlich durch einen Ellenbogenstoß von ihrer taktvolleren Schwester. Aber Ella wusste, was Miss Pearl dachte, was jeder dachte, sie selbst eingeschlossen: Nur gut, dass Solly nicht das Senfkraut in dem kochenden Sud vom Herd gekippt hatte.

Ella strich mit der Hand über den Kopf ihres Sohnes,

aber er wich der Liebkosung aus. Seine Zurückweisung verursachte ihr einen Stich im Herzen, aber sie blickte die anderen mit tapferem Lächeln an. »Ich denke, der Anfall ist vorüber.«

»Ich habe eine gute Brandsalbe in der Praxis«, sagte der Doktor. »Auch wenn die Haut keine Blasen wirft, kann es nicht schaden, ihn damit ein bis zwei Tage einzucremen.«

Ella nickte und blickte zu Mr Rainwater, der neben dem Herd stand, als wollte er einen weiteren Unfall verhindern. »Das Eis hat geholfen. Vielen Dank.«

Er nickte.

Sie sagte: »Was das Zimmer betrifft ...«

»Siehst du, ich habe dir doch gesagt, das ist der neue Untermieter.« Miss Pearl flüsterte ihrer Schwester die Bemerkung allseits verständlich zu.

»Sie entschuldigen uns bis zum Mittagessen.« Miss Violet packte ihre Schwester derart heftig am Arm, dass diese zusammenzuckte, dann schleifte sie sie praktisch zur Treppe. Miss Pearl flüsterte aufgeregt weiter, während sie nach oben gingen. »Er scheint nett zu sein, findest du nicht auch? Sehr saubere Fingernägel. Ich frage mich, aus was für Verhältnissen er stammt.«

Ella ließ Solly langsam von ihrem Schoß auf den Stuhl gleiten, auf dem sie saß. Sie machte einen sinnlosen Versuch, einzelne Haarsträhnen zurückzustreifen, die sich aus ihrem Knoten gelöst hatten. Als Reaktion auf den feuchten Dampf aus dem kochenden Gemüsetopf ringelten sich ihre Haare in unregelmäßigen Spiralen, die ihr Gesicht umrahmten.

»Wie ich bereits sagte, Mr Rainwater, ich hatte noch keine Zeit, um das Zimmer gründlich zu reinigen. Wenn Sie sofort einziehen möchten ...«

»Das will ich.«

»Es geht jetzt noch nicht.«

»Wann dann?«

»Sobald das Zimmer meinen Anforderungen genügt.«

Die Antwort schien ihn zu belustigen, und Ella fragte sich, ob er sich über ihre Ansprüche oder über ihren Stolz mokierte.

So oder so ärgerte sie sich darüber. »In Anbetracht dessen, was in der letzten Viertelstunde hier los war, wundert es mich, dass Sie noch daran interessiert sind, ein Zimmer in meinem Haus zu mieten, da Sie doch Ruhe und Frieden suchen. Außerdem haben Sie das Zimmer noch gar nicht gesehen.«

»Dann lassen Sie uns kurz einen Blick hineinwerfen«, sagte Doktor Kincaid. »Ich muss nämlich in die Praxis zurück.«

Mr Rainwater sagte: »Es ist nicht nötig, dass du bleibst, Murdy.«

Doktor Kincaids Vorname war Murdock, aber Ella hatte noch nie gehört, dass jemand ihn »Murdy« nannte, nicht einmal Personen, die ihm nahestanden.

»Nein, nein, ich will dir behilflich sein, so gut ich kann.« Der Arzt wandte sich fragend an Ella. »Mrs Barron?«

Sie blickte auf Solly, der mit seiner Zuckerstange schon halb fertig war. Margaret, die ihr Zögern spürte, sagte: »Gehen Sie ruhig mit den Herren nach oben. Ich werde den Jungen hüten wie meinen Augapfel. Ich schwöre, ich werde ihn keine Sekunde aus den Augen lassen.«

Widerwillig führte Ella die beiden Männer aus der Küche zur Treppe und nach oben bis zum Ende des Flurs. Sie öffnete eine Tür und sagte: »Das Zimmer hat eine hübsche Südlage. Es weht immer eine warme Brise.«

Die dünnen Gardinen kräuselten sich im Wind. Die gelbe Tapete hatte ein Zentifolienmuster, und das Bett mit dem Metallgestell wirkte zu kurz für Mr Rainwater. Obwohl er sehr schmal war, kam ihr das Zimmer kleiner vor, wenn er darin stand, viel kleiner, als Mrs Morton es noch bewohnt hatte.

Aber entweder schien er die feminine Einrichtung, die beschränkten Maße von Bett und Raum und den schmalen Schrank nicht zu bemerken, oder es war ihm gleichgültig. Er warf einen Blick aus dem Fenster und nickte, dann wandte er sich zu Ella und dem Doktor um. »Das genügt mir.«

»Sie werden sich das Bad mit Mr Hastings teilen müssen.«

»Chester Hastings«, erklärte Doktor Kincaid. »Ein außerordentlich netter Mann. Er ist nur selten in der Stadt. Er ist Handelsvertreter für Kurzwaren und reist durch das ganze Land.«

»Ich habe kein Problem damit, das Bad zu teilen«, sagte Mr Rainwater.

Auf dem Weg nach unten nannte Ella ihm den Preis für Kost und Logis, und als sie das Erdgeschoss erreichten, hatte er bereits eingewilligt.

»Ausgezeichnet«, sagte Doktor Kincaid. »Ich lasse Sie beide jetzt alleine. Dann können Sie ungestört die Einzelheiten wie den Einzugstermin und so weiter besprechen.«

Ella zögerte und warf einen kurzen Blick zur Küche. Margaret summte leise ein Kirchenlied, was Solly normalerweise beruhigte. Solange sie ihn tröstete, konnte sie zugleich ihre Schuldgefühle lindern, also beschloss Ella, sich noch ein paar Minuten Zeit zu lassen.

»Ich begleite Sie zur Tür.« Sie ging voraus, aber als sie

an der Vordertür stehen blieb, stellte sie fest, dass lediglich Doktor Kincaid ihr gefolgt war. Der Hausflur hinter ihm war leer. Wahrscheinlich hatte Mr Rainwater sich in den Salon begeben, wo er darauf wartete, die Einzelheiten des Mietverhältnisses mit ihr zu besprechen.

»Kann ich noch kurz ein Wort mit Ihnen wechseln, Mrs Barron?«, fragte der Doktor. Noch vor wenigen Sekunden hatte er es dermaßen eilig gehabt, aufzubrechen, dass Ella ihn neugierig anblickte, während er die Fliegengittertür aufstieß und Ella auf die Veranda folgte.

Unter der vorgebauten ersten Etage, die zugleich das Dach der Veranda bildete, staute sich die Hitze ebenso wie der berauschende Duft von Gardenien. Der Strauch, der voller weißer Blüten hing, wuchs in einem Topf, der in einer Ecke der Veranda stand.

Vor zwei Jahren hatte Ella einen Gast, der sich über den süßlichen Blütenduft beklagte, weil er davon angeblich Kopfschmerzen bekam. Ella führte seine Kopfschmerzen weniger auf den aromatischen Duft zurück als vielmehr auf den Whisky, den er sich immer aus einem silbernen Flachmann genehmigte, wenn er sich unbeobachtet wähnte. Als sie ihn daran erinnert hatte, dass sie keinen Alkohol im Haus duldete, reagierte er gekränkt.

»Sprechen Sie etwa von meinem Hustensaft, Mrs Barron?«

Ella hatte kurz davor gestanden, ihn einen Heuchler zu nennen, doch sie forderte ihn nicht weiter heraus; er hatte sich seither nie wieder über die Gardenien beschwert. Sie war erleichtert, als er auszog und der weitaus angenehmere Mr Hastings seinen Platz einnahm.

Wieder tupfte der Doktor seine Stirn mit dem Taschentuch ab. »Ich wollte mit Ihnen unter vier Augen sprechen.«

»Wegen Solly?«

»Nun … ja.«

Sie hatten diese Diskussion schon oft geführt. Ella stellte sich auf eine Auseinandersetzung ein und stemmte die Fäuste in die Taille. »Ich weigere mich, Solly in eine Einrichtung zu stecken, Doktor Kincaid.«

»Ich habe nicht vorgeschlagen …«

»Und ich weigere mich, ihn mit Medikamenten ruhig zu stellen.«

»Das haben Sie mir bereits gesagt. Schon oft.«

»Dann hören Sie bitte auf, mich vom Gegenteil überzeugen zu wollen.«

»Der Zwischenfall vorhin …«

»Hätte jedem Kind passieren können«, fiel sie ihm ins Wort. »Erinnern Sie sich, dass der Hinnegar-Junge letzten Winter eine Petroleumlampe über sich gekippt hat?«

»Der Junge ist zwei Jahre alt, Mrs Barron. Solly ist zehn.«

»Sein Geburtstag ist erst in ein paar Monaten.«

»Die vergehen rasch.« Mit weicherer Stimme fuhr der Doktor fort: »Mir sind die Gefahren durchaus bewusst, die in der Kindheit lauern. Aufgrund meiner langjährigen Erfahrungen als Arzt erstaunt es mich immer wieder, dass überhaupt jemand das Erwachsenenalter erreicht.«

Er unterbrach sich, holte Luft und blickte sie freundlich an. »Aber Ihr Junge ist besonders anfällig für Missgeschicke, Mrs Barron. Trotz seines Alters ist Solly nicht in der Lage, die Gefahr zu erkennen, die zum Beispiel von einem Topf heißer Stärke auf dem Herd ausgeht. Und wenn es zu einem Unglück kommt, reagiert er mit einem gewalttätigen Ausbruch. So wie eben.«

»Er hat sich verbrüht und vor Schmerzen geschrien. Das hätte jeder andere an seiner Stelle auch getan.«

»Wenn ich jetzt offen mit Ihnen rede, betrachten Sie das bitte nicht als Rücksichtslosigkeit oder unnötige Grausamkeit. Ihre Situation ist prekär. Tatsache ist, ohne Medikamente, die die … Impulse Ihres Sohnes unterdrücken, könnte er sich selbst oder andere verletzen, besonders wenn er bei seinen Anfällen derart wild um sich schlägt.«

»Ich passe gut auf, damit nichts passiert.«

»Ich bezweifle nicht, dass Sie pflichtbewusst …«

»Das ist keine Pflicht, Doktor Kincaid, sondern ein Privileg. Würde ich dieses Haus nicht bewirtschaften, würde ich jeden wachen Moment mit Solly verbringen. Der Zwischenfall vorhin war eine Ausnahme, nicht die Regel. Ich bin unerwartet aufgehalten worden.«

Das war eine subtile Anspielung darauf, dass sein Besuch der Grund für ihre Ablenkung war, aber der Arzt ging über den Seitenhieb hinweg.

»Das bringt mich auf den nächsten Punkt, Mrs Barron. Diese ständige Wachsamkeit schadet auch Ihrer Gesundheit. Wie lange können Sie das noch durchstehen?«

»So lange, wie Solly meine Aufsicht braucht.«

»Was aller Wahrscheinlichkeit nach für den Rest seines Lebens sein wird. Was geschieht, wenn er Sie eines Tages überragt und Sie körperlich nicht mehr in der Lage sein werden, ihn zu bändigen?«

Ella zwang sich, ihre Fäuste zu öffnen. In bedächtigem, überlegtem Ton erwiderte sie: »Die Medikation, die Sie vorschlagen, unterdrückt nicht nur seine Anfälle, sondern beeinträchtigt auch seine Lernfähigkeit.«

Bei ihren Worten wurde der Blick des Doktors noch freundlicher, trauriger und mitfühlender.

Sie nahm Anstoß daran. »Ich weiß, Doktor Kincaid, dass Sie an Sollys Lernfähigkeit grundsätzlich zweifeln. Ich tue das nicht. Ich werde ihm die Chancen nicht vorenthalten, nur um mir das Leben zu erleichtern. Ich möchte nicht, dass er von Beruhigungsmitteln so apathisch wird, dass er im Grunde nicht mehr macht, als zu atmen. Was hätte er denn dann für ein Leben?«

»Was haben *Sie* denn für ein Leben?«, entgegnete der Arzt sanft.

Ella richtete sich zu ihrer vollen Größe auf. Ihr Gesicht rötete sich vor Empörung. »Ich schätze Ihre fachliche Meinung sehr, Doktor Kincaid. Aber genau das ist es – eine Meinung. Niemand kann mit Sicherheit sagen, inwieweit Solly fähig ist, zu verstehen und zu erinnern. Aber als seine Mutter kann ich seine Fähigkeiten besser beurteilen als jeder andere. Folglich muss ich tun, was ich für ihn für das Beste halte.«

Der Doktor, der den Kampf aufgab, wandte den Blick von ihr ab zu dem Rittersporn, der am Rand ihres Gartens wuchs. Die blauen Blütenstauden hingen in der Mittagshitze welk herunter. »Schicken Sie Margaret wegen der Salbe vorbei«, sagte er schließlich.

»Danke.«

»Ich werde Ihnen nichts dafür berechnen.«

»Vielen Dank.«

Die Straße war verwaist, nur ein weiß-braun gescheckter Hund trottete neben einem Leiterwagen her, den ein älterer schwarzer Mann lenkte und der von zwei schwerfälligen Maultieren gezogen wurde. Der Kutscher tippte kurz an seinen Hut, als er am Haus vorbeirollte. Sie winkten zurück. Ella kannte den Mann nicht, aber der Doktor rief ihn bei seinem Namen und grüßte ihn.

»Wenn das alles ist, Doktor Kincaid, ich muss mich um das Mittagessen kümmern.«

Er drehte sich wieder zu ihr. »Tatsächlich gibt es da noch etwas, Mrs Barron. Es betrifft Mr Rainwater.«

Abgesehen von seinem Familiennamen und seiner Bereitschaft, ihren geforderten Preis für das Zimmer und die Verpflegung zu bezahlen, wusste sie nichts über Mr Rainwater. Sie nahm ihn einzig und allein aufgrund Doktor Kincaids indirekter Empfehlung in ihr Haus auf. »Hat der Mann einen anständigen Charakter?«

»Einen tadellosen Charakter.«

»Sie kennen ihn schon lange?«

»Er ist der spät geborene Sohn einer Cousine meiner Frau. Ich nehme an, das macht ihn zu einem angeheirateten Cousin zweiten oder dritten Grades.«

»Ich habe bereits vermutet, dass er ein alter Freund der Familie oder ein Verwandter ist. Er nennt Sie Murdy.«

Der Arzt nickte geistesabwesend. »Mein Spitzname in der Familie.«

»Ist er auch Mediziner?«

»Nein. Er war früher Baumwollhändler.«

»War?« War Mr Rainwater ein Opfer der Depression, einer von Abertausenden Männern im Land, die ihre Arbeit verloren hatten? »Wenn er keine Arbeit hat, wovon will er dann seine Miete bezahlen? Ich kann es mir nicht leisten …«

»Er ist nicht unvermögend. Er ist …« Der Arzt blickte dem Leiterwagen hinterher, der sich immer weiter entfernte, und beobachtete ihn, bis er um die Ecke bog. Dann konzentrierte er sich wieder auf Ella und sagte: »Es ist so, dass er Ihr Gästezimmer nicht lange brauchen wird.«

Sie starrte ihn an und wartete.

Mit leiser Stimme fügte er hinzu: »Er wird bald sterben.«

3

»Bitte, Mr Rainwater, lassen Sie das.«

Er kauerte in der Hocke und klaubte die Scherben von dem Linoleumboden in der Küche. Er sah zu ihr hoch, ohne sein Tun zu unterbrechen. »Ich möchte verhindern, dass der Junge sich noch einmal verletzt.«

»Margaret und ich werden uns um das Chaos und um Solly kümmern.«

Margaret stand am Herd und träufelte das Bratenfett von dem Frühstücksspeck über das Blattgemüse. Solly saß in seinem Stuhl am Küchentisch und schaukelte mit dem Oberkörper vor und zurück, während er mit einem Jo-Jo spielte, das Margaret ihm wohl aus seiner Spielekiste gegeben hatte. Er wickelte den Faden um seinen Zeigefinger und wieder ab. Er konzentrierte sich ganz auf das Auf- und Abwickeln.

Der Anfall war vorüber, und Solly schien nicht unter irgendwelchen Nachwirkungen zu leiden, aber Ella konnte nicht sicher wissen, dass das wirklich so war. Sie musste seine Passivität als ein gutes Zeichen auffassen. Während sie seinen blonden Schopf betrachtete, der über das Jo-Jo gebeugt war, spürte sie das vertraute beklemmende Gefühl tief in ihrem Herzen, eine Mischung aus bedingungsloser

Liebe und Angst, dass selbst ihre Liebe nicht ausreichte, um ihn zu beschützen.

Mr Rainwater erhob sich mit vorgestreckten Händen. Ella nahm die Kehrschaufel von dem Nagel an der Wand und hielt sie ihm entgegen. Vorsichtig legte er die Scherben von dem zerbrochenen Geschirr darauf. »Das sind die großen Stücke. In der Pfütze liegen noch ein paar kleinere Splitter, die ich nicht herausfischen konnte.«

»Wir werden beim Aufwischen aufpassen.«

Er stellte sich an das Spülbecken, um die Stärke von den Händen zu waschen, bevor er sich an einem Geschirrtuch abtrocknete. Ella wäre es unangenehm gewesen, sich derart schnell in einer fremden Küche heimisch zu fühlen. Mr Rainwater schien jedoch nicht im Geringsten befangen zu sein.

Sie stellte die Kehrschaufel auf den Boden in die Ecke. »Margaret, könntest du dich um das Mittagessen kümmern, während ich mich kurz mit Mr Rainwater unterhalte?«

»Ja, Ma'am. Soll ich für den Kleinen auch was zu essen machen?«

»Ja. Bitte schäl eine Orange und gib ihm die Schnitze einzeln. Dazu ein Sandwich mit Butter und Traubengelee, schneid es in zwei Hälften. Leg alles auf den blauen Teller, den er so mag.«

»Ja, Ma'am. Kümmern Sie sich um den Gentleman hier.«

Margaret schenkte Mr Rainwater ein Lächeln, offensichtlich war sie darüber erfreut, dass er in Kürze zur Hausgemeinschaft gehören würde. Seine Hilfsbereitschaft in einem Notfall hatte ihre schwer zu verdienende Anerkennung gewonnen. »Die Laken müssen noch auf die

Leine, aber die können warten bis nach dem Mittagessen.«

»Danke, Margaret.« Ella wandte sich um und bedeutete dem Besucher, ihr in den Hausflur zu folgen. »Mr Rainwater?«

»Wir können uns auch hier unterhalten.«

Ella zog es normalerweise vor, Geschäftliches nicht in der Küche zu besprechen, in der die Temperatur inzwischen enorm gestiegen war. Sie dachte auch mit Sorge an die Laken im Waschzuber, die noch gemangelt werden mussten, wahrscheinlich zweimal, bevor man sie auf die Leine hängen konnte. Sie befürchtete außerdem, Margaret würde mit dem Bratenfett umständlich agieren, weil sie für so etwas kein Händchen hatte. Und Margaret tratschte gern. Ella war schon mehrmals gezwungen gewesen, sie zu rügen, weil sie Vertrauliches über die Gäste und über Ella selbst ausgeplaudert hatte.

Ellas größte Sorge war jedoch Solly, auch wenn die roten Flecken auf seinem Arm inzwischen verblasst und kaum mehr zu sehen waren. Scheinbar schmerzten seine Verbrennungen nicht mehr. Im Moment war er jedenfalls ruhig.

Im Gegensatz zu Ella. Nach dem Unfall in der Küche fühlte sie sich erschöpft und unkonzentriert. Außerdem fand sie es erschütternd, was Doktor Kincaid ihr über Mr Rainwater anvertraut hatte. Obwohl ihr Lebensunterhalt davon abhing, dass ihr Haus voll belegt war, war die Aussicht, einen todkranken Mann aufzunehmen, in vielerlei Hinsicht unangenehm, nicht zuletzt deshalb, weil sie bereits genug damit zu tun hatte, ihre gesunden Gäste zufriedenzustellen und sich um Solly zu kümmern.

Allerdings war Mr Rainwaters unglücklicher Zustand

der einzige Hinderungsgrund, um als Mieter geeignet zu sein. Wie sollte sie es mit ihrem Gewissen vereinbaren, wenn sie es allein aus diesem Grund ablehnte, ihm das Zimmer zu vermieten?

Doktor Kincaid hätte sie über Mr Rainwaters Zustand informieren müssen, bevor sie sich hatte breitschlagen lassen, ihm das Zimmer zu zeigen. Mr Rainwater hätte es ihr selbst sagen müssen. Dass er es verschwiegen hatte, war nicht korrekt ihr gegenüber, genauso wenig wie sein Wunsch, Geschäftliches in Gegenwart ihrer geschwätzigen Magd zu besprechen.

Sie versuchte, sich ihre Verärgerung nicht anmerken zu lassen, und begann zu erklären: »In Ihrer Nachttischschublade finden Sie Briefumschläge. Auf dem Tisch unterhalb der Treppe steht eine Geldkassette. Die Miete ist immer montags fällig, aber Sie bezahlen die erste Woche im Voraus bei Einzug. Ist das in Ordnung?«

»Ja. Gut.«

»Um Verwechslungen zu vermeiden, vergessen Sie bitte nicht, Ihren Namen auf den Umschlag zu schreiben, bevor Sie ihn in die Kassette legen.«

»Verstanden.«

Nun, da sie über ihn Bescheid wusste, verunsicherte sein steter Blick sie noch mehr. Darum war sie erleichtert, als Margaret die Aufmerksamkeit auf sich lenkte. »Hier, mein Goldstück, dein Mittagessen, genau so, wie du es magst.« Sie stellte den blauen Teller auf den Tisch vor Solly.

Solly reagierte weder auf Margaret noch auf das Essen. Er schaukelte unbeirrt weiter und wickelte den Jo-Jo-Faden um seinen Finger.

»Was die Mahlzeiten betrifft«, fuhr Ella fort und lenkte Mr Rainwaters Aufmerksamkeit wieder auf sich. »Frühstück gibt es um acht Uhr, aber Sie können sich gerne schon vorher einen Kaffee in der Küche holen. Das Abendessen wird um halb sieben serviert. Um keine Lebensmittel zu verschwenden, wäre ich Ihnen dankbar, wenn Sie mir rechtzeitig mitteilen, ob Sie planen, auswärts zu essen.«

»Ich bezweifle, dass ich jemals auswärts essen werde.«

Wäre er jetzt nicht hier, würde sie die Nadeln herausziehen und ihre Haare aufschütteln. Der Knoten war noch tiefer in ihren Nacken gerutscht, wo er sich heiß und schwer anfühlte. »Mittags lege ich kalten Aufschnitt, Käse und Obst heraus. Manchmal gibt es auch die Reste vom Vorabend.« Sie deutete auf Margaret, die den geschnittenen Schinken aus dem gewachsten Einschlagpapier des Metzgers wickelte. »Das Mittagsbuffet steht von zwölf bis eins auf dem Esstisch. Wer zuerst kommt, mahlt zuerst.« Sie warf einen Blick auf die Uhr an der Wand. »Ich bin heute ein bisschen spät dran. Aber die Dunne-Schwestern essen mittags meistens nur ein bisschen Obst, und Mr Hastings ist nicht in der Stadt.«

»Sind das alle Gäste, abgesehen von mir?«

Ella nickte. »Die Schwestern teilen sich das größte Zimmer. Es liegt auf der anderen Seite des Flurs oben. Mr Hastings bewohnt das Zimmer im Dachgeschoss.«

»Und Sie und Solly?«

»Wir schlafen im Erdgeschoss.« Sie kehrte rasch zum Thema zurück. »Sonntags serviere ich die Hauptmahlzeit um zwei Uhr. So habe ich Zeit, vormittags den Gottesdienst zu besuchen. Am Sonntagabend ist jeder auf sich alleine gestellt, aber die Küche kann benutzt werden. Ich möchte Sie nur bitten, hinterher aufzuräumen.«

»Natürlich.«

»Gibt es etwas, das Sie nicht essen dürfen?« Sie stellte diese Frage jedem neuen Mieter, obwohl sie in seinem Fall den Anschein erwecken könnte, dass sie von seiner Krankheit wusste.

Als hätte er ihre Gedanken gelesen, schenkte er ihr ein mattes Lächeln. »Ich darf alles essen, und ich bin auch nicht wählerisch.«

»Haben Sie noch Fragen?«

»Wann kann ich einziehen?«

Da Ella sich noch nicht festlegen wollte, erklärte sie weiter: »Die Bettwäsche wird einmal in der Woche gewechselt. Ich bitte Sie, zwischen den Waschtagen maximal drei Handtücher zu benutzen. Halten Sie das Bad aus Höflichkeit gegenüber Mr Hastings sauber. Von ihm wird genau dasselbe erwartet. Falls Sie Beschwerden haben, wenden Sie sich an mich.

Ich erlaube keinen Alkohol im Haus. Ich erwarte grundlegende, allgemeine Höflichkeit und Rücksichtnahme gegenüber der Privatsphäre und dem Komfort der anderen Gäste. Besucher können Sie im vorderen Salon empfangen, aber melden Sie sie bitte vorher an. Es besteht die Möglichkeit, Besucher mit Erfrischungsgetränken zu versorgen. Für einen geringen Aufpreis kann Ihr Gast am Essen teilnehmen, aber nur, wenn ich vorher rechtzeitig informiert werde.«

»Ich werde keine Besucher empfangen und auch keine Gäste zum Essen mitbringen.«

Seine Augen leuchteten in demselben intensiven Blau wie die Zündflamme am Küchenherd. Ella war einen Moment davon gefangen, dann wandte sie den Blick ab. »Ich werde Ihnen die Postfachadresse geben, damit Sie sie an Ihre Familie und Freunde weitergeben können.«

»Es würde mich sehr wundern, wenn ich Post erhalte.«

»Nun, für den Fall, dass Sie doch welche bekommen, müssen Sie wissen, dass ich allein den Schlüssel für das Postfach habe. Ich werde Ihnen die Post ins Zimmer legen. Sie können sich auf meine Diskretion verlassen.«

»Daran habe ich keinen Zweifel.«

»Klingt das alles akzeptabel für Sie, Mr Rainwater?«

Nachdem er geduldig gewartet hatte, bis sie mit den Hausregeln durch war, wiederholte er: »Wann kann ich einziehen?«

Das war das dritte Mal, dass er fragte. Verständlicherweise. Zeit dürfte für einen Mann, der laut Doktor Kincaid nicht mehr viel davon besaß, ein Thema sein.

»Dienstag.«

»Heute ist Donnerstag.«

»Wie ich Ihnen bereits erklärt habe, muss das Zimmer erst gereinigt werden. Können Sie nicht so lange bei Doktor Kincaid und seiner Frau bleiben, bis es fertig ist?«

»Ich habe dort schon zwei Nächte verbracht. Die Kincaids waren so freundlich, mir das Kinderzimmer zur Verfügung zu stellen. Aber ich bereite ihnen Umstände, und die Jungs müssen auf Pritschen im Wohnzimmer schlafen. Am liebsten würde ich spätestens morgen einziehen.«

»Dann wird das Zimmer noch nicht fertig sein. Heute ist Waschtag. Margaret und ich können die Wäsche nicht liegen lassen, um ihr Zimmer vorzubereiten. Wir müssen die Möbel wegrücken, um den Boden zu schrubben. Die Matratze und die Kissen müssen draußen gelüftet werden.« Ärgerlich streifte sie eine Haarsträhne zurück, die an ihrer Wange klebte. »Ich kann das unmöglich bis morgen schaffen.«

»Unser neuer Prediger sucht Arbeit.«

Ella blickte zu Margaret. »Was?«

»Bruder Calvin«, erwiderte sie. »Er hat vor kurzem erst die Gemeinde übernommen. Aber wir können ihm nichts bezahlen. Er übernachtet momentan bei einem Mitglied der Gemeinde auf der Veranda, er wird dort auch mit Essen versorgt. Aber er braucht Geld, damit er sich ein Dach über dem Kopf leisten kann, und er möchte seine Frau zu sich holen. Sie ist unten in Südtexas bei ihren Eltern, er vermisst sie ganz fürchterlich. Für einen kleinen Obolus ist er sicher bereit, Ihnen ein paar Arbeiten abzunehmen, Miss Barron. Sie sollten sowieso nicht mehr so schwer tragen, und ich bekomme Rückenschmerzen bei der bloßen Vorstellung, die Matratze die Treppe herunterzuschleppen und anschließend wieder hoch. Warum lassen Sie mich nicht kurz nach Bruder Calvin schicken?«

Ella blickte Mr Rainwater an, der die Unterhaltung interessiert verfolgte. Er sagte: »Ich bin gerne bereit, die Kosten für Bruder Calvin zu übernehmen.«

Margaret lächelte zufrieden, als wäre die Sache beschlossen. Sie machte sich in Richtung Hausflur auf, wo das Telefon stand. »Ich rufe gleich mal drüben im Laden an.« An Mr Rainwater gewandt, fügte sie hinzu: »Mein Junge arbeitet in Randalls Krämerladen. Wenn er die nächste Lieferung macht, kann er kurz bei dem Prediger vorbeilaufen und ihm ausrichten, dass er hierher kommen soll.«

Als Margaret außer Hörweite war, sagte Mr Rainwater zu Ella: »Ich hoffe, Sie sind damit einverstanden.«

Das war sie nicht. Es war ihr Haus. Sämtliche Entscheidungen, die damit zusammenhingen, traf sie allein. Aber heute Morgen war scheinbar nichts normal. Alles war aus dem Ruder. Sie war von einer ungewöhnlichen Reihe von Ereignissen überrollt worden. Tatsächlich kam sie sich überwältigt vor und hatte das beunruhigende Gefühl, ins Schwimmen zu geraten. Routine war nicht nur ein Vorzug, sondern eine Notwendigkeit.

Aber verglichen mit allem anderen, war die Inanspruchnahme von Bruder Calvins Diensten eine Bagatelle, und es würde einen schlechten Eindruck machen, wenn Ella sich gegen diesen umsetzbaren Plan sträubte, besonders da Mr Rainwater angeboten hatte, den Mann für seine Arbeit zu bezahlen.

Trotzdem war sie noch nicht endgültig bereit nachzugeben. »Ich würde die Arbeit lieber selber machen, Mr Rainwater.«

»Weil Ihre Ansprüche so hoch sind.«

»Ich fürchte mich nicht vor harter Arbeit.«

»Daran zweifelt niemand.«

»Aber da die Zeit so drängt …«

Sie hatte nicht beabsichtigt, auf seine begrenzte Zeit anzuspielen. Sie ließ den Satz in der Luft hängen, ohne ihn zu beenden. Scham trieb ihr noch mehr Hitze ins Gesicht, das bereits glühte.

Er sagte: »Das ist ein guter Plan. So bleibt Ihnen viel Arbeit erspart. Margarets Rücken wird geschont. Und die Wiedervereinigung von Bruder Calvin und seiner Frau wird beschleunigt.«

Erneut fiel ihr ein belustigtes Funkeln in seinen Augen auf, und ihr kam der Gedanke, wenn sie jetzt lächelte, würde er das auch tun. Aber sie lächelte nicht, und er genauso wenig. »Und es kommt Ihnen gelegen«, ergänzte sie.

»Das ist richtig, ja.«

Seufzend gab sie sich geschlagen. »Also schön. Aber ich wäre Ihnen dankbar, wenn Sie mir morgen Vormittag noch Zeit ließen.«

»Wie wäre es mit morgen Nachmittag um vier?«

»Vier Uhr? Ja, gut. Bis dahin wird das Zimmer fertig sein.«

»Ich werde genügend Geld für Bruder Calvin und die erste Wochenmiete mitbringen.«

Er schenkte ihr ein Lächeln, aber sie erwiderte es nicht. Stattdessen bedeutete sie ihm, in den Hausflur zu gehen, um ihm zu signalisieren, dass ihre geschäftliche Unterhaltung beendet war.

»Ich kann auch die Hintertür nehmen.«

Ella nickte und geleitete ihn hinaus. Er schritt die Verandastufen hinab und setzte seinen Hut auf. Unten am Treppenabsatz wandte er sich um und fasste kurz an die Krempe. »Mrs Barron.«

»Mr Rainwater. Ich hoffe, Sie werden sich bei uns wohl fühlen.«

Ella hatte andere Aufgaben, denen sie sich widmen musste. Als Erstes musste sie sich darum kümmern, dass Solly etwas zu Mittag aß. Aber aus irgendeinem Grund wandte sie sich nicht ab. Sie hielt den Blickkontakt zu dem Mann, der die letzten Wochen seines Lebens unter ihrem Dach verbringen würde, aufrecht. Ob man ihr das Mitleid ansah? Scheinbar ja.

Mr Rainwater fragte nämlich prompt: »Er hat es Ihnen gesagt, nicht wahr? Murdy hat Sie aufgeklärt, was mich betrifft.«

Sich zu zieren, lag nicht in Ellas Natur. Außerdem wollte sie den Mann nicht beleidigen, indem sie ihn belog. »Er dachte offenbar, ich sollte es wissen.«

Mr Rainwater nickte, als würde er nicht nur seine Vermutung bestätigt sehen, sondern auch Ellas Offenheit würdigen. »Ich wäre Ihnen sehr verbunden, wenn Sie den anderen nichts davon sagen würden. Das erzeugt nur Befangenheit, und die Leute fangen an, aufzupassen, was sie sagen. Jedenfalls möchte ich kein Aufheben darum machen. Ich möchte nicht anders behandelt werden als alle anderen auch.«

»Ich werde es für mich behalten.«

»Danke.«

»Es gibt keinen Grund, mir zu danken, Mr Rainwater.«

»Verstehen Sie, was ich meine?«, sagte er und grinste. »Sie haben bereits Zugeständnisse an mich gemacht.«

Ella wurde kleinlaut.

Sein Grinsen hielt ein paar Sekunden länger, dann wurde er wieder ernst. »Kann er sprechen?«

»Wer?«

»Ihr Sohn.«

Er nickte in ihre Richtung. Sie wandte sich um. Hinter ihr saß Solly immer noch am Tisch. Seinen Teller hatte er nicht angerührt. Er wickelte den Jo-Jo-Faden um den Zeigefinger und wieder ab, um das Ganze zu wiederholen, während er in einem Takt, den nur er hören konnte, vor und zurück schaukelte.

Ella drehte sich wieder zu Mr Rainwater und schüttelte den Kopf. »Nein. Er kann nicht sprechen.«

»Nun«, erwiderte er freundlich, »ich finde ohnehin, dass die meisten Menschen, die gerne reden, nicht wirklich viel zu sagen haben.«

Seine Verharmlosung von Sollys Behinderung war fast schwerer zu ertragen als die neugierigen Blicke von Fremden. Ella traten unvermittelt Tränen in die Augen. Vielleicht hatte er es bemerkt und wollte ihr weitere Peinlichkeiten ersparen, denn er sagte nichts weiter, sondern tippte nur an seine Hutkrempe, bevor er sich umwandte und ging.

4

Bruder Calvin Taylor entpuppte sich als ein Geschenk des Himmels und nicht nur als ein Geschenk der African Methodist Episcopal Church.

Der Prediger war ein großer und kräftiger Mann Ende zwanzig, mit einem einnehmenden Wesen und einem breiten Lächeln, das dank eines goldenen Schneidezahns noch mehr strahlte. Ella fragte sich, ob der Goldzahn die Zuhörer ablenkte, wenn er predigte, ähnlich wie eine pendelnde Taschenuhr mit einem hypnotisierenden Effekt.

Aber kaum hatte sie seine Stimme vernommen, wurde ihr klar, dass sicher kaum etwas seine Gemeinde davon ablenken konnte, seinen göttlich inspirierten Worten zu lauschen. Es war die Stimme eines Propheten, deren Bässe dröhnten wie ein Gewitter über den Hügeln. Ella malte sich aus, wie seine Stimme in der Kirche widerhallte, während sie die dösenden, schreckhaften Sünder aufrüttelte und die Gläubigen mit neuer Hoffnung erfüllte.

In der Tat übte Bruder Calvin einen guten Einfluss auf die Gemeinde aus. Als Margaret ihn Ella in aller Form vorstellte, fügte sie stolz hinzu, dass die Anzahl der Kirchenbesucher sich verdreifacht hatte, seit er auf der Kanzel stand.

»Und in der Sonntagsmesse bleibt keine Bank leer.«

Der Prediger antwortete auf dieses Lob mit angemessener Bescheidenheit, indem er seinen Erfolg Gott zuschrieb. »Der Herr segnet uns auf die wunderbarsten Arten.«

Ella fand ihn sofort sympathisch und gab ihm direkt die erste Aufgabe, auch wenn die Dunne-Schwestern vielleicht in Ohnmacht fallen würden, wenn ihnen ein schwarzer Mann im Haus begegnete. Ella teilte ihre Vorurteile nicht. Sie dachte an den Tag zurück, als ihr zum ersten Mal bewusst wurde, dass es eine schreckliche Ungerechtigkeit zwischen den Rassen gab.

Ihr Vater hatte sie ins Filmtheater eingeladen, und sie wollte in den oberen Rängen sitzen. Daraufhin hatte er ihr erklärt, dass diese Plätze für Farbige reserviert waren. Sie hatte damals protestiert und gesagt, das wäre nicht fair. Sie hatte es als eine persönliche Ungerechtigkeit empfunden, ihren Platz nicht frei wählen zu können. Aber ihr Vater hatte sie missverstanden und lächelnd den Arm um ihre Schulter gelegt. »Stimmt, Ella, das ist nicht fair. Das ist alles andere als fair. Ich bin stolz, dass du das so siehst.«

Sie war ohne Vorurteile aufgewachsen, folglich hatte sie keine. Doch als sie älter wurde, erkannte sie allmählich, dass ihre Haltung zu anderen Hautfarben von den meisten Menschen nicht geteilt wurde.

Bruder Calvin stellte schnell unter Beweis, dass er nicht nur gut reden konnte. Bis zum Ende des Tages war der Boden in dem leeren Zimmer geschrubbt und gewachst. »Ich kann auch gleich noch den Flur mitmachen, wenn ich schon dabei bin«, hatte er gesagt. Auch die Dielen im Flur polierte er auf Hochglanz.

Zur Abendbrotzeit richtete Ella dem Prediger einen Teller in der Küche und bediente die Dunne-Schwestern im Esszimmer. Sie hörte, dass er ein Dankgebet vor dem Essen sprach. Nachdem er seine Mahlzeit beendet hatte, holte er die Bettwäsche aus dem Garten, die den ganzen Nachmittag draußen gelüftet worden war, und brachte sie nach oben in das Zimmer, das Mr Rainwater beziehen würde.

Bevor Bruder Calvin aufbrach, versicherte er Ella, früh am nächsten Morgen wiederzukommen, um Margaret bei den restlichen Arbeiten zu helfen, die erledigt werden mussten, bevor der neue Gast einziehen konnte. »Bis um vier wird das Zimmer blitzsauber sein. Das verspreche ich.«

Er hielt sein Versprechen. Alle Arbeiten wurden zu Ellas Zufriedenheit verrichtet. Dennoch bezog sie das Bett selbst. In diesem Punkt war sie nicht nur eigen, sondern sie erfreute sich auch an dem Duft der Wäsche nach frischer Luft und Sonne.

Mr Rainwater erschien zur verabredeten Zeit. Die Dunne-Schwestern waren zur Leihbücherei gegangen, die aus einem umfunktionierten Lieferwagen bestand, der alle zwei Wochen nachmittags nach Gilead kam. Margaret bügelte in der Küche und hatte nebenbei ein Auge auf Solly. Mr Hastings war noch nicht wieder in der Stadt.

Abgesehen von der Großvateruhr im vorderen Salon, die viermal leise schlug, war es still im Haus, als Ella die vordere Fliegengittertür für Mr Rainwater entriegelte. Sie tauschten ein paar Freundlichkeiten aus, dann führte sie ihn nach oben. Ihre Schritte hallten hohl über den frischpolierten Boden im Flur.

Mr Rainwater blieb in der offenen Zimmertür stehen und ließ den Blick durch den Raum wandern. Er nahm jedes Detail in sich auf, auch die Geißblattranke, die Margaret in einer Vase auf den Schreibtisch gestellt hatte. Dann wandte er sich zu Ella um. »Es ist richtig von Ihnen, dass Sie an Ihren Ansprüchen festhalten, Mrs Barron. Das Zimmer ist jetzt viel freundlicher. Danke sehr.«

»Gern geschehen.«

»Mir ist bewusst, dass ich Ihnen einiges abverlangt habe, damit es möglichst schnell fertig wird, aber ich wollte lieber heute als morgen einziehen.«

Ella begnügte sich mit einem Nicken, weil sie fürchtete, dass sie wieder missverstanden werden könnte, wenn sie einen Kommentar über die Zeit machte.

Er gab ihr einen weißen Umschlag, auf den sein Name mit schwarzer Tinte geschrieben war. »Die Miete für die erste Woche. Lassen Sie mich wissen, wie viel ich Bruder Calvin schuldig bin.«

Dann trug er seine zwei Leinenkoffer in das Zimmer und schloss leise die Tür.

»Aus dem Nordosten von Texas. Ungefähr auf halbem Weg zwischen Dallas und Texarkana.«

Während des gesamten Abendessens hatten die Dunne-Schwestern Mr Rainwater mit Fragen gelöchert. Ella räumte die leeren Teller auf ein Tablett, als Miss Violet sich erkundigte, woher er stammte.

Miss Pearl, die ihn über den Tisch hinweg verträumt anblickte, bemerkte: »Das ist gutes Land, um Baumwolle zu züchten.«

»Das weiß er selbst, Schwester«, sagte Violet. »Schließlich ist er Baumwollzüchter.«

»Das ist mir bekannt«, erwiderte Pearl pikiert. »Ich wollte es nur einmal bemerkt haben.«

Um einen Streit zwischen den Schwestern zu verhindern, schritt Ella taktvoll ein. »Wünschen Sie den Brombeer-Cobbler mit Sahne, Miss Pearl?«

»Oh, Sahne, ja, bitte. Finden Sie nicht auch, Mr Rainwater, dass Cobbler am besten mit Sahne schmeckt?«

»Absolut.« Er sah mit zuckenden Mundwinkeln zu Ella hoch – während er ein Grinsen unterdrückte. »Für mich bitte auch mit Sahne.«

»Kaffee?«

»Bitte.«

Ella nahm das Tablett vom Tisch.

Mr Rainwater stand auf. »Kann ich Ihnen das abnehmen?«

»Nein.«

Es klang energischer als beabsichtigt, und jeder im Raum, sogar Ella selbst, war über ihren Ton befremdet. Die Schwestern starrten mit offenem Mund abwechselnd sie und den neuen Hausgast an. Offenbar waren sie über sein beispielloses Angebot, ihr beim Abräumen zu helfen, genauso überrascht wie Ella.

Um ihre Verlegenheit zu verbergen, senkte Ella den Kopf und murmelte leise »Nein, danke, Mr Rainwater«, bevor sie hastig in Richtung Küche verschwand.

Als sie den Raum verließ, hörte sie, dass Miss Violet ein taktvolles Räuspern ausstieß, bevor sie fragte: »Was ist mit Ihrer Familie, Mr Rainwater?«

»Meine Mutter und mein Vater sind tot, und ich bin das einzige Kind.«

»Oh, das ist bedauerlich«, sagte Pearl. »Violet und ich haben auch nur noch uns selbst. Der Rest der Familie ist bereits ausgestorben.«

Die Küchentür schwang zu und verhinderte, dass Ella Mr Rainwaters Antwort hören konnte.

»Die beiden alten Jungfern machen den Mann mit ihrer Ausfragerei noch wahnsinnig«, bemerkte Margaret kopfschüttelnd.

»Ich habe vorhin mitbekommen, dass du ihn auch ausgefragt hast.«

»Ich wollte nur höflich sein«, erwiderte Margaret grummelnd. Sie warf einen kurzen Blick auf Ella und sah dann genauer hin. »Alles in Ordnung?«

»In Ordnung? Natürlich. Warum?«

»Sie haben ganz rote Bäckchen. Ich hoffe bloß, Sie haben sich nicht dieses schlimme Sommerfieber eingefangen. Manche Leute müssen damit wochenlang das Bett hüten.«

»Ich habe kein Fieber. Hast du den Cobbler vorbereitet?«

»Habe ich jemals den Nachtisch vergessen, bevor ich mit dem Abwasch angefangen habe?« Die Magd deutete mit der Schulter auf die Dessertschalen auf der Anrichte, die darauf warteten, serviert zu werden. »Was ist eigentlich mit den Fensterläden an der Vorderseite?«

»Was soll damit sein?«

»Sie wissen doch, Bruder Calvin hat angeboten, sie zu streichen.«

Ella stellte das Kaffeeservice auf das Tablett. »Ich kann mir das im Moment nicht leisten.«

»Aber der Anstrich sieht schäbig aus.«

»Ich weiß selbst, dass er erneuert werden muss, Margaret, aber …«

»Bruder Calvin hat gesagt, dass er es zu einem spottbilligen Preis macht. Es war übrigens sehr nett von ihm, dass er uns Brombeeren mitgebracht hat. Er hat sie selbst gepflückt.«

Ella seufzte. »Sag ihm, er soll vorbeikommen, und wir reden darüber. Danach sehen wir weiter.« Sie warf einen Blick auf Sollys Teller. Er hatte ausreichend gegessen. »Solly darf jetzt seinen Nachtisch haben«, sagte sie zu Margaret.

Die Magd lächelte den Jungen an, während sie die Hände aus dem Spülbecken nahm und das Wasser abschüttelte. »Ich werde das Goldstück selber füttern.«

Ella ging mit dem vollen Tablett bis zur Tür und drehte sich, um sie mit dem Hintern aufzustoßen.

»David.«

»Was?«

»Das ist Mr Rainwaters Vorname«, erklärte Margaret. »Ich dachte, das interessiert Sie vielleicht.«

Ella warf ihr einen verärgerten Blick zu, während sie rückwärts durch die Tür ging. Als sie sich im Esszimmer wieder umdrehte, schaute sie direkt zu Mr Rainwater, der ihren Blick erwiderte. Seine Augen hielten den Kontakt einen Moment lang aufrecht, bevor er seine Aufmerksamkeit wieder auf Miss Violet richtete, die ihm von der aufregenden Zeit erzählte, als sie und ihre Schwester an einer staatlichen Schule unterrichteten.

»Es ist so nett, jemanden kennenzulernen, mit dem man eine gepflegte Unterhaltung führen kann, nicht wahr, Schwester?«, sagte Violet.

»Allerdings.« Pearl lächelte gekünstelt und zupfte ihren Spitzenkragen glatt. »Ich hoffe, dass Sie sehr lange bei uns bleiben werden, Mr Rainwater.«

Ella vermied es, ihn anzusehen, und machte ein unbeteiligtes Gesicht, als sie den Brombeer-Cobbler mit Sahne servierte.

Sie aß alleine am Küchentisch, als er den Kopf durch die Tür steckte. Sie stand sofort auf und tupfte sich den Mund ab. »Mr Rainwater. Kann ich Ihnen helfen?«

Er trat in die Küche.

Margaret unterbrach ihre Tätigkeit und schenkte ihm ein breites Lächeln. »Es gibt noch Kaffee.«

»Für mich nicht mehr, danke.«

Solly, der Ella gegenübersaß und mit dem Löffel gegen die Tischkante klopfte, reagierte nicht.

Der neue Hausgast deutete mit einem Nicken auf Ellas Teller. »Ich habe mich schon gefragt, wann Sie zum Essen kommen.«

»Brauchen Sie etwas?«

»Verzeihen Sie mir, dass ich Sie beim Essen störe. Ich wollte nur fragen, ob es in Ordnung ist, wenn ich das Licht auf der Veranda anschalte, um draußen zu lesen.«

»Oh, natürlich. Der Schalter ist –«

»Ich habe ihn schon gefunden. Aber ich wollte zuerst fragen, bevor ich das Licht einfach anschalte.«

»Achten Sie nur darauf, es wieder auszuschalten, wenn Sie hineingehen.«

Mr Rainwaters Blick fiel auf Solly, der immer noch rhythmisch mit dem Löffel trommelte, dann schenkte er Margaret und Ella ein kurzes Nicken und zog sich wieder zurück.

»Nett von ihm, dass er vorher fragt«, bemerkte Margaret. »Dieser Mr Soundso, der mit der ständigen Alkoholfahne, dem wäre so etwas nie eingefallen. Ich hoffe, Mr Rainwater bleibt uns lange erhalten.«

Ella setzte sich wieder und aß weiter.

Nachdem Margaret sich verabschiedet hatte, brachte Ella Solly ins Bett. Er schlief rasch ein. Sie kniete vor seinem Bett, betrachtete sein süßes Gesicht und lauschte den leisen Atemzügen. Als ihre Knie zu schmerzen begannen, hauchte sie einen Kuss auf seine Wange und glitt leise aus dem Zimmer, während er friedlich weiterschlummerte. Nichtsdestotrotz horchte sie auf Geräusche von ihm, als sie wieder am Küchentisch saß und für das Abendessen morgen Schwarzaugenbohnen schälte. Es war bereits nach zehn Uhr, als sie ihren letzten Rundgang durch die Küche machte und anschließend das Licht ausschaltete.

Ihr Nacken und ihre Schultern schmerzten vor Erschöpfung, als sie den finsteren Hausflur durchquerte. Das Licht auf der Vorderveranda war aus. Mr Rainwater hatte es nicht vergessen. Trotzdem ging sie an die Tür, um zu überprüfen, ob er das Fliegengitter verriegelt hatte. Hatte er nicht. Sie griff hoch zu dem Riegel.

»Wenn Sie den einhaken, kann ich nicht mehr ins Haus.«

Ella zuckte beim Klang seiner Stimme zusammen.

»Tut mir leid«, sagte er. »Ich wollte Sie nicht erschrecken.«

Sie stieß die Fliegengittertür auf und trat auf die Veranda hinaus. Mr Rainwater saß im Dunkeln auf einem Korbstuhl. »Nein, mir tut es leid«, erwiderte Ella. »Das Licht war aus, darum dachte ich, Sie wären schon hineingegangen. Ich bedaure, dass ich Sie gestört habe.«

»Das haben Sie nicht. Ich habe das Licht ausgeschaltet, weil die Insekten lästig wurden.« Er stand auf und deutete auf einen Stuhl. »Leisten Sie mir Gesellschaft.«

Sie zögerte kurz, bevor sie die Veranda überquerte und sich setzte.

»Die Luft tut so gut. Ich konnte mich nicht überwinden, in mein Zimmer hochzugehen.« Er lächelte sie an. »Auch wenn es sehr gemütlich ist.«

»Es freut mich, dass es Ihnen gefällt.«

»Ja, vor allem die Blumentapete.«

Sie fielen in Schweigen, das nur von dem nächtlichen Zirpen der Grillen, einem Hundegebell in der Ferne und dem leisen Knarren des Korbstuhls, als er seine Sitzposition veränderte, unterbrochen wurde. Er streckte seine langen Beine aus, verschränkte lose die Hände über dem Buch in seinem Schoß und lehnte den Kopf zurück. Er machte einen völlig entspannten Eindruck.

Ella war sich nicht sicher, ob eine derart saloppe Haltung in Gegenwart einer Frau, einer Fremden, mit der man in der Dunkelheit zusammensaß, angemessen war. Vielmehr war sie sich ziemlich sicher, dass sich so etwas nicht schickte. Es suggerierte eine Vertrautheit, die irgendwie unpassend war, auch wenn sie mehrere Meter auseinander saßen.

»Wo schicken Sie die Lebensmittel hin?«

Sie sah zu ihm hinüber.

»Die Sachen, die Margaret eingepackt hat, als ich vorhin kurz in der Küche war«, erklärte er. »Wo schicken Sie die hin?«

»In die Barackensiedlung. Sie liegt östlich der Stadt, hinter den Eisenbahnschienen.«

Er blickte sie mit gewölbter Augenbraue interessiert an.

»Es begann mit ein paar Landstreichern, die nachts von einem Güterwaggon sprangen, um am Bach ihr Lager aufzuschlagen. Sie wurden zwar ständig vertrieben, aber es kamen immer mehr, bis der Sheriff es schließlich aufgab, sie zu verjagen. Inzwischen lässt man sie meistens in Ruhe. Die Anzahl der Bewohner in der Siedlung schwankt, aber ich glaube, ein paar Hundert halten sich dort ständig auf. Ganze Familien leben dort. Ich schicke ihnen alle paar Tage Essensreste, älteres Brot, überreifes Obst, solche Dinge eben.«

»Das ist sehr gütig von Ihnen.«

Ella senkte den Kopf und strich mit den Händen über ihren Rock. »Das sind nur Lebensmittel, die ich sonst wegwerfen würde.«

»Ich glaube nicht, dass die Bewohner der Siedlung sich daran stören, wenn ein Apfel leicht angefault ist.«

»Als Gegenleistung habe ich darum gebeten, dass keiner zu meinem Haus kommt, um zu betteln. Das spricht sich offenbar bei Neuankömmlingen und Vagabunden schnell herum. Geht nicht zu Barrons Pension für eine Spende. Ihr werdet keine bekommen.«

»Trotzdem sind Sie eine Wohltäterin.«

Ella wollte nicht, dass er ihr mehr Anerkennung zollte, als sie verdiente. »Ich bringe die Sachen nicht selbst zu den armen Leuten, Mr Rainwater. Das wäre wohltätig. Ich schicke immer Margaret.«

»Manche Menschen, viele Menschen, würden sich nicht einmal diese Mühe machen«, erwiderte er mit leiser Stimme.

Sie wollte ihm gerade erneut widersprechen, überlegte es sich aber anders, weil sie das Gefühl hatte, es wäre besser, das Thema fallen zu lassen. Wieder entstand ein Schweigen. Sie spürte, dass er sich darin wohler fühlte als sie. Für sie schien es sich ins Unendliche zu dehnen, bis zu dem Punkt, an dem sie kurz davorstand, sich zu entschuldigen und ins Haus zu gehen, doch da fragte er: »Haben Sie Ihr ganzes Leben hier verbracht?«

»Ja, in diesem Haus. Mein Vater hat es gebaut, kurz nachdem er meine Mutter heiratete. Einige Jahre später kam der Anbau im Erdgeschoss hinzu, den Solly und ich jetzt bewohnen. Bis auf die Erweiterung, die modernisierten Badezimmer und die neue Küchenausstattung ist das

Haus noch original so wie an dem Tag, als ich zur Welt kam.«

»Ihre Eltern sind schon tot?«

»Ja.«

»Haben Sie Geschwister?«

»Ich hatte zwei Brüder, Zwillinge. Sie waren drei Jahre jünger als ich. Beide sind in früher Kindheit gestorben.«

»Das tut mir leid.«

»Ich kann mich nicht mehr richtig an sie erinnern.« Ella blickte in die Richtung, aus der das Hundegebell kam, sodass ihr Gesicht von ihm abgewendet war. »Mutter und Vater haben nie über sie gesprochen.«

Die Trauer war für ihre Eltern unerträglich gewesen. Keiner der beiden hatte sich jemals davon erholt. Es schien, als hätte ihre Mutter sich über Nacht in eine verbitterte, kalte Frau verwandelt. Sie lächelte nicht mehr, und sie fand keine Freude an ihrer gesunden Tochter, die sie von da an auf Distanz hielt. Nachdem Ellas Vater die Zuneigung und Aufmerksamkeit seiner Ehefrau und seine Söhne verloren hatte, fand er seinen einzigen Trost im Alkohol. Er starb im Alter von fünfundvierzig Jahren an einer Leberzirrhose.

Nach seinem Tod war ihre Mutter gezwungen gewesen, Pensionsgäste aufzunehmen. Als sie schließlich ihrer Trauer erlag – mit großer Erleichterung, wie es Ella schien –, hatte Ella die Leitung der Pension übernommen. Damals war sie achtzehn. Auch wenn es sich hochmütig anhörte, war sie trotz ihrer Jugend weitaus besser darin, einen Haushalt zu führen, als ihre Mutter.

»Murdy hat mir erzählt, dass Sie verwitwet sind.«

Ella wandte den Kopf und warf Mr Rainwater einen scharfen Blick zu, bevor sie gleich darauf die Augen niederschlug. »Das ist richtig.«

»Das war sicher schwer für Sie.«

Sie nickte.

»Sie müssen die Verantwortung für Solly alleine tragen.«

Ella hob den Kopf. »Solly ist keine Verantwortung, Mr Rainwater. Er ist ein Kind. Mein Kind. Ein Geschenk.«

Mr Rainwater zog seine langen Beine ein und beugte sich vor. »Natürlich. Ich wollte damit nicht andeuten –«

»Ich gehe jetzt besser hinein.« Sie erhob sich rasch.

Er tat es ihr gleich.

»Bitte, hören Sie auf damit.«

»Verzeihung?«

»Sie brauchen nicht ständig aufzuspringen, sobald ich aufstehe oder den Raum betrete.«

»Ich –«

»Ich erwarte das nicht von Ihnen. Diese Form von Aufmerksamkeit ist nicht nötig. Ich bin Ihre Hauswirtin, nicht Ihre – nicht eine –« Ihr fiel nichts ein, was sie nicht für ihn war, nur, was sie war. Und was sie war, rechtfertigte nicht seine ausgesuchte Höflichkeit. »Sie müssen meinetwegen nicht aufstehen.«

»Man hat mich dazu erzogen, vor einer Dame aufzustehen.«

»Das glaube ich Ihnen gerne, aber –«

»Alte Gewohnheiten sind schwer zu überwinden. Aber ich hätte es natürlich unterlassen, hätte ich geahnt, dass Sie das verärgert.«

»Ich bin nicht verärgert.«

Aber ihr scharfer Ton ließ das Gegenteil vermuten. Seine Augen durchdrangen die Dunkelheit zwischen ihnen, fanden ihre und schienen in sie hineinzublicken, was in ihr Unbehagen auslöste, während sie sich zugleich unhöflich und irgendwie verletzlich vorkam.

»Gute Nacht, Mr Rainwater.« Sie kehrte ihm den Rücken zu und ging zur Tür, aber als sie die Hand nach dem Fliegengitter ausstreckte, kam er ihr zuvor und hielt ihr die Tür auf. Statt erneut über seine Manieren zu diskutieren, ging sie ins Haus. Er folgte ihr und blieb neben ihr stehen, während er beobachtete, dass sie sich auf die Zehenspitzen stellte, um den Riegel einzuhaken.

»Ist dieser Haken für Sie nicht ungünstig hoch angebracht?«

»Ja, sehr ungünstig.« Ella hakte den Riegel ein und wandte sich anschließend zu ihm um. »Aber er muss so weit oben sein, damit Solly nicht drankommt. Er ist uns einmal ausgebüxt und blieb stundenlang verschwunden, bevor wir ihn fanden. Er spazierte zwischen den Eisenbahnschienen herum.«

Mr Rainwater stieß einen langen Atemzug aus und machte ein zerknirschtes Gesicht. »Das ist mein erster Abend in Ihrem Haus. Es ist mir nicht gelungen, einen guten Eindruck zu hinterlassen.«

»Sie sollten nicht darum besorgt sein, einen guten Eindruck auf mich zu machen, Mr Rainwater.«

»Ich möchte aber, dass Sie gut von mir denken.«

»Ich denke gut genug von Ihnen, um Sie in meinem Haus aufzunehmen. Abgesehen davon –«

»Haben Sie keine Meinung von mir«, ergänzte er für sie, womit er ihren Unmut über ihn und die gesamte Unterhaltung weiter schürte.

»Ganz richtig, Mr Rainwater. Ich mache mir nicht zu viele Gedanken über Sie oder meine anderen Gäste, denn ich möchte nicht, dass Sie sich zu viele Gedanken über mich und Solly oder unsere Lebensumstände machen.«

Er musterte sie kurz, dann erwiderte er: »Sie sollten sich

öfter erlauben, wütend zu werden. Ich glaube, das würde Ihnen guttun.«

Seine Freimütigkeit raubte ihr die Sprache. Sie nahm daran Anstoß, aber sie stand einfach nur da und starrte ihn an.

»Gute Nacht, Mrs Barron.« Er schritt an ihr vorbei und ging nach oben.

5

Eine Woche verging. Ella bekam von David Rainwater wenig zu sehen, außer zum Frühstück und Abendessen. Während der Mahlzeiten bewies er eine bemerkenswerte Geduld für das Geplapper der Dunne-Schwestern und ihre schlecht verhohlene Neugier.

Die alten Damen begannen, sich für die Essenszeit »fein« zu machen, und putzten sich jeden Abend mit ihrer besten Sonntagstracht und ihrem Schmuck heraus. Ihre plötzliche Eitelkeit erklärten sie mit der rhetorischen Frage: »Wofür ist es gut, schöne Dinge zu besitzen, wenn man sie nie benutzt?« Ella nahm eines Abends sogar einen Hauch von Eau de Cologne war und verdächtigte Miss Pearl, die in Anwesenheit des neuen Untermieters immer die Kokette spielte.

Mr Hastings kehrte eines späten Nachmittags zurück und fand gerade noch Zeit, sich vor dem Abendessen frisch zu machen. Als Ella den Salat servierte, stellten ihm die Schwestern den neuen Gast vor.

»Freut mich sehr, Sie kennenzulernen, Mr Rainwater«, sagte der Handelsreisende. »Gut, dass ich nicht mehr der einzige Mann im Haus bin. Spielen Sie Schach?«

»Nicht besonders gut, fürchte ich.«

»Hervorragend! Dann kann ich zur Abwechslung vielleicht einmal gewinnen. Ah, Mrs Barron, ich habe Ihre Küche vermisst. Die ist mit nichts zu vergleichen, was ich in letzter Zeit vorgesetzt bekommen habe.«

»Danke, Mr Hastings. Hatten Sie eine erfolgreiche Reise?«

»Leider nicht so erfolgreich, dass ich damit prahlen könnte, wie ich zugeben muss. Meine Händler nehmen mir nicht mehr die Mengen ab wie früher. Tatsächlich nicht einmal annähernd so viel, weil sie ihren Bestand nicht loswerden. Niemand kann sich heutzutage Kurzwaren leisten. Die Leute schätzen sich bereits glücklich, wenn sie genug zu essen haben. Trotz der optimistischen Ansprachen von Mr Roosevelt scheinen die Zeiten eher schlechter statt besser zu werden.«

»Was uns umso mehr mit Dankbarkeit erfüllen sollte für alles, womit wir gesegnet sind«, bemerkte Miss Violet.

Nach dem Abendessen spielten die Männer im vorderen Salon Schach, während die Schwestern im hinteren Bereich Radio hörten. Vereinzelte Musikklänge drangen zu Ella, die in der Küche arbeitete. Hin und wieder hörte sie eine Männerstimme aus dem Salon.

Mr Hastings blieb zwei Tage, bevor er hartnäckig seinen Musterkoffer wieder heruntertrug und in seinem Wagen verstaute. »Ich werde bis nächsten Dienstag zurück sein«, informierte er Ella. »Ich melde mich, falls ich aus irgendeinem Grund aufgehalten werde.«

»Gute Fahrt, Mr Hastings.«

Er tippte kurz an seinen Hut und fuhr los. An diesem Abend zog Mr Rainwater sich direkt nach dem Essen auf sein Zimmer zurück. Er setzte sich abends nicht mehr auf die Veranda, soweit Ella wusste.

Ihre Begegnungen verliefen höflich, aber kurz und gestelzt, als wäre jeder tunlichst bemüht, den anderen nicht zu kränken. Er kam ihrer Bitte nach und verzichtete darauf, sich zu erheben, wenn sie den Raum betrat, oder ihr andere offenkundige Höflichkeiten zu erweisen. Es kam ihr vor, als hätten sie sich gestritten. Aber das hatten sie nicht. Nicht wirklich. Trotzdem vermied sie es, mit ihm alleine zu sein, und er machte keine Anstrengungen, ihre Nähe zu suchen.

Es war, wie es sein sollte.

Er wohnte seit zwei Wochen unter ihrem Dach, als sie ihre nächste private Unterhaltung führten. Ella hatte oben saubergemacht, während Margaret im vorderen Salon einen Vorhang ausbesserte und auf Solly aufpasste, der mit Garnspulen spielte, was eine seiner Lieblingsbeschäftigungen war.

Ella ging mit ihrem Korb voller Putzutensilien gerade die Treppe herunter, als sie ein scharrendes Geräusch hörte, das sie nicht einordnen konnte. Sie folgte dem Geräusch und ging durch die Küche hinaus und um die Ecke des Hauses.

Mr Rainwater stand zwischen den Tomatenstauden und stützte sich auf eine Gartenhacke, mit der er die trockene Erde auflockerte. Sein Jackett und seine Weste hingen über einem Zaunpfosten, und seine Hemdsärmel waren bis zu den Ellenbogen hochgekrempelt. Auf seinem Rücken kreuzten sich Hosenträger und bildeten ein X über der Stelle, wo der Stoff durch den Schweiß auf der Haut klebte.

»Mr Rainwater!«

Ihre Stimme veranlasste ihn, sich umzudrehen. »Mrs Barron.« Er legte einen Arm über den Griff der Hacke, schob seinen Hut in den Nacken und wischte sich mit dem Ärmel den Schweiß von der Stirn.

»Was machen Sie da?«, fragte Ella.

Sein Blick wanderte an der Hacke herunter auf die frisch gepflügte Erde und das entwurzelte Unkraut, das in der Sonne welkte. Als er den Kopf wieder hob, blickte er sie mit kaum verhohlener Belustigung an, die ihr inzwischen vertraut war, aber dennoch nicht weniger provozierend. »Ich jäte das Unkraut im Gemüsegarten.«

Seine Gelassenheit, mit der er das Offensichtliche feststellte, vergrößerte Ellas Unmut nur noch mehr. Das viele Unkraut, das er entfernt hatte, war der Beweis, dass der Garten dringend Pflege brauchte, aber dennoch war sein Verhalten anmaßend. »Ich wollte mich morgen selbst darum kümmern.« Sie sah kurz hoch in die glühende Nachmittagssonne. »In aller Frühe, bevor es zu heiß wird.«

Er lachte leise. »Es ist immer heiß. Fast zu heiß zum Atmen.«

»Genau meine Meinung, Mr Rainwater. Außerdem, wenn Sie meine Arbeiten verrichten, was Sie nicht tun sollten, vor allem nicht, ohne mich vorher zu fragen, kann körperliche Anstrengung, wie zum Beispiel Unkrautjäten, für einen Mann in Ihrem Zustand nicht gut sein.«

Sein belustigter Ausdruck verflog, und sein Gesicht verhärtete sich, wodurch die Haut sich über seinen ausgeprägten Wangenknochen spannte. »Ich verspreche, dass ich nicht in Ihrem Tomatenbeet tot umfallen werde.«

Der Tonfall seiner Stimme traf sie wie ein Schlag ins Gesicht. Vielleicht zuckte sie sogar zusammen, denn er ließ sofort die Hacke fallen und ging einen Schritt auf sie zu. »Ich bitte um Entschuldigung.« Er riss sich den Hut vom Kopf und fuhr mit den Fingern durch die Haare, um sie zurückzustreifen, bevor er den Hut wieder aufsetzte. »Bitte verzeihen Sie mir. Das war völlig unangebracht.«

Ella war immer noch zu perplex, um etwas zu sagen.

»Glauben Sie, nur weil ich mich in Ihrem Garten nützlich mache, zweifle ich an Ihrer Kompetenz?«, fragte er. »Keineswegs, Mrs Barron. Ich habe nicht bedacht, dass Sie meine Absichten falsch verstehen könnten. Tatsächlich habe ich mir überhaupt nichts dabei gedacht. Es war ein spontaner Entschluss, und außerdem habe ich es nicht für Sie getan, sondern für mich.«

Sie hob den Kopf und sah ihn an.

»Ich brauche eine Beschäftigung. Ich habe nichts Konstruktives getan, seit ich hier eingezogen bin, und es widerstrebt mir, die Hände in den Schoß zu legen. Die Tage und Nächte vergehen dann nur sehr langsam.« Ein reumütiges Lächeln huschte über sein Gesicht. »Man könnte meinen, es sollte mir recht sein, wenn die Zeit langsamer verstreicht, aber ich bin kein Freund von Müßiggang. Ich möchte beschäftigt und aktiv sein, so lange ich dazu in der Lage bin.«

Er starrte sie einige Sekunden lang mit ernstem Gesicht an, als wollte er sie zwingen, ihn zu verstehen. Dann stieß er ein Seufzen aus und ließ die Schultern hängen. Er bückte sich und hob die Hacke auf. »Ich stelle sie in den Schuppen zurück.«

Er nahm seine Weste und sein Jackett von dem Zaunpfosten und schritt durch das klapprige Gartentor aus Hühnerdraht, das manchmal, wenn auch nur selten, Kaninchen davon abhielt, Ellas Gemüsebeet zu plündern.

Als er an ihr vorüberging, sagte sie: »Ich wollte nicht so streng klingen.«

Er blieb stehen und blickte ihr ins Gesicht. Sie war auf

Augenhöhe mit seinem entblößten Hals, nachdem er den Binder gelockert und den Hemdkragen aufgeknöpft hatte. Seine Haut glänzte vor Schweiß. Er roch nach Salz, nach Sonne und Sommerhitze, nach frisch gepflügter Erde.

Es war tatsächlich fast zu heiß zum Atmen, dachte sie. Jedenfalls schien die Luft, die sie einatmete, nicht zu genügen. »Meine Gäste sollen nicht meine Arbeiten erledigen.«

»Selbst dann nicht, wenn das Ihre Gäste glücklich macht?«

Sie sah ihm in die Augen.

Mit leiser Stimme fragte er: »Was kann es denn schaden, Mrs Barron?«

»Es schadet mir, weil ich nicht möchte, dass meine Routine durcheinander gebracht wird.« Da es verzweifelt klang, beinahe ängstlich, holte sie tief Luft, bevor sie fortfuhr. »Wenn ich jedem Gast erlauben würde, zu tun, was ihm gerade in den Sinn kommt, würde das Haus bald im Chaos versinken. Ich kann nicht zulassen –«

Sie verstummte vor Schreck, als er ihr plötzlich die Hand auf die Schulter legte. Aber noch bevor sie richtig verarbeitet hatte, dass er sie tatsächlich berührte, wurde ihr bewusst, dass seine Aufmerksamkeit nicht länger auf ihr ruhte. Er starrte über ihre Schulter hinweg. Dann ließ er seine Sachen auf den Boden fallen, schob sie sanft, aber entschlossen zur Seite und rannte los. »Bruder Calvin?«

Ella wandte sich um und sah den Prediger auf einem Maultier sitzen. Seine Beine baumelten an den Flanken des Tiers schlaff herunter, und er war so tief zusammengesackt, dass seine Stirn beinahe die steife Mähne des Maultiers berührte. Während sie verwundert zu ihm hinüberstarrte, ließ er das Seil los, das ihm als Zügel diente, kippte zur Seite und rutschte von dem Maultierrücken auf den Boden.

Gleich darauf erreichte Mr Rainwater den jungen Prediger, kniete sich neben ihn und drehte ihn vorsichtig auf den Rücken. Ella stockte der Atem, als sie das Gesicht des Predigers sah. Es war blutig und geschwollen. Mr Rainwater zischte laut durch die Zähne. Ella, die erkannte, dass es ein Notfall war, machte auf dem Absatz kehrt und lief zur Hintertür. Sie rief durch das Fliegengitter laut nach Margaret, dann eilte sie zu den beiden Männern und ließ sich neben Bruder Calvin auf die Knie fallen.

»Was ist mit ihm passiert?«

»Sieht so aus, als wäre er zusammengeschlagen worden«, antwortete Mr Rainwater.

Bruder Calvin blutete aus mehreren Wunden im Gesicht und am Kopf. Seine Kleidung war zerrissen. Er hatte nur noch einen Schuh. Er war bei Bewusstsein, aber er stöhnte, und sein Kopf kippte zur Seite, als Mr Rainwater ihn unter den Achseln packte, um ihn aufzusetzen.

»Helfen Sie mir. Wir müssen ihn ins Haus bringen«, sagte er zu Ella.

Das war angesichts der kräftigen Statur des Predigers nicht einfach. Mr Rainwater legte den rechten Arm des Verletzten über seine Schulter, und Ella tat dasselbe mit seinem linken Arm. Beide verkeilten eine Schulter in seinen Achselhöhlen und stemmten ihn hoch, während sie sich mühsam aufrappelten. Mit langsamen Schritten trugen sie ihn halb und schleiften ihn halb zum Haus.

Margaret schob die Fliegengittertür auf und begann zu kreischen, als sie ihren geliebten Prediger in diesem Zustand sah.

»Sei still!«, befahl Ella. »Wir brauchen deine Hilfe. Nimm seine Füße.«

Die Magd verstummte sofort. Sie eilte die Verandastufen herunter, schnappte sich die Füße des Predigers und ging dann rückwärts die Treppe hoch. Obwohl sie zu dritt waren, schwankten und taumelten sie unter seinem Gewicht, aber es gelang ihnen, ihn über die Türschwelle zu tragen.

Mr Rainwater sagte: »Legen Sie ihn ganz langsam auf den Boden.«

Sie ließen ihn so sanft wie möglich herunter, aber Bruder Calvin hörte nicht auf zu stöhnen, und Ella befürchtete, dass er schlimme innere Verletzungen hatte. »Hol Handtücher und eine Schüssel mit Wasser«, sagte sie zu Margaret. »Und das Jod aus meinem Bad. Wo ist Solly?«

»Direkt hinter Ihnen. Ich hab' ihn mir sofort geschnappt, als Sie nach mir gerufen haben.«

Solly saß auf dem Boden, den Rücken an die Speisekammertür gelehnt, die Beine gerade von sich getreckt. Er starrte auf seine Schuhe und schlug die Fußspitzen aneinander, während er scheinbar nicht wahrnahm, was um ihn herum geschah.

Ella drehte sich wieder zu Bruder Calvin, der laut aufstöhnte, als Mr Rainwater vorsichtig eine dicke Beule an seiner Schläfe befühlte. »Soll ich Doktor Kincaid rufen?«, fragte sie.

»Ja, und den Sheriff.«

»Nein!« Bruder Calvin riss plötzlich die Augen auf. Die schwarze Iris rechts schwamm in einem kräftigen Rot. »Nein, nein, bitte kein Arzt. Kein Sheriff.«

Dabei schüttelte er energisch den Kopf, was jedoch wohl sehr schmerzhaft war, denn er schloss sofort wieder die Augen und stöhnte auf. Margaret kam mit einer Schüssel Wasser. Ella reinigte so sanft wie möglich seine Wunden und betupfte sie anschließend mit Jod.

Schließlich hörte sein Stöhnen auf, aber dafür konnte er nicht aufhören, Ella für ihre Freundlichkeit zu danken. Ungeachtet seines Zustands machte er sich Sorgen um das Maultier.

»Was ist damit?«, fragte Ella.

»Es gehört nicht mir.« Während er sich vor Schmerzen immer wieder kurz unterbrechen musste, erklärte er, dass er Angst habe, das Tier könnte weglaufen. Also ging Mr Rainwater nach draußen, um es am Zaunpfosten festzubinden. Als er zurückkehrte, versicherte er dem Prediger, dass das geliehene Maultier nun nicht mehr weglaufen konnte.

Nachdem Bruder Calvin beteuerte, dass er in der Lage sei aufzustehen, halfen sie ihm gemeinsam auf einen Stuhl. »Spüren Sie innerliche Schmerzen?«, fragte Ella ihn.

»Ja. Vielleicht sind ein paar Rippen gebrochen.«

»Könnte es sein, dass Sie innere Blutungen haben?«

Er schüttelte den Kopf. »Nein, Ma'am. So schlimm ist es nicht.«

Aber es war schlimm genug, um Miss Violet einen gewaltigen Schrecken einzujagen. Sie kam in die Küche, um etwas zu holen, doch als sie den blutenden schwarzen Mann sah, der am Tisch saß, blieb sie wie angewurzelt stehen. Sie presste ihre vom Alter gefleckte Hand an die knochige Brust und stieß ein »Oh wei!« aus, bevor sie rasch rückwärts hinausruderte.

Was auch immer sich hier abspielte, die alte Dame wollte offenbar nicht daran teilhaben. Was Ella ganz recht war.

Margaret schob dem Prediger einen Eistee über den Tisch. Er griff mit beiden Händen nach dem Glas und nippte daran. Ella bemerkte, dass seine Fingerknöchel blutig aufgeschürft waren. Offenbar hatte er selbst ein paar harte Schläge ausgeteilt.

»Was ist passiert? Wer war das?«, fragte Mr Rainwater. Sein weißes Hemd war mit dem Blut des anderen Mannes verschmiert, aber er schien es nicht wahrzunehmen.

»Die haben die Kühe erschossen.«

»Gott sei uns gnädig«, jammerte Margaret.

»Die Regierungsbeauftragten vom DRS? Vom Drought Relief Service?«, fragte Mr Rainwater.

Der Prediger nickte.

»Wessen Herde war es?«, fragte Ella.

»Pritchett ist sein Name.«

Sie sah Mr Rainwater an. »George Pritchett. Seine Familie bewirtschaftet seit mindestens drei Generationen eine Milchfarm.«

Die Regierung hatte in diesem Jahr ein Notprogramm verabschiedet, um Farmer, Milchbauern und Viehzüchter vor dem totalen Ruin zu bewahren. Es herrschte die schlimmste Dürre seit hundert Jahren, was den Großen Ebenen den Spitznamen »Staubschüssel« eingebracht hatte. Land, das früher bestellt wurde oder als Weideland diente, war nun eine riesige Brachfläche, die von Wind und Insektenschwärmen verwüstet wurde.

Als Reaktion auf die sich immer weiter verschärfende Krisensituation hatte der amerikanische Kongress mehrere Millionen Dollar bewilligt, um den Milchbauern und Züchtern ihr Vieh abzukaufen, das buchstäblich verhungerte. Es wurden bis zu zwanzig Dollar pro Tier bezahlt, was weit unter dem normalen Marktpreis lag, aber unter diesen Umständen besser als nichts war.

Das Programm schien zu funktionieren. Lebendvieh, das für den Verzehr gesund genug war, wurde zur Federal Surplus Relief Corporation transportiert, wo es geschlachtet und verarbeitet wurde. Das Dosenfleisch wurde anschließend in Übergangssiedlungen, Suppenküchen und Lebensmittelausgabestellen verteilt. Die Farmer und Viehzüchter bekamen eine kleine Entschädigung, und die Hungrigen bekamen zu essen.

Aber es gab auch einen beunruhigenden Aspekt dieses Regierungsprogrammes. Das Vieh, das sich für die Schlachtung nicht eignete, wurde an Ort und Stelle getötet und anschließend begraben. Das konnte eine ganze Herde betreffen oder eine einzige Milchkuh. Das Programm verfolgte den Zweck, Familien zu helfen, die sowohl unter der Dürre als auch unter der Wirtschaftsdepression litten. Dennoch zerriss es einem das Herz, mitanzusehen, wie ein Lebenswerk auf derart brutale Art zerstört wurde.

Bruder Calvin begann zu erzählen. »Zuerst haben sie die dicksten Kühe aus der Herde geholt – das waren nicht gerade viele –, auf einen Transporter verfrachtet und anschließend weggebracht. Das restliche Vieh haben sie in eine Grube getrieben, so groß wie dieses Haus. Die haben sie vorher ausgehoben. Dann haben sich sechs Schützen am Rand verteilt.

»Mr Pritchett ist mit seiner Frau und seinen Kindern ins Haus gegangen und hat die Tür hinter sich geschlossen. Er konnte es nicht ertragen, mitanzusehen, wie seine Kühe getötet werden. Es schien ihm völlig unwichtig, dass er für sie Geld bekommen hatte. Sein Herz und seine Seele waren gebrochen.«

Während der Prediger berichtete, gewann seine Stimme immer mehr Volumen. Sie hallte von den Küchenwänden wider, als würde er auf der Kanzel stehen und vor Höllenfeuer und Schwefel warnen. »Dann haben sie das Feuer eröffnet. Der Krach hat die Tiere erschreckt. Sie fingen an zu brüllen und fielen nach und nach um. Kühe, Kälber, alle bis zum letzten Tier.«

Ella wurde bei der Vorstellung eines derartigen Gemetzels übel. Margaret presste eine Hand auf ihre zitternden Lippen. Mr Rainwaters hagerer Kiefer arbeitete, als würde er mit den Zähnen malmen.

Ella sagte: »Ich weiß, es ist notwendig. Es soll eine Hilfe sein. Aber es kommt einem so grausam vor.«

»Vor allem demjenigen, der Tag und Nacht geschuftet hat, um seinen Viehbestand aufzubauen«, sagte Mr Rainwater. »Wer hat Sie so zugerichtet, Bruder Calvin? Und warum?«

Der Prediger fuhr sich mit seiner aufgeschürften Faust über die feuchten Augen. »Die Leute in der Siedlung haben erfahren, was heute auf der Pritchett-Farm geplant war. Also haben sie sich gemeinsam auf den Weg gemacht, Schwarze und Weiße. Vereint im Hunger. Sie haben alle Messer und Beile mitgenommen, die sie auftreiben konnten. Sie schleppten sogar Waschzuber mit und Kochtöpfe, weil sie dachten, dass sie das Fleisch von den toten Kühen haben könnten und sich holen, was die abgemagerten Kadaver hergaben, bevor sie dort draußen in der Sonne verwesten oder mit Erde zugeschüttet wurden. Menschen, die von Mehl, Wasser und wilden Kräutern leben, sind nicht wählerisch, wenn es Fleisch gibt.«

Seine Augen wurden wieder feucht. »Aber kaum waren die Regierungsleute weg, rückte eine Horde von Einheimischen an, um dafür zu sorgen, dass die toten Kühe nicht geschlachtet wurden. Ihr Anführer war ein Weißer mit einem Gewehr. Er hatte ein rotes Muttermal im Gesicht.«

»Conrad.«

Mr Rainwater wandte ruckartig den Kopf zu Ella, die den Namen ausgesprochen hatte.

»Conrad Ellis«, erklärte sie. »Er hat ein großes Muttermal im Gesicht. Ich glaube, das nennt man ein Feuermal.«

»Ich sage, das ist ein Kainsmal«, murmelte Margaret.

»Conrad ist ein Tyrann. Das war er schon immer«, sagte Ella.

»Er ist schlimmer als die Sünde.«

Ella ging über den verächtlichen Kommentar ihrer Magd hinweg und fuhr fort: »Mr Ellis, Conrads Vater, besitzt eine Fleischfabrik. Er bezieht sein Fleisch größtenteils hier aus der Gegend.«

»Menschen, die umsonst an Fleisch kommen, sind also schlecht für sein Geschäft«, bemerkte Mr Rainwater. »Darum schickt er seinen Sohn vor, um sicherzustellen, dass keiner etwas bekommt.«

Ella runzelte die Stirn. »Conrad braucht keinen Vorwand. Er hat Spaß daran, andere Menschen zu quälen. Er ist immer auf Streit aus.«

»Vor allem seit –«

»Margaret.«

Ellas implizite Rüge hielt die Magd davon ab, ihren Satz zu vollenden. Margaret wirkte wütend wie eine Hornisse, als sie sich hochstemmte und murmelte: »Ich geh' Kaffee machen.«

Mr Rainwater blickte neugierig von Ella zu Margaret und wieder zurück. Ella ignorierte seine stummen Fragen und richtete ihre Aufmerksamkeit wieder auf Bruder Calvin, der jetzt sagte: »Der weiße Bursche war heute ganz sicher auf Streit aus.« Er trank sein Glas leer und stellte es vorsichtig auf den Tisch.

»Als die Regierungsbeauftragten weg waren, sind die

Leute aus der Siedlung, ich mittendrin, zu der Grube gelaufen, um die Kühe zu zerlegen. Sie waren ja bereits tot, und mit ihrem Fleisch konnten Menschen ernährt werden. Und zwar schon heute Abend, statt zu warten, bis die Regierung vorbeikommt, um Dosenfleisch zu verteilen. Das war meine Überlegung. Und auch die von Mr Pritchett, glaube ich. Er und seine Frau kamen nämlich heraus und drückten jedem ein Messer in die Hand, der keins hatte.

»Dann tauchten plötzlich diese Burschen in einem Pick-up auf. Sie drückten laut auf die Hupe und schossen in die Luft. Gleich darauf kletterten sie von der Ladefläche, schwenkten drohend ihre Baseballschläger und Gewehre und brüllten, dass die Leute verschwinden sollen. Aber niemand hat ihnen Beachtung geschenkt. Als die Leute unbeirrt weitermachten, haben sie begonnen, mit den Schlägern und den Gewehrkolben auf sie einzuschlagen. Männer, Kinder, Frauen, das spielte keine Rolle.«

»Wo war die Polizei?«

»Der Sheriff war mit ein paar Deputys vor Ort. Sie haben einfach zugesehen, ohne einzugreifen, bis Mr Pritchett mit einer Schrotflinte auftauchte. Er hat diese Burschen angebrüllt, sie sollen sofort sein Grundstück verlassen und die armen Leute in Frieden lassen, weil sie nur Fleisch nehmen wollten, das sonst verwesen würde. Der Sheriff meinte daraufhin, er soll die alberne Flinte weglegen, bevor er noch jemanden erschießt.«

An diesem Punkt schüttelte der Prediger den Kopf und begann, heftiger zu weinen. »Ich habe es mit meinen eigenen Augen gesehen. Der gemeine Bursche mit dem Muttermal sprang plötzlich auf die Veranda und entriss Mrs Pritchett einen kleinen Jungen, er riss ihn direkt aus ihren

Armen. Das Kind kann nicht älter als zwei oder drei Jahre gewesen sein. Der Unmensch hat gedroht, dem Kleinen den Schädel einzuschlagen, wenn Mr Pritchett seine Schrotflinte nicht sofort weglegt und ihn und seine Kumpane weiter daran hindert, ihre Pflicht zu erfüllen und sicherzustellen, dass der Ablauf des Notprogramms eingehalten wird.«

»Allmächtiger.«

Der Prediger bedachte Mr Rainwater mit einem gefühlvollen Blick. »Der Herr vergibt Ihnen diese Gotteslästerung, Mr Rainwater. Es war ein furchtbarer Anblick. Auch für die Augen des Herrn.« Er wischte sich die Tränen aus dem Gesicht. »Ich denke nicht, dass das die Absicht von Mr Roosevelt war, oder? Wie dem auch sei, als Mr Pritchett sah, dass seine Frau in hysterische Angst verfiel und das Leben seines kleinen Jungen in Gefahr war, gab er, der es nur gut gemeint hatte, schließlich auf.

Er sackte auf die Verandatreppe herunter und beobachtete, wie dieses gemeine Pack die hungrigen Menschen in die Siedlung zurückscheuchte. Er konnte nichts weiter tun, als dazusitzen und das blutige Chaos zu betrachten, das auf seiner Weide hinterlassen worden war. Er hat die meisten dieser Kühe zur Welt kommen gesehen, wahrscheinlich hat er mehrmals selbst angepackt, um sie aus ihren Müttern herauszuziehen. Und dann mitanzusehen, wie sie einfach so abgeknallt und dann vergeudet werden –« Dem Prediger versagte die Stimme.

Als er verstummte, waren die einzigen Geräusche in der Küche das Blubbern der Kaffeemaschine auf dem Herd und das Klopfen von Solly, der seine Schuhspitzen aneinander stieß. Schließlich fragte Ella: »Was geschieht jetzt?«

»Die Grube wird zugeschüttet.«

Bruder Calvin bekräftigte Mr Rainwaters Erklärung mit einem Nicken. »An der Zufahrt zur Farm standen Frontlader, bereit, loszurollen und das Loch zuzuschütten, das sie vorher ausgehoben haben.« Er schüttelte bekümmert den Kopf. »Ich weiß, dass Männer jede Arbeit annehmen müssen, die sie kriegen können. Aber ich weiß nicht, ob ich jemals gegen Bezahlung fähig wäre, hilflose Kühe und ihre Kälber zu erschießen. Ich weiß auch nicht, ob ich die Kadaver in der Grube zuschütten könnte, während hungrige Kinder in der Nähe weinen, weil sie heute Abend etwas zu essen brauchen.«

Mr Rainwater beugte sich über den Tisch zu ihm. »Sie haben versucht, den Leuten aus der Siedlung zu helfen, und wurden dabei in die Schlägerei verwickelt?«

»Das ist richtig. Ich mache manchmal Besuche in der Siedlung und halte eine Messe für die Menschen«, erklärte er. »Ich habe sie ermuntert, sich bereit zu halten, wenn die Schützen auf der Pritchett-Farm auftauchen. Ich habe ihnen Fleisch versprochen. Wenigstens einen Suppenknochen. Aber ich habe nicht mit Männern gerechnet, die drohen, kleinen Kindern den Schädel mit einem Baseballschläger einzuschlagen.« Seine breiten Schultern zuckten, und er fing nun richtig an zu weinen. »Ich fühle mich für jeden einzelnen Hieb verantwortlich.«

Ella legte tröstend die Hand auf seinen Unterarm. »Sie trifft keine Schuld, Bruder Calvin. Sie haben versucht zu helfen.« Sie blickte zu Mr Rainwater. »Sie kennen Doktor Kincaid besser als ich. Denken Sie, er würde in die Siedlung gehen und die Schwerverletzten dort behandeln? Ich kann ihn selbst darum bitten, aber Sie sind mit ihm verwandt.«

Mr Rainwater stand auf und begann, seine Hemdsärmel herunterzukrempeln. »Ich mache mich sofort auf den Weg.«

»Kommen Sie auf dem Rückweg zur Siedlung noch einmal hier vorbei. Margaret und ich werden ein paar Sachen zusammenpacken.«

Er nickte, bevor er durch die Hintertür verschwand.

Ella wartete bereits, als Mr Rainwater eine halbe Stunde später mit Doktor Kincaid zurückkehrte. »Ich benötige Hilfe«, rief sie von der Veranda.

Die zwei Männer holten Kisten mit Lebensmitteln, Kleidung und Haushaltswaren aus dem Haus und luden sie in Mr Rainwaters Wagen. »Das haben Sie alles in der kurzen Zeit gesammelt, die ich fort war?«, fragte Mr Rainwater, während er einen Mehlsack mit Kleidern hochhievte, aus denen Solly herausgewachsen war.

»Ich sammle die Sachen schon seit einer Weile und habe nur auf den richtigen Zeitpunkt gewartet, um sie wegzugeben.«

Während die Männer die letzten Sachen im Wagen verstauten, eilte Ella in die Küche zurück. Sie bat Margaret, ein wachsames Auge auf Solly zu haben, und versprach, rechtzeitig zurück zu sein, um das Abendessen zu servieren. Dann schnappte sie sich ihren Hut und lief zur Vordertür hinaus. »Warten Sie, ich komme mit.«

»Das ist nicht nötig, Mrs Barron«, sagte der Arzt. Er schwitzte stark.

»Ich weiß, dass es nicht nötig ist, aber ich kann helfen.«

»Vielleicht wäre Margaret die bessere Wahl –«

»Margaret ist eine Schwarze, Doktor Kincaid. Ich möchte sie nicht der Gefahr aussetzen, von einer Bande skrupelloser Schläger drangsaliert zu werden. Die haben nämlich

Spaß daran. Ganz besonders, wenn ihre Opfer schwarz sind.«

Der Doktor blickte hilfesuchend Mr Rainwater an, aber dieser stellte sich auf ihre Seite. »Dagegen kann man nicht argumentieren, Murdy.«

Der Doktor setzte seinen Hut auf. »Also gut, dann lassen Sie uns aufbrechen. Mrs Kincaid ist ohnehin schon beleidigt. Sie hat geschworen, sie schickt die Polizei los, um nach mir zu suchen, wenn ich nicht in einer Stunde zurück bin.«

Aber eine Stunde war nicht genug Zeit, um jeden zu behandeln, der bei dem Chaos auf der Pritchett-Farm verletzt worden war.

Ella und Mr Rainwater verteilten Aspirin und Trost an die Leichtverletzten, während der Doktor sich um die Schwerverletzten kümmerte. Er renkte die Glieder von Männern mit grimmigen Gesichtern ein, die Selbstgebrannten tranken, um sich gegen die Schmerzen zu wappnen. Er verband offene Wunden. Er nähte zusammen, so gut es mit seiner begrenzten Ausrüstung ging, und behandelte den Rest mit antiseptischen Salben, bis ihm der Faden ausging. Er half einer Frau, eine Totgeburt zu entbinden. Sie bemerkte hinterher traurig, dass es zwar ein Jammer sei, dass ihr Kind tot war, aber dass sie ohnehin kein weiteres hungriges Maul hätte durchfüttern können. Seine kleine Seele sei im Himmel besser aufgehoben, sagte sie.

Nachdem die Verletzten versorgt waren, machten Ella und Mr Rainwater eine Runde durch die klapprigen Behausungen, Flickenzelte, Papphütten und verrosteten Autowracks, die als Unterkünfte dienten. Sie verteilten die Kleidung, ausrangierten Haushaltsutensilien und Lebensmittel, die sie mitgebracht hatten. Die Augen der Menschen, die Ellas Blick erwiderten, waren entweder apathisch gegenüber ihrer Barmherzigkeit oder überschwänglich dankbar. Sie fand beide Reaktionen gleich verstörend.

Nachdem sie alles verteilt hatte, was sie mitgebracht hatte, ging sie durch das Lager zu Doktor Kincaid, der gerade mit der Frau sprach, deren Baby tot zur Welt gekommen war.

Er wich von ihrem Bett zurück, das der Deckel einer Kiste war, den sie in den Schatten eines Pekannussbaums gelegt hatte, und stemmte die Hände ins Kreuz, als er sich aufrichtete. Sein Jackett und seinen Hut hatte er im Wagen gelassen. Sein Hemd war schmutzig und feucht von Schweiß. Sein Ärmel war mit Blut verschmiert.

»Wir konnten ein bisschen Gutes bewirken, denke ich«, bemerkte er.

»Nicht genug.«

»Nein. Es ist nie genug.« Er schenkte Ella ein grimmiges Lächeln. »Trotzdem machen wir uns jetzt besser auf den Rückweg, bevor Mrs Kincaid einen Suchtrupp losschickt.«

»War es schmerzhaft?«, fragte sie.

»Nein, nicht besonders. Das Kind war noch klein, erst sieben Monate alt. Es war im Prinzip eine leichte Geburt.«

Aber dann wurde ihm bewusst, dass Emma nicht von der Frau sprach, die ihr Neugeborenes verloren hatte. Sie blickte zu Mr Rainwater, der gerade einem Mann die Hand schüttelte, der nur mit einer fleckigen Latzhose bekleidet war. Rechts und links von dem Mann standen zwei schmuddelige, barfüßige Kinder, die sich an der schmutzigen Jeanshose ihres Vaters festklammerten mit Händen, die noch schmutziger waren. Der Mann hielt ein drittes Kind auf dem Arm. Ella hatte mitbekommen, wie er Mr Rainwater erzählte, dass seine Frau vor einer Woche an Tuberkulose gestorben war und dass er nicht wusste, wie er Arbeit suchen sollte und gleichzeitig seine Kinder versorgen.

Sie stand zu weit weg, um zu hören, was die beiden redeten, aber sie malte sich aus, dass Mr Rainwater an ihn appellierte, nicht die Hoffnung zu verlieren. Er ließ die Hand des Mannes los, zauste einem der Kinder durch das Haar und wandte sich um, bevor er sich auf den Weg zu ihr und dem Doktor machte.

Sie sah Doktor Kincaid an, während ihre Frage in der Luft hing.

»Ja«, antwortete er.

Ein kalter Schauer lief ihr über den Rücken. Sie schluckte trocken. »Können Sie ihm etwas gegen die Schmerzen geben?«

»Wenn er darum bittet, ja.«

»Wird er das? Darum bitten?«

Der Arzt beobachtete seinen Verwandten, der sich einen Weg um die Lagerfeuer und die zusammengekauerten Menschen bahnte. »Ja, Mrs Barron«, antwortete er niedergeschlagen. »Das wird er.«

6

Am Sonntag nach dem Vorfall auf der Pritchett-Farm wurde während der Abendmesse aus einem vorbeifahrenden Pick-up eine Flasche in ein Fenster der AME-Kirche geworfen. Die Flasche verfehlte nur knapp eine ältere Frau, die am Ende der Bank nahe dem Fenster saß, aber abgesehen davon, dass die große Scheibe zu Bruch ging, entstand kein weiterer Schaden. Mit rassistischen Schmährufen brauste der Pick-up davon und hinterließ eine Staubwolke.

Bruder Calvins melodische Stimme hielt die Gemeinde unter Kontrolle. Keine der Frauen geriet in Panik, keiner der Männer rannte dem Pick-up hinterher. Nachdem die verängstigten Kinder sich beruhigt hatten, fuhr Bruder Calvin mit seiner Predigt fort und hatte nach dem Schlussgebet zehn neue Mitglieder für seine Gemeinde gewonnen.

Das Gesicht des Predigers war immer noch zerschunden, aber abgesehen von den Schnittwunden und einer gebrochenen Rippe hatte er keine Verletzungen erlitten. Miss Violets Kommentar zu dem Überfall auf der Pritchett-Farm lautete: »Er kann von Glück sagen, dass sie ihn nicht gelyncht haben.«

Auch wenn Ella eine ganz andere Haltung in der Rassenfrage vertrat als die Schwestern, stimmte sie Miss Violets Aussage zu. Sie fand auch, dass Bruder Calvin sich glücklich schätzen konnte, dass er mit dem Leben davongekommen war.

Zuerst nahm man an, dass der Angriff auf die Kirche rassistische Hintergründe hatte, als eine Warnung an die Schwarzen, sich nicht in Belange einzumischen, die ausschließlich die Weißen angingen, wie zum Beispiel Regierungsangelegenheiten. Diese allgemeine Einschätzung änderte sich, als gleich in der nächsten Nacht zwei Zelte in der Barackensiedlung in Flammen aufgingen und jemand eine Ladung Pferdedung an der Stelle, wo die Lagerbewohner ihr Wasser holten, in den Bach kippte.

Offenbar richtete sich der Terror auch gegen arme Weiße und Landstreicher.

Aber nach diesen Vorfällen verloren Conrad Ellis und seine Bande scheinbar das Interesse an organisierten Vergeltungsmaßnahmen. Sie beschränkten sich wieder auf ihre üblichen Methoden, Unfrieden zu stiften – durch rücksichtsloses Rasen, öffentliche Trinkgelage und widerwärtiges Verhalten bei jeder Gelegenheit.

Das Massengrab auf der Pritchett-Farm war von der Straße aus kaum zu erkennen, und Natronlauge verhinderte, dass der Verwesungsgeruch sich in der Luft ausbreitete. Trotzdem war der Vorfall allen lebhaft in Erinnerung. Andere Milchbauern und Viehzüchter aus der Region verkauften ihren Bestand an die Regierungsagenten, aber keines dieser Geschäfte führte zu ähnlichen Zwischenfällen, was zum Teil daran lag, dass die Farmen in sehr ländlichen Gebieten lagen und nicht in der unmittelbaren Umgebung von Gilead und der Barackensiedlung voller Menschen, die sich kaum ernähren konnten.

Um eine Zwangsvollstreckung zu vermeiden, waren viele der Landbesitzer bereit, das Regierungsprogramm zu nutzen, bevor es auslief. Sentimentalitäten konnte sich keiner leisten, der vor der Wahl stand, seine Herde zu verlieren oder alles.

Man konnte niemandem einen Vorwurf machen, der versuchte, aus einer verheerenden Notlage das Beste zu machen. Viele Bürger der Stadt zollten Mr Pritchett Bewunderung, weil er Sheriff Anderson öffentlich dafür kritisiert hatte, dass er tatenlos danebenstand, als die Schläger eine ohnehin schon prekäre Situation in ein lebensgefährliches Chaos verwandelten. Einige machten keinen Hehl aus ihrer Verachtung für den Ellis-Clan, der am meisten von dem Regierungsprogramm profitierte, während die Viehzüchter und Farmer mit Almosen abgespeist wurden, die für einen Neuanfang nicht reichten. Andere wiederum, denen die Barackensiedlung und ihre Bewohner ein Dorn im Auge waren, vertraten die Meinung, die Vagabunden hätten es nicht besser verdient.

Die Gerüchteküche brodelte. Die Spekulationen wurden immer wilder. Die Nerven lagen blank, und die Anspannung war hoch. Alle schienen darauf zu warten, dass etwas Schlimmes passierte. Die Angst war so erdrückend wie die unerbittliche Hitze.

Eines Abends, als Mr Hastings das Schachbrett studierte und darauf wartete, dass Mr Rainwater seinen Zug machte, bemerkte er: »Heute ist es richtig stickig.«

Mr Rainwater beschränkte sich auf ein geistesabwesendes Nicken als Antwort.

Ella hatte den ganzen Tag gebacken, sodass die Küche selbst nach Sonnenuntergang unerträglich heiß blieb. Es wehte nicht das leiseste Lüftchen, obwohl alle Fenster im

Haus in der Hoffnung auf ein bisschen Durchzug offen standen. Ella hatte die Männer gefragt, ob es sie störte, wenn sie und Solly sich zu ihnen in den vorderen Salon gesellten, wo wenigstens der kleine Ventilator die schwüle Luft durcheinander wirbelte.

Mr Hastings hatte für beide geantwortet. »Natürlich nicht.«

Sie hatte in einem Sessel Platz genommen und Solly neben sich auf den Boden gesetzt, wo er mit Garnspulen spielte, während sie Flickarbeiten erledigte.

Mr Hastings nahm einen Schluck Eistee und führte die einseitige Unterhaltung fort, indem er bemerkte: »Bei der hohen Luftfeuchtigkeit könnte es nachts ein Gewitter geben. Ob wir wohl auf ein bisschen Regen hoffen dürfen?«

Mr Rainwater bewegte nachdenklich eine Schachfigur. »Wenn ich es nicht besser wüsste«, erwiderte er bedächtig, »könnte ich auf die Idee kommen, Sie versuchen mich mit diesem ganzen Gerede über das Wetter abzulenken.«

»Erwischt«, sagte der ältere Mann und kicherte. »Ich versuche nur, meinen Titel und meine Würde zu verteidigen. Sie werden mit jedem Spiel besser.«

»Aber Sie sind mir immer noch überlegen.«

»Nicht mehr lange, schätze ich.«

Mr Rainwater schenkte ihm ein Lächeln, aber Ella ertappte ihn dabei, dass sein Blick kurz zu Solly wanderte, der in sein Spiel mit den Holzspulen vertieft war. Während der letzten halben Stunde war ihr aufgefallen, dass Mr Rainwater gleich viel Zeit dafür aufwendete, Solly zu studieren wie das Schachbrett. Solly spielte leise, aber plötzlich kam sie auf den Gedanken, dass er vielleicht eine Ablenkung war, die ihre Gäste davon abhielt, ihr Spiel ungestört zu genießen.

Hastig schnitt sie den Faden ab, mit dem sie gerade einen Knopf an einem von Sollys Hemden angenäht hatte. Sie verstaute ihren Fingerhut, den Faden und die Schere im Nähkorb. Die Nadel steckte sie sorgfältig in ein Stück weiße Pappe und ließ es in eine Innentasche des Nähkorbs gleiten.

Mr Rainwater, der auf sie aufmerksam wurde, fragte: »Sind Sie fertig?«

»Für heute Abend schon.«

Mr Hastings wandte sich in seinem Sessel um. »Verlassen Sie uns schon, Mrs Barron? Ich fand Ihre Gesellschaft sehr angenehm.«

Sie lächelte matt aber dankbar für die charmante Lüge. »Es ist Zeit, dass ich Solly ins Bett bringe.«

Sie bückte sich, um die Garnspulen aufzusammeln, mit denen ihr Sohn gespielt hatte. Er protestierte, als sie ihm eine aus der Hand nahm und in den Korb fallen ließ. »Schlafenszeit, Solly«, sagte sie und betete im Stillen, dass er folgte, ohne eine Szene zu veranstalten.

Ihr Gebet war umsonst.

Solly winselte in dem hohen Ton los, der signalisierte, dass er Not litt. Er hob die Hände und begann, sich auf die Ohren zu schlagen, während sein Geheul sich zu einem hysterischen Kreischen steigerte.

Ella ließ ihren Nähkorb auf dem Boden neben dem Stuhl stehen, hob Solly hoch und schlang die Arme fest um ihn, um ihn daran zu hindern, dass er sie mit seinen fuchtelnden Händen und kickenden Füßen traf.

»Bitte verzeihen Sie die Störung, meine Herren. Gute Nacht.«

Mit Solly im Arm rannte sie praktisch aus dem Raum. Als sie an der Treppe vorbeikam, beugte sich eine Erscheinung in einem dünnen Morgenmantel und einem Haarnetz über das Geländer und rief herunter: »Ist alles in Ordnung?«

»Ja, Miss Pearl. Gute Nacht.«

Ella eilte in ihr Schlafzimmer und ließ sich von innen gegen die Tür fallen, um sie rasch zu schließen, in der Hoffnung, das massive Eichenholz würde die schrecklichen Laute schlucken, den ihr kleiner Junge ausstieß. Sie presste ihn an sich und versuchte, ihn zu beruhigen, indem sie ihm eine ganze Litanei von tröstenden Worten ins Ohr flüsterte, obwohl sie wusste, dass es nutzlos war. Solly wurde von Dämonen gequält, gegen die sie machtlos war. Für sie und die anderen waren seine Anfälle eine Belästigung. Für ihn waren sie die reinste Qual, deren Ausmaß sie nicht einmal erahnen konnte. Sie konnte ihn vor seinem eigenen Geist nicht beschützen, vor einem unsichtbaren Feind, und das war ihr größter Kummer.

Jedes Mal, wenn so etwas passierte, wuchs ihre Angst, dass sie nicht länger verhindern könnte, dass Solly in eine Anstalt eingewiesen wurde. Was, wenn Mr Rainwater Doktor Kincaid von dieser Episode berichtete? Was, wenn der Arzt auf eigene Faust die Behörden über die Gefahr verständigte, die von Sollys Anfällen ausging?

Abgesehen davon lief sie Gefahr, ihre Gäste zu verlieren, wenn das so weiterging. So liebenswürdig diese auch waren, konnte ihre Toleranz gegenüber diesen Ausbrüchen nicht unbegrenzt sein. Es waren harte Zeiten, das Geld war knapp, und es zählte jeder Penny. Ella konnte es sich nicht leisten, gute Dauergäste wie die alten Schwestern oder Mr Hastings zu verlieren, vor allem da Mr Rainwaters Aufenthalt nur vorübergehend war.

Nachdem sich ihr Puls beruhigt hatte, trug sie Solly in das kleine Zimmer, in dem er schlief. Sie schloss die Tür, was den Raum noch heißer und stickiger machte, als er bereits war, aber sie musste so lange geschlossen bleiben, bis es Ella gelungen war, ihn zu beruhigen.

Doch sie konnte anstellen, was sie wollte, Solly schlug weiter mit den Händen um sich und kreischte ohrenbetäubend. Letzten Endes ließ sie ihn kurz alleine, um in den Salon zurückzulaufen und den Nähkorb zu holen, während sie die besorgten und neugierigen Blicke der beiden Männer ignorierte. Als sie in Sollys Schlafzimmer zurückkehrte, drehte sie den Korb auf den Kopf und leerte ihn über seinem Bett aus.

Solly verstummte sofort. Er nahm zwei Garnspulen und platzierte sie sorgfältig auf den Boden neben seinem Bett, gerade so, dass sie den Pfosten nicht berührten. Dann legte er Stück für Stück die Nähsachen in den Korb zurück, die auf dem Bett verteilt lagen. Als er damit fertig war, stellte er den Korb auf den Boden, kletterte ins Bett, legte den Kopf auf das Kissen und schloss die Augen. Innerhalb von wenigen Sekunden war er eingeschlafen.

Ella ließ sich rückwärts gegen die Wand fallen und sank langsam daran herunter, bis sie auf dem Boden saß. Sie war nass geschwitzt und erschöpfter, als wäre sie den ganzen Weg nach Brownsville und wieder zurück gerannt.

Sie senkte den Kopf und zog die Nadeln aus ihren Haaren, um ihren Nacken von dem schweren Gewicht des Knotens zu befreien. Es war eine Erleichterung, wenn Solly still ruhte, doch für diese Empfindung schämte Ella sich sehr. Sie betrachtete das schlafende Gesicht ihres Sohnes, und ihr Herz zog sich vor Liebe und Mitgefühl zusammen. Sie würde es niemals erfahren, trotzdem fragte sie sich, ob der Schlaf vielleicht der einzige Zustand war, in dem Solly seinen Frieden fand.

Sie rutschte auf dem Hintern über den Boden zum Bett, wobei sie darauf achtete, die zwei Garnspulen nicht zu berühren, die Solly so sorgfältig aufgestellt hatte. Mehrere Minuten lang betrachtete sie ihn einfach mit dieser Mischung aus Liebe und Traurigkeit. Dann berührte sie sanft seine Hand, die auf der Tagesdecke ruhte. Mit den Fingerspitzen folgte sie dem zarten Netz der blauen Adern direkt unter seiner blassen Haut. Mit flüchtigen Berührungen strich sie über seine Wimpern und anschließend über sein Ohr.

Er zuckte weder zusammen, noch wich er ihrer Berührung aus. Er rührte sich nicht, abgesehen von dem kaum wahrnehmbaren Heben und Senken seiner mageren Brust. Dies waren Ellas kostbarste Momente im Leben, wenn sie den Luxus genießen konnte, ihr Kind zu berühren, ohne zurückgewiesen zu werden. In den Stunden, während alle im Haus schliefen, saß sie oft in seinem winzigen Zimmer, dessen Fenster vergittert war, damit er nicht ausbüxen konnte. Sie verbrachte viele Nächte damit, Solly zu streicheln und sich auszumalen, dass er sie eines Tages mit einem Blick, der Erkennen und erwiderte Liebe ausdrückte, anlächeln würde.

Es war eine alberne Hoffnung. Das hatten ihr bereits viele gesagt. Aber sie klammerte sich trotzdem daran. Würde sie jemals davon loslassen, fürchtete sie, in einen Abgrund der Verzweiflung zu stürzen, aus dem es kein Entrinnen gab.

Ein einziger Donnerschlag kündigte den Regen an. Es begann nicht mit einzelnen Tropfen, die immer stärker herunterfielen. Vielmehr setzte der Regen ganz plötzlich und heftig ein. Es war ein richtiger Wolkenbruch.

Ella war mit einem Satz auf den Beinen. Sie schnappte sich ihren Morgenmantel und steckte die Arme durch die Ärmel, während sie bereits aus dem Zimmer lief. Der Hausflur war dunkel, aber Blitze erhellten das Haus, während Ella zum vorderen Salon eilte.

Als sie den Raum betrat, wurde sie kurz von einem Blitz geblendet. Vorsichtig tastete sie sich zur Westseite vor, wo die großen Fenster offen standen. Der Regen hatte die Fenstersimse bereits überschwemmt. Unter ihren nackten Füßen spürte sie, dass der Boden nass und rutschig war. Rasch schloss sie das Eckfenster und eilte zum nächsten.

Sie ging die ganze Fensterreihe entlang und sperrte den prasselnden Regen aus. Gezackte Blitze rissen Furchen in den schwarzen Himmel. Die Baumkronen schwankten im Sturm. Fremde Wäsche, die von einer Leine gerissen worden war, flatterte die Straße entlang, leere Hosen und Hemden, die wie Zirkusartisten durcheinander wirbelten.

Nachdem das letzte Fenster geschlossen war, verließ Ella den Salon und ging zur Vordertür. Sie war auf der Südseite des Hauses und durch den Vorbau der Etage darüber geschützt, aber der Regen peitschte über die Veranda und drang durch das Fliegengitter. Der Wind blies so stark, dass Ella den Widerstand spürte, als sie die stabile Tür zudrückte. Sie legte den Riegel vor, um sie zu sichern, und lehnte sich einen Moment dagegen, bevor sie sich umwandte.

Er stand auf der untersten Treppenstufe, die rechte Hand auf dem Treppenpfosten, als wäre er mitten in der Bewegung erstarrt, als er sie sah.

Er verschwand fast ganz in den Intervallen der Dunkelheit zwischen den einzelnen grellen Blitzen, die alles in ein bläuliches Licht tauchten, das sein Hemd unnatürlich weiß aufleuchten ließ. Nur ein einziger Hemdknopf in Höhe der Brustmitte war zugeknöpft. Er hatte sich nicht die Zeit genommen, um seinen Hemdschoß in die Hose zu stecken. Seine Hosenträger baumelten in Schlaufen seitlich an seinen Oberschenkeln herunter. Seine Füße waren nackt.

Ella war bewusst, dass sie genauso unordentlich aussah wie er, wenn nicht sogar noch unordentlicher. Ihr Gesicht war von wilden Locken umrahmt, die in eine lange, zerzauste Mähne mündeten. Ihr Morgenmantel war vom Regen feucht. Der nasse Saum klebte an ihren Fußknöcheln. Ihre Füße fühlten sich kalt und klamm an, was sie daran erinnerte, dass sie barfuß war.

All das wurde ihr innerhalb weniger Sekunden bewusst, in denen es ihr vorkam, als wäre sämtliche Luft aus ihrem Körper gewichen. Ein Blitz schlug gefährlich nah ein. Der darauf folgende Donner brachte das Haus zum Beben. Die Gläser und das Porzellan klirrten in den Vitrinen. Die Lampe in der Diele klapperte. Die Hintertür knallte zu wie ein Echo auf den Donnerschlag.

Trotzdem rührte sich keiner der beiden von der Stelle. Ihre Augen blieben aufeinander geheftet. Ellas Herz fühlte sich an, als würde es gleich zerspringen.

Sie sagte mit heiserer Stimme: »Das Gewitter ist endlich ausgebrochen.«

Er hielt ihrem Blick noch einige Sekunden stand, bevor er langsam den Kopf schüttelte. »Nein, ist es nicht.«

Sie holte zitternd Luft, während ihr das Herz bis zum Hals schlug, und zwang sich, ihre Füße zu bewegen.

Als sie auf dem Weg in ihr Zimmer an ihm vorbeiging, fügte er leise hinzu: »Noch nicht.«

Nachdem das Frühstück beendet und die Küche aufgeräumt war, gingen Ella und Margaret nach draußen, um die Spuren der Verwüstung zu beseitigen, die der Sturm hinterlassen hatte. Ella war überrascht, Bruder Calvin zu sehen. Er sammelte abgebrochene Äste und Zweige auf und stapelte sie auf einen Haufen in dem Graben, der an der Grundstücksgrenze entlanglief.

Ella sah Margaret vorwurfsvoll an, aber die Magd zuckte nur mit den Achseln. »Ich habe ihn nicht herbestellt.«

»Das ist wahr, Mrs Barron. Ich bin selbstständig hergekommen, um zu sehen, ob ich helfen kann.«

Ella hatte schließlich nachgegeben und Bruder Calvin beauftragt, die Fensterläden zu streichen. Er war auch für andere Arbeiten bezahlt worden, die mehr Kraft und Zeit erforderten, als Ella besaß. »Ich kann es mir nicht leisten, noch jemanden einzustellen«, sagte sie ihm nun, während er gerade einen angebrochenen Ast von dem Pekannussbaum absägte.

»Die Arbeit ist umsonst. Ich bin Ihnen was schuldig.«

»Sie brauchen nicht –«

»Wir sind noch lange nicht quitt, Mrs Barron.«

Als der beschädigte Ast vom Stamm fiel, wandte er sich um und blickte sie an. Sie sah, dass das Weiß in seinem rechten Auge immer noch einen roten Fleck hatte. Ihr wurde klar, dass dies für ihn eine Frage der Ehre war, also zeigte sie ihr Einverständnis mit einem kurzen Nicken. »Ich weiß Ihre Hilfe sehr zu schätzen, Bruder Calvin.«

»Der Sturm letzte Nacht war viel Wind um nichts. Die Erde ist nicht einmal feucht.«

Ella hatte heute Morgen im Radio gehört, dass die Regenmenge kaum messbar war und dass das bisschen Feuchtigkeit so rasch gefallen war, dass es verdunstete, bevor es in dem ausgetrockneten Boden versickern konnte. Der Wolkenbruch hatte der Dürre definitiv kein Ende gesetzt.

Der Prediger deutete auf den Graben. »Ich werde das Holz später verbrennen. Der Stapel wird noch größer werden.«

»Kommen Sie zur Mittagszeit in die Küche. Margaret wird Ihnen etwas zu essen geben.«

»Ihre Butterbohnen?«

Sie lächelte. »Heute nicht.«

»Was es auch sein wird, ich danke Ihnen, Ma'am.«

Ella war den restlichen Vormittag damit beschäftigt, die Fenstersimse und den Boden, auf die es in der Nacht geregnet hatte, trocken zu wischen. Die Vorhänge im Salon waren feucht. Sie schüttelte sie aus und stellte den Ventilator an, um den Trocknungsprozess zu beschleunigen.

Das Mittagessen musste serviert werden, aber Ella hatte noch so viel zu tun, dass sie Margaret damit beauftragte, bevor sie sie anschließend mit einer langen Einkaufsliste zum Laden schickte. Am Nachmittag, als Schweinekotelettes auf dem Herd schmorten und Ella gerade letzte Hand an den Bananenpudding gelegt hatte, wurde ihr plötzlich bewusst, dass Solly nicht mehr bei ihr war.

»Solly!« Sie stürmte aus der Küche und rannte durch den Hausflur zur Vordertür, durch die er schon einmal entwischt war.

»Hier drinnen.«

Ella wandte sich abrupt um und ging ein paar Schritte zurück, bevor sie in dem Rundbogen stehen blieb, der in den hinteren Salon führte. Mr Rainwater saß auf dem Boden. Vor ihm lag ein Satz Dominosteine verstreut. Solly hockte neben ihm und beobachtete genau, wie Mr Rainwater einen Dominostein nahm und ihn sehr akkurat neben einen anderen stellte.

»Was –«

»Schsch. Es ist alles okay. Schauen Sie zu.«

Normalerweise hätte Ella sich geärgert, weil ihr der Mund verboten wurde, aber sie war so fasziniert von Sollys Konzentration, dass sie den Raum betrat und sich auf die nächste Stuhlkante sinken ließ.

Mr Rainwater fuhr fort, die Dominosteine in eine Reihe zu stellen, die sich über den Hartholzboden schlängelte. Sollys Augen folgten jeder Bewegung seiner Hände.

»Ich habe gestern Abend beobachtet, wie er mit den Spulen spielte. Er hat sie übereinander gestellt, in perfekter Übereinstimmung.« Obwohl Mr Rainwater mit Ella sprach, sah er sie nicht an. Er konzentrierte sich genauso intensiv auf die Dominosteine wie Solly. »Als ich das gesehen habe, kam mir diese Idee.«

Um einen falschen Eindruck zu vermeiden, sagte Ella in ruhigem Ton: »Er macht das auch mit anderen Dingen, Mr Rainwater. Mit Zahnstochern. Knöpfen. Kronkorken. Mit allem, was dieselbe Form hat.«

Statt seine Begeisterung zu dämpfen, wie sie erwartet hatte, schien ihre Bemerkung seinen Optimismus zu beflügeln. »Wirklich?« Lächelnd fuhr er fort, die Dominosteine zu platzieren. Solly war immer noch intensiv auf sein Tun fixiert. Er schien nicht zu bemerken, dass sein Knie das von Mr Rainwater berührte.

Als alle Dominosteine in einer Reihe standen, lehnte Mr Rainwater sich zurück und saß regungslos da.

Solly starrte gut eine Minute lang auf die Dominoreihe, bevor er den Zeigefinger ausstreckte und den letzten Stein leicht anstupste. Er begann zu wackeln und löste eine Kettenreaktion aus, bis alle Steine umgefallen waren.

Ella stand auf. »Danke, dass Sie auf ihn aufgepasst haben.«

Mr Rainwater hob die Hand. »Warten Sie.« Er beugte sich vor und begann, mit langsamen Bewegungen die Dominosteine umzudrehen, sodass die Punkte verdeckt waren. Dann mischte er die Steine, als würde er ein neues Spiel beginnen. Nachdem sie ausgebreitet dalagen, lehnte er sich wieder zurück. »Du bist dran, Solly.«

Der Junge saß da und starrte lange Zeit auf die Dominosteine, bevor er sich einen nahm und ihn aufstellte.

Ella wusste, dass ihr Sohn nicht auf seinen Namen reagiert hatte, sondern auf seinen mysteriösen inneren Zwang, die Dominosteine aufzureihen. Diese Eigenschaft, sein Bedürfnis nach Einheitlichkeit und Ordnung, und seine gewalttätigen Ausbrüche, wenn diese besondere Ordnung durcheinandergebracht wurde, hatten ihr zuerst signalisiert, dass er anders war als andere Kinder. Normale Kinder ließen ihre Spielsachen wild herumliegen.

»Er war nicht immer so wie heute.«

Mr Rainwater schaute zu ihr hoch.

»Er war ein völlig normales Baby«, fuhr sie fort. »Er hat pünktlich getrunken und durchgeschlafen. Er hat nur geschrien, wenn er nass, hungrig oder müde war. Sonst war er ein ausgeglichenes Kind. Er reagierte normal auf Stimmen und Geräusche. Er erkannte mich und seinen Vater, auch Margaret und die Gäste, die damals hier wohnten. Wir spielten Backe, backe Kuchen und das Guck-guck-Spiel. Er lachte viel. Mit neun Monaten fing er an zu krabbeln und konnte mit dreizehn Monaten laufen. Er entwickelte sich wie jedes andere Kleinkind. Sogar überdurchschnittlich gut, denke ich, weil er mit zwei Jahren schon trocken war, was früh ist, besonders für einen Jungen. So hat man mir gesagt.«

Sie senkte den Blick, und ihr wurde bewusst, dass sie

ihre Schürze mit beiden Händen umklammerte. Sie zwang sich, ihre Fäuste zu öffnen und loszulassen, dann glättete sie die Falten, die sie im Stoff hinterlassen hatte.

»Aber in seinem dritten Lebensjahr, wenn die meisten Kinder ihre Selbständigkeit behaupten und ihre Persönlichkeit offenbaren, schien Solly – sich zurückzuziehen. Er reagierte nicht mehr auf unsere Versuche, mit ihm zu spielen. Wenn er sich auf irgendetwas konzentrierte, konnten wir ihn partout nicht davon ablenken, und er wurde sehr schnell unruhig, wenn wir es versuchten.

Sein Interesse und Bewusstsein für das, was um ihn herum geschah, schwanden. Die Anfälle häuften sich. Das Schaukeln mit dem Oberkörper, das Um-sich-Schlagen wurden zu einer Regelmäßigkeit. Eine Zeit lang konnte ich ihn noch auffangen, aber dann entglitt mir mein süßer, kluger Junge jeden Tag ein kleines Stück mehr.« Sie hob ihren Blick von ihrem Schoß zu Solly, der immer noch Dominosteine aufstellte. »Bis er ganz verschwand.« Sie sah zu Mr Rainwater und hob die Schultern. »Ich habe ihn nie wieder zurückbekommen.«

Mr Rainwater hatte ihr zugehört, ohne sich zu bewegen. Nun blickte er auf Solly. »Murdy findet, er gehört in eine Einrichtung.«

Sie bereute sofort, dass sie mit ihrer üblichen Zurückhaltung gebrochen hatte und so offen zu ihm gewesen war, sie ging direkt zur Verteidigung über. »Sie haben mit ihm über mein Kind gesprochen?«

»Ich habe ihn gefragt, was mit Solly los ist.«

»Warum?«

»Warum ich gefragt habe? Ich wollte es wissen.«

»Mr Rainwater, Ihre Neugier ist –«

»Sorge, nicht Neugier.«

»Warum sollten Sie sich um einen Jungen sorgen, von dessen Existenz Sie bis vor ein paar Wochen nichts wussten?«

»Weil er bei unserer ersten Begegnung einen Topf mit heißer Stärke auf sich gekippt hat.«

Wäre es ihr lieber, dass er nicht um ein Kind besorgt wäre, das sich verbrüht hatte? Nein. Trotzdem empfand sie sein Interesse als Kränkung. Sie hatte gedacht, er wäre anders als die gaffenden Fremden. Doch er war genauso. Er besaß nur zu gute Manieren, um unhöfliche Fragen zu stellen und Solly mit unverhohlener Faszination oder Abscheu anzustarren. Er war zu höflich, um lachend mit dem Finger auf Solly zu zeigen und Witze zu machen oder hässliche Dinge zu sagen. Aber hinter ihrem Rücken mit dem Doktor über Solly zu sprechen, war genauso verachtungswürdig.

»Wenn Sie mehr über Solly erfahren wollten, warum haben Sie dann nicht mich gefragt?«

»Weil ich geahnt habe, dass Sie genauso reagieren würden wie jetzt.«

Sein vernünftiger Ton unterstrich nur ihre Unsicherheit. Sie konnte nicht anders, als sich zu fragen, was der Doktor ihm noch über sie erzählt hatte. Es machte sie rasend, dass die beiden über sie gesprochen hatten. Sie spürte die Hitze aus ihrem Kragen, am Hals hoch ins Gesicht steigen.

Als könnte er ihre Gedanken lesen, sagte er: »Wir haben nicht getratscht, Mrs Barron. Ich habe Murdy ein paar Dinge gefragt, und er hat sie mir erklärt.«

»Hat er Sie beauftragt, mich zu überreden, Solly wegzugeben, nachdem seine Versuche alle gescheitert sind?«

»Nein.«

»Ich werde es nie zulassen, dass Solly eingesperrt wird.«

Er nickte, ob aus Zustimmung oder Verständnis, konnte sie nicht sagen. »Das ist eine sehr mutige Entscheidung.« Seine Antwort war genauso zweideutig wie sein Nicken.

Sie stand auf. »Es gibt bald Abendessen. Ich habe zu tun.« Sie kniete sich neben Solly und schickte sich an, ihn hochzuheben und, selbst wenn er einen seiner Anfälle bekam, aus dem Zimmer zu tragen, fort von Mr Rainwater.

Zu ihrer Bestürzung legte ihr Untermieter eine Hand auf ihren Arm. »Bitte. Schauen Sie genau hin. Sagen Sie mir, was Sie sehen.«

Solly war damit fertig, alle Dominosteine in einer Reihe aufzustellen, und starrte nun auf die Serpentine. Während Ella ihn beobachtete, gab er dem letzten Stein einen sanften Schubs. Es dauerte nur wenige Sekunden, bis alle umgefallen waren, wie bereits zuvor.

Da sie Mr Rainwaters Aufforderung nicht verstand, sah sie ihn fragend an.

Er sagte: »Achten Sie auf die Punkte.«

Sie brauchte nur wenige Sekunden, um zu erkennen, was er meinte, und bekam sofort eine Gänsehaut. Ihr Herz stockte kurz. Sie gab leise einen unbeabsichtigten, erstaunten Laut von sich.

Die Dominosteine waren vorher gemischt und mit verdeckter Oberseite ausgelegt worden. Trotzdem hatte Solly einen nach dem anderen in nummerisch aufsteigender Reihenfolge herausgepickt und hochkant aufgestellt, von der Doppel-Null bis zur Doppel-Sechs.

Ellas Atem ging schneller, und sie wandte den Kopf zu Mr Rainwater. »Wie haben Sie ihm das beigebracht?«

Sein Lächeln wurde breiter. »Ich habe ihm das nicht beigebracht.«

7

»Man nennt das Inselbegabung.«

Es war der Tag nach der Entdeckung von Sollys bemerkenswerter Fähigkeit. Gestern Abend nach dem Essen hatten Ella und Mr Rainwater ihn mehrmals getestet. Er machte keinen einzigen Fehler und stellte die Dominosteine immer in nummerisch richtiger Reihenfolge auf, obwohl er sie blind auswählte, da sie verdeckt lagen.

Morgens gleich nach dem Frühstück hatte Ella Margaret mit einem Brief zur Arztpraxis geschickt, in dem sie kurz beschrieb, was am Abend zuvor geschehen war, und in dem sie darum bat, mit Solly zu einem Beratungsgespräch vorbeikommen zu dürfen. Sie benutzte absichtlich nicht das Telefon, um mit dem Doktor Kontakt aufzunehmen, weil sie der Frau in der Vermittlungsstelle misstraute, die dafür bekannt war, dass sie Gespräche heimlich mithörte. Bevor Ella keine Erklärung für Sollys seltene Begabung hatte, wollte sie nicht zum Stadtgespräch werden.

Die Leute neigten dazu, sich vor jedem zu fürchten, der anders war. Manche vertraten eine besonders engstirnige Haltung gegenüber geistig Zurückgebliebenen und waren überzeugt, man müsse diese zum Wohl und zur Sicherheit ihrer eigenen Person und der anderen isolieren.

Ella erinnerte sich an einen Jungen mit Down-Syndrom in ihrer Kindheit, der Dooley hieß. Er war harmlos, sogar sehr lieb und freundlich. Aber ihm fehlte die Zurückhaltung, die man mit der Zeit lernt, und seine offene Freundlichkeit löste bei manchen Menschen Unbehagen aus.

Eines Tages spazierte er in den Garten einer Witwe, wahrscheinlich ohne jede böse Absicht, wie Ella vermutete, und schaute zufällig durch das Schlafzimmerfenster, wo die Frau sich gerade ausgezogen hatte. Sie schrie Zeter und Mordio, und Dooley wurde in eine Klinik für Geisteskranke im Osten von Texas gebracht, wo er später starb.

Ella lebte in der ständigen Angst, dass eine Zwangseinweisung eines Tages auch Sollys Schicksal wäre. Eine einzige Tat, so wie Dooleys harmloses Durchs-Fenster-Spähen, konnte zur Folge haben, dass man ihr Solly wegnahm und ihn einsperrte. Aus diesem Grund überwachte sie ihn genau. Sie wusste, dass ein kleiner Vorfall genügte, um eine Welle des Argwohns und der Angst vor ihrem Sohn auszulösen.

Doktor Kincaid hatte Margaret die Nachricht mitgegeben, dass er Ella um drei Uhr empfangen würde, was außerhalb der regulären Praxiszeiten war. Mr Rainwater hatte gefragt, ob er sie begleiten dürfte, und Ella hatte eingewilligt. Schließlich war er es gewesen, der Sollys Fähigkeit entdeckt hatte. Sie fuhren mit seinem Wagen in die Stadt.

Mrs Kincaid hatte sie in ein vollgestopftes Arztzimmer geführt und ihnen gesagt, dass der Doktor gleich käme. Sie hatte ihnen etwas zu trinken angeboten, aber beide lehnten ab, allerdings duldete Ella, dass Solly eine Zuckerstange bekam. Sie mussten nur ein, zwei Minuten warten, bis der Arzt mit einer Schachtel Dominosteine erschien.

Ella spürte, dass ihr Puls stieg, als Mr Rainwater mit dem Ritual begann und die Steine auf dem zerkratzten Schreibtisch des Doktors mischte, bevor er sie umdrehte. Aber Solly machte seine Sache so gut wie am Abend zuvor. Doktor Kincaid schüttelte verwundert den Kopf, dann lehnte er sich auf seinem quietschenden Stuhl zurück und machte diese überraschende und rätselhafte Bemerkung.

»Inselbegabung?«, wiederholte Ella.

Da der Arzt ihre Verwirrung spürte, sagte er: »Ich weiß, das ist keine besonders glückliche Bezeichnung. Aber solange die medizinische Fachwelt keinen besseren Begriff dafür findet, ist dies die Bezeichnung für diese spezielle Anomalie.«

»Anomalie«, wiederholte sie, um sich an das Wort zu gewöhnen. »Und was genau ist das?«

»*Genau* kann das keiner sagen.« Doktor Kincaid deutete auf das medizinische Fachbuch auf seinem Schreibtisch, das aufgeschlagen und sehr eng bedruckt war. »Ist Ihnen der IQ ein Begriff, die Abkürzung für Intelligenzquotient? Das ist ein relativ neuer Fachausdruck, der das intellektuelle Leistungsvermögen eines Menschen bewertet.«

Ella und Mr Rainwater erwiderten, dass sie davon schon gehört hatten.

»Heute gilt ein Mensch mit einem IQ unter zwanzig als geistig stark unterentwickelt. Aber jahrhundertelang galten Menschen mit so einem geringen IQ als schwachsinnig.« Der Doktor setzte eine Lesebrille auf und konsultierte das Buch. »Im späten neunzehnten Jahrhundert untersuchte ein deutscher Arzt Patienten mit klassischen Symptomen einer geistigen Störung, unabhängig davon, ob sie darunter von Geburt an litten oder durch ein späteres Trauma. Diese Patienten besaßen zugleich unheimliche, geradezu übernatürliche Fähigkeiten. In der Regel handelte es sich um außergewöhnlich mathematisch und musikalisch Begabte oder um Gedächtniswunder. Im Englischen spricht man von *idiot savants,* eine Kombination aus dem englischen *idiot* für Menschen von sehr geringer Intelligenz mit dem französischen *savant,* was so viel bedeutet wie Gelehrter.«

»Und Solly ist so ein Inselbegabter?« Obwohl Ella den Fachbegriff fragwürdig fand, war sie begierig, mehr darüber zu erfahren.

Doktor Kincaid nahm seine Brille ab. »Das weiß ich nicht mit Sicherheit, Mrs Barron. Ich bin nur ein einfacher Landarzt. Ich kannte zwar den Begriff ›Inselbegabung‹, aber als Sie mir beschrieben haben, was Solly gestern Abend mit den Dominosteinen bewerkstelligte, wusste ich noch sehr wenig über dieses Syndrom. Ich habe die Bücher gewälzt, um mich auf Ihren Besuch vorzubereiten.

»Offen gestanden«, fuhr er bedauernd fort, »tappe ich immer noch im Dunkeln. Meine Recherche hat nicht viel ergeben. Die Informationen sind spärlich und widersprechen sich oft. Es gibt nur eine Handvoll Ärzte auf der Welt, die Menschen mit diesem Syndrom behandelt haben, und selbst die wissen nicht, warum die Fähigkeiten der Patienten so unterschiedlich ausgeprägt sind.

Tatsächlich hat bis jetzt keiner eine Erklärung für dieses Phänomen oder seine Ursachen gefunden. Passiert es im Mutterleib, während das Gehirn ausgebildet wird, oder tritt es erst nach der Geburt auf? Ist es die Folge eines Hirntraumas, eines seelischen Schocks oder von Umwelteinflüssen?« Er zuckte mit den Achseln.

Ella zögerte, dann sagte sie: »Es vergeht kaum ein Tag,

an dem ich mich nicht frage, ob Solly so geworden ist, weil ich etwas falsch gemacht oder versäumt habe, sei es in der Schwangerschaft oder danach.« Das war kein leichtes Eingeständnis. Doktor Kincaid schenkte ihr ein freundliches Lächeln.

»Ich kann Ihnen praktisch versichern, dass das nicht der Fall ist, Mrs Barron. Wenn es im Mutterleib passiert ist, dann war es eine unvermeidbare Laune der Natur. Ich habe Ihnen damals bei der Entbindung geholfen, und die Geburt verlief völlig normal. Und hätte Solly als Kleinkind eine Verletzung oder eine schwere Krankheit gehabt, die das Hirn schädigen kann, dann hätten Sie das mitbekommen.

»Die Theorien über die Ursachen dieses Phänomens variieren so stark, dass keine wirklich stichhaltig ist. Jedenfalls nicht in meinen Augen. Aber wenn ich eine Einschätzung abgeben müsste, würde ich sagen, dass die Schädigung bereits im Entwicklungsstadium des Fötus auftritt, ohne sich im Säuglingsalter unbedingt zu offenbaren.«

»Solly hat sich zuerst entwickelt wie andere Kinder auch.«

Doktor Kincaid legte die Hand auf das aufgeschlagene Buch. »Allerdings ist dokumentiert, dass die ersten Symptome sich im Allgemeinen in dem Alter zeigen, in dem Sie sie bei Solly erstmals beobachtet haben.«

Mr Rainwater ergriff zum ersten Mal das Wort. »Wirklich bizarr, dass die besten Ärzte die Ursache nicht feststellen können.«

Der Doktor erwiderte: »Wenn Mediziner keine Erklärung für eine Anomalie finden, schreiben sie diese oft übernatürlichen Kräften zu. So gibt es Theorien, wonach dieses Phänomen spiritueller Natur sein soll und Inselbegabte einen direkten Draht zu Gott haben. Manche gehen davon aus, dass Menschen wie Solly auf einer völlig anderen Ebene denken als Sie und ich, was der Grund ist, dass sie häufig ihre Umgebung, andere Menschen oder irgendwelche äußeren Reize nicht wahrnehmen.« Wieder lächelte der Arzt Ella an. »Vielleicht ist die Vorstellung ein Trost für Sie, dass Solly etwas Besonderes ist, weil er direkt mit Gott und den Engeln kommuniziert.«

»Ich will keinen Trost, Doktor Kincaid, sondern ich möchte über Sollys Potenzial und darüber, was für ein Leben er führen kann, aufgeklärt werden. Ich möchte wissen, was ich tun muss, um ihm jede erdenkliche Chance zu geben, damit er seine Möglichkeiten ausschöpfen kann.«

Sie blickte auf ihren Sohn, der dasaß und mit dem Oberkorper schaukelte, während er an einem seiner Hemdknöpfe herumzupfte, die Zuckerstange im Mund, eingeschlossen in seiner Welt, zu der sie nicht durchdringen konnte. Mr Rainwater stellte die Frage, die ihr gerade in den Sinn kam.

»Gibt es bei diesen Fällen eine Aussicht auf Heilung, Murdy? Können die Betroffenen mit medizinischer Hilfe ein normales Leben führen?«

Doktor Kincaid konsultierte erneut das Buch, aber Ella hatte den Eindruck, er wollte nur Zeit schinden, statt dass er wirklich nach einer Antwort auf diese Frage suchte.

»Die dokumentierten Fälle sagen darüber so gut wie nichts aus. Die Kriterien für die Diagnose sind umstritten und ändern sich ständig. Das Einzige, was die Fälle gemeinsam haben, ist, dass sie wenig gemeinsam haben. Jeder Fall ist anders. Die Symptome und ihre Schwere variieren. Manche Betroffene erwerben sprachliche Fähigkeiten und sind in der Lage, in beschränktem Umfang zu kommunizieren. Aber die außergewöhnlichen Einzelbegabungen werden selten praktisch genutzt.«

Mr Rainwater bat ihn, das näher zu erläutern.

Der Doktor überlegte kurz. »Nehmen wir zum Beispiel eine Person mit einem erstaunlichen Gedächtnis, die eines Tages vielleicht ein Stück von Shakespeare liest und danach in der Lage ist, den gesamten Text Wort für Wort zu zitieren. Sie tut das aus keinem anderen Grund als dem, dass sie dazu fähig ist. Sie prägt sich den Text nicht ein, weil sie ihn auswendig lernen möchte. Und sie liest ihn auch nicht, weil sie neugierig ist, wie die Geschichte ausgeht. Sie hat kein Interesse an dem Stück selbst. Die Worte bedeuten ihr nicht mehr als die Einträge in einem Telefonbuch. Was sie auch liest, wird verinnerlicht. Es geht ihr nicht um Aufklärung oder Unterhaltung.«

»Aber sie ist in der Lage, Shakespeare zu lesen«, sagte Ella.

Der Arzt hatte wohl ihren optimistischen Unterton wahrgenommen und schien nicht glücklich darüber, dass er ihre Hoffnung zerschlagen musste. »Manche Inselbegabte können lesen, Mrs Barron, das ist richtig. Andere wiederum können weder lesen noch sprechen oder auf irgendeine Art kommunizieren, dafür spielen sie aber auf wundersame Weise die schwierigsten Kompositionen auf dem Klavier nach nur einmaligem Hören. Manche ziehen sich innerlich zurück wie Solly und wehren sich gegen körperliche Nähe. Dennoch können sie hochkomplizierte mathematische Aufgaben im Nu lösen, für die selbst ein genialer Mathematiker Tage brauchen würde.« Er hob hilflos die Hände.

Die Wahrheit ist, ich freue mich, dass Sie Sollys Begabung entdeckt haben. Aber ich kann sie weder erklären noch Aussagen darüber treffen, ob sie wertvoll für ihn ist. Ich möchte Ihnen keine falschen Hoffnungen machen, dass er irgendwann das Sprechen lernt. Ich weiß es einfach nicht, Mrs Barron. Und ich fürchte, das weiß niemand.«

Doktor Kincaids Resümee über Sollys Zustand hätte Ellas Begeisterung über seine unglaubliche Fähigkeit eigentlich dämpfen müssen, aber sie ließ das nicht zu. Stattdessen betrachtete sie es als einen riesigen Fortschritt in ihren Bemühungen, ihren Sohn zu erreichen. Es war, als hätte sich ein kleiner Spalt in der Wand aufgetan, hinter der sein Geist und seine Persönlichkeit verbarrikadiert waren.

Nachdem sie nun diesen kleinen Spalt entdeckt hatte, nahm sie sich vor, ihn zu vergrößern, groß genug, wie sie hoffte, um sich durchzuzwängen. Es war Ellas Herzenswunsch, einen Weg der Verständigung mit Solly zu finden, egal, wie schmal dieser sein mochte.

So stahl sie sich jeden Tag von ihren häuslichen Pflichten fort, um mehr Zeit mit Solly zu verbringen. Sie malte die Punkte von Dominosteinen auf Papier. Dann legte sie Solly den Stift hin in der Hoffnung, er würde selber Punkte malen und so lernen, dass bestimmte Punktemuster eine Zahl darstellten, und dass man Zahlen addieren und subtrahieren konnte, um andere Zahlen zu erhalten.

Aber Solly griff kein einziges Mal nach dem Stift und zeigte nicht das geringste Interesse, selber Punkte zu malen. Als Ella seine Hand nahm, um den Stift zu führen, bekam er einen Anfall. Er schlug den Kopf gegen ihr Kinn und verpasste ihr einen Bluterguss, den man tagelang sehen konnte. Also gab sie es vorerst auf, ihn dazu zu bringen, Punkte zu malen, und griff auf die Dominosteine zurück. Das Spiel stimmte Solly friedlich und ließ sie weiter auf den nächsten Durchbruch hoffen.

Eines Abends saß Solly auf dem Küchenboden und stellte die Dominosteine auf, während Ella Handtücher und Waschlappen zusammenlegte. Mr Rainwater kam herein, um eine benutzte Kaffeetasse zurückzubringen.

Er bemerkte: »Ich sehe, dass Solly sein Interesse nicht verloren hat.«

»Nein. Aber er macht auch keine Fortschritte.« Sie beschrieb ihm ihre Enttäuschung darüber, dass ihr Sohn nicht begreifen wollte, dass man Dominopunkte auf Papier malen konnte. »Ich habe gehofft, dass er begreift, dass die Punkte eine Zahl darstellen und dass Zahlen eine Bedeutung haben.«

»Vielleicht versteht er das ja. Wenn nicht, würde er wohl kaum die Steine immer in der richtigen Reihenfolge legen, oder?«

Darauf hatte sie keine Antwort.

»Würde es Ihnen etwas ausmachen, wenn ich mit ihm arbeite?«, fragte er.

»Wie soll das aussehen?«

Er hob eine Schulter. »Das weiß ich noch nicht. Darüber muss ich mir erst Gedanken machen.«

Seine ausweichende Antwort verursachte ihr ein ungutes Gefühl. Sie war drauf und dran, seine Bitte abzulehnen, als sie an die vielen Freundlichkeiten denken musste, die er Solly erwiesen hatte. Er schien ein aufrichtiges und uneigennütziges Interesse an ihrem Sohn zu haben. Außerdem besaß er eine Engelsgeduld, und die Beschäftigung mit Solly erforderte sehr viel Geduld, die manchmal nicht einmal sie aufbrachte. Sie musste auch an den Tag denken, als er in ihrem Garten Unkraut gejätet hatte, weil er nichts Besseres zu tun hatte. Mr Rainwater brauchte das Gefühl, nützlich zu sein.

Sie willigte ein, allerdings unter einer Bedingung. »Wenn Solly nervös wird –«

»Höre ich sofort damit auf. Versprochen.«

Drei Tage später kam Ella von draußen in die Küche, die Schürze voller Tomaten und Zucchini, die sie im Garten gepflückt hatte. Margaret schälte Kartoffeln. »Wir können die Tomaten nicht alle verbrauchen, bevor sie anfangen zu faulen.« Ella kippte vorsichtig den Inhalt ihrer Schürze auf den Tisch. »Und ich habe schon mehr als genug davon eingelegt. Nimm sie zusammen mit den anderen Sachen mit, wenn du heute Abend in die Siedlung gehst. Und hier sind noch drei Eier. Wir bekommen morgen früh eine frische Lieferung. Ich brauche sie also nicht.«

»Ja, Ma'am.«

Ella warf einen prüfenden Blick auf die Hühnchen, die mit abgelagertem Maisbrot gefüllt waren und in einer tiefen Pfanne darauf warteten, gebraten zu werden. »Hast du sie gesalzen?«

»Ja, und eins habe ich gepfeffert. Die alten Damen mögen keinen Pfeffer, aber Mr Rainwater schon.«

Ella streifte ein paar Haarsträhnen zurück, die sich aus ihrem Knoten gelöst hatten. »Ist Solly noch bei ihm?«

»Ja, im hinteren Salon. Sie üben zusammen.«

Ella öffnete den Eisschrank. »Eine von uns beiden wird morgen zum Krämer gehen müssen. Erinnere mich daran, dass ich ein Pfund Butter auf die Einkaufsliste schreibe.«

»Es ist sehr nett von Mr Rainwater, dass er sich so um unseren Solly kümmert. Was denken Sie, warum tut er das?«

»Wir brauchen auch Mayonnaise. Und Fleischwurst.

Falls du morgen gehst, sag Mr Randall, er soll bitte dieses Mal die Scheiben dünner schneiden.«

»Er ist bestimmt anders.«

Ella wusste, dass Margaret nicht den Krämer meinte. Sie schloss die Tür des Eisschranks und ging zu ihrer Magd hinüber. »Anders?«

»Anders als Mr Barron.«

Ella ging weiter zum Spülbecken und wusch sich die Hände. »Mr Rainwater ist dunkelhaarig und schlank. Mr Barron war kleiner, stämmiger und hatte blonde Haare.« Sie trocknete sich die Hände ab und ging zur Tür. »Ich sehe kurz nach Solly. Danach bereite ich die Zucchini für den Backofen vor.«

»Ich habe nicht vom Aussehen gesprochen.«

Ella tat so, als hätte sie den leisen Kommentar ihrer Magd überhört, und setzte ihren Weg zum Salon fort. Solly und Mr Rainwater saßen nebeneinander am Kartentisch, wo die Dunne-Schwestern oft Gin Rummy spielten.

Als sie eintrat, hob Mr Rainwater den Kopf und lächelte sie an. »Ich glaube, Sie hatten unrecht.«

»In Bezug worauf?«

»Ich denke, Solly hat das Konzept von Zahlen verstanden. Schauen Sie.«

Ella trat näher. Auf dem Tisch lagen verdeckte Spielkarten verstreut. Daneben waren die Zweier jeder Spielfarbe ordentlich gestapelt, genau wie die Dreier und Vierer. Sie beobachtete, wie Solly die Fünfer aus den verdeckten Karten zog, zuerst Kreuz, dann Pik, dann Herz und schließlich Karo. Er legte sie sauber übereinander und platzierte sie neben dem Vierer-Stapel. Dies wiederholte er mit den Sechsern und Siebenern, die er blind aus den verdeckten Karten aussuchte, und zwar immer in derselben Reihenfolge.

Ellas Begeisterung hielt sich in Grenzen. »Er kann sich merken, wo die jeweiligen Karten auf dem Tisch liegen. Das ist ein Wunder, aber trotzdem lernt er nicht richtig. Er erkennt nur dieselbe Zahlenform in Kreuz, Pik und so weiter und legt ein Muster. Aber er kennt nicht den Wert der Zahlen und wie sie zusammenhängen.«

»Ich bin mir dessen nicht so sicher. Im Gegensatz zu Dominosteinen sind bei Karten die Zahlensymbole aufgedruckt.«

»Macht das einen Unterschied?«

»Ich denke schon. Beobachten Sie ihn weiter.«

Solly fuhr fort, bis er die Zehner neben den Neunern gestapelt hatte. Dann lehnte er sich zurück und begann zu schaukeln.

Ella blickte Mr Rainwater an, dann sah sie auf die restlichen verdeckten Karten auf dem Tisch. »Er hat die Bildkarten und die Asse nicht aufgenommen.«

»Sie haben keine Zahlen.«

Sie setzte sich auf den freien Stuhl neben Solly und sammelte seine Stapel und die restlichen Karten auf dem Tisch ein. Sie mischte das Deck und legte dann die Karten offen auf den Tisch, bevor sie eine nach der anderen umdrehte, bis alle zweiundfünfzig verdeckt dalagen.

Solly beobachtete sie aufmerksam. Kaum war die letzte Karte umgedreht, schob er ihre Hände zur Seite, damit er anfangen konnte. Er sammelte die Zweier und machte weiter, bis zum Schluss die Zehner ordentlich gestapelt neben den Neunern lagen. Die Bildkarten und Asse ließ er liegen.

Mr Rainwater sah Ella mit hochgezogener Augenbraue an. »Er weiß, dass die Zahlen die Menge der Symbole auf den Karten darstellen, und er kennt die Reihenfolge der Zahlen. Vier ist höher als drei.«

Immer noch zweifelnd, sagte sie leise: »Möglich.«

»Es ist so.«

»Woher wollen Sie das wissen?«

»Bevor Sie hereinkamen, habe ich die Vierer aus dem Deck genommen. Er hörte nach den Dreiern auf und machte erst weiter, als ich die Vierer wieder auf den Tisch zurücklegte. Ich wiederholte das mit den Achtern. Er hörte nach den Siebenern auf und griff dieses Mal in mein Jackett, nahm die Achter heraus, sortierte sie in seiner Reihenfolge – Kreuz, Pik, Herz, Karo – und machte weiter.«

Fast noch wunderbarer als Sollys Zahlenverständnis war für Ella, dass er freiwillig jemanden berührt hatte. »Er hat in Ihr Jackett gegriffen?«

Mr Rainwater lächelte. »Ohne mein Zutun.«

Ihr Blick wanderte wieder zu Solly. Reflexartig streichelte sie über seine Wange und sagte: »Gut gemacht, Solly.« Er schlug ihre Hand weg, aber sie hoffte, dass er in irgendeinem unzugänglichen Winkel seines Gehirns ihren Stolz und ihre Liebe registrierte.

Sie blickte wieder über den Tisch zu Mr Rainwater und sagte: »Danke, dass Sie ihm so viel Zeit widmen.«

»Es ist mir ein Vergnügen.«

»Wenn er lernen kann, Zahlen zu erkennen und wie sie zusammenhängen, kann er vielleicht auch Buchstaben lernen. Er könnte einfache Rechenarten lernen, und er könnte lernen, zu lesen.«

»Das ist genau mein Gedanke.«

»Wenigstens besteht Hoffnung. Es gibt immer Hoffnung, nicht wahr?«

Sein Lächeln verblasste, aber nur eine Spur. »Nicht immer. Aber manchmal schon.«

Am nächsten Morgen war Ella im Esszimmer, um den Frühstückstisch abzuräumen, als Margaret aus der Küche hereinstürmte. Ihr Hut saß schief, ihr Gesicht war in Schweiß gebadet, und sie rang nach Luft.

»Was um alles in der Welt?«, rief Ella.

Miss Violet war empört. »Ach, du Schreck.« Sie und ihre Schwester starrten die schwarze Frau entgeistert an.

Mr Rainwater stand auf. »Was ist passiert?«

»Ich habe es im Laden gehört«, stieß Margaret atemlos hervor. »Es kann sein, dass es draußen bei den Thompsons Ärger gibt.«

»Bei Ollie und Lola?«, fragte Ella.

»Richtig. Bei Ihren Freunden.«

»Ich muss sofort los.« Nervös zerrte Ella an ihrem Schürzenband. Als es aufging, drückte sie die Schürze Margaret in die Hand und quetschte sich an ihr vorbei durch die Tür in die Küche.

Sie setzte ihren Hut auf, dann beugte sie sich zu Solly herunter, der mit seinem Blechlöffel gegen die Tischkante klopfte, und hob ihn aus seinem Stuhl. »Margaret, räum bitte das Geschirr ab und verstau die Einkäufe. Falls ich bis Mittag nicht zurück bin –«

»Gehen Sie ruhig und sehen Sie nach Ihren Freunden«, unterbrach Margaret sie. »Ich kümmere mich so lange um das Haus, ob es den alten Damen passt oder nicht.«

»Ich kann Sie fahren.« Das kam von Mr Rainwater, der ihnen in die Küche gefolgt war.

»Nein, ich nehme meinen Wagen.«

»Aber Ihr Wagen ist nicht mehr gestartet worden seit –«

»Ich kann selber fahren, Margaret«, fuhr Ella sie an.

»Aber mein Wagen steht vor dem Haus.«

Ella blickte abwechselnd von ihrer Magd zu ihrem Untermieter, der ihr vernünftigerweise anbot, seinen Wagen zu nehmen, der neuer, zuverlässiger und startbereit war. »Danke, Mr Rainwater.« Sie ging voran durch den Hausflur, während sie Solly trug, der mit dem Löffel auf ihr Schulterblatt klopfte.

8

»Sie sind mit den Thompsons befreundet?«

Ella hatte Solly zwischen sich und Mr Rainwater auf den Vordersitz verfrachtet. Sie hatte ihren Chauffeur aus der Stadt gelotst. Er fuhr schnell, schneller, als sie sich mit ihrem älteren Ford-Modell getraut hätte.

»Wir haben zusammen die Schule besucht, bis die zwei die zehnte Klasse abgebrochen haben. Ollies Vater war gestorben, und Ollie musste die Leitung der Milchfarm übernehmen. Er war das jüngste Kind und der einzige Sohn. Seine Schwestern waren verheiratet und schon lange aus dem Haus.

Es gab nie einen Zweifel, dass Ollie und Lola eines Tages heiraten würden. Sie waren schon immer verrückt nacheinander. Als Ollie die Schule verließ, bestand Lola darauf, die Beziehung offiziell zu machen, damit sie ihm auf der Farm helfen konnte. Mittlerweile haben sie vier Kinder. Es sind anständige Leute. Biegen Sie an der nächsten Kreuzung rechts ab.«

Die Straße, auf die Mr Rainwater bog, war nicht gepflastert. Hohe Gräser wuchsen in den Gräben auf beiden Seiten. Hinter den Gräben trennte Stacheldraht ein paar Reihen Maisstauden ab, die in der trockenen Erde der Baumwollfelder ums Überleben kämpften; Erntehelfer schleppten große Säcke auf ihren gebeugten Rücken über die Baumwollfelder.

Es war noch vor zehn Uhr, aber Ella schätzte, dass die Temperatur bereits dreißig Grad überstieg. Sie hatten keine andere Wahl, als die Seitenfenster offen zu lassen. Der Fahrtwind war heiß und sandig. Er blies Ella den Hut vom Kopf und zerrte an ihren Haaren, aber sie nahm es kaum wahr.

Ihre Gedanken waren bei ihren Freunden und deren schwerem Schicksal. Lola war nach jedem Kind ein wenig rundlicher geworden, und die Lücke zwischen ihren Schneidezähnen schien immer größer zu werden. Trotzdem war sie der fröhlichste Mensch, dem Ella jemals begegnet war. Lola liebte ihren Mann, sie liebte ihre Kinder, sie liebte ihr Leben. Ella hoffte, dass Lolas Lebensfreude ihr und ihrer Familie die Kraft gaben, das alles durchzustehen.

Ollie war ein bodenständiger Typ, mit großen Ohren und einem großen Herz. Er hatte in der Schule wegen all der Unterrichtsstunden, die er verpasst hatte, kämpfen müssen, um versetzt zu werden. Er musste damals häufig seinem Vater auf der Farm helfen, vor und nach der Schule hatte er die Kühe zu melken und er packte ständig mit an, um den laufenden Betrieb aufrechtzuerhalten. Ollie hatte die Schule bereitwillig abgebrochen. Seine praktische Erfahrung hatte für ihn einen größeren Wert als reines Bücherwissen, und die Entscheidung hatte sich für ihn bezahlt gemacht. Er war stolz darauf, dass die Farm unter seiner Leitung florierte.

Jedenfalls noch bis vor ein paar Jahren, bevor er gezwungen gewesen war, sich Geld zu leihen, um seine Herde und seine Familie zu ernähren, bis die Dürre vorüber war und seine Weiden wieder grün wurden. Das bisschen Milch, das er aus seinen unterernährten Kühen herausholte, musste er billig verkaufen, sodass er bald einen neuen Kredit brauchte. Dieser Teufelskreis hatte ihn und Lola in tiefe Schulden gestürzt und barg die Gefahr, die Farm zu verlieren.

Sie würden sicher von dem Regierungsprogramm profitieren, auch wenn sie die Herde unter Marktwert verkauften, aber zu welchem emotionalen Preis?

Mr Rainwater sagte: »Ich fürchte, wir kommen zu spät.«

Ella entdeckte die Staubwolke über der Straße im selben Augenblick, als er sprach. »Was ist das?«

»Ein Konvoi, nehme ich an.«

Die Entfernung zwischen ihnen und der wirbelnden Staubsäule wurde rasch kleiner. Sie waren fast auf gleicher Höhe, bevor sie die einzelnen Fahrzeuge ausmachen konnten. An der Spitze fuhr ein Viehtransporter, der mit Milchkühen voll beladen war. Ihm folgten drei schwarze Limousinen, die alle mit Staatsinsignien auf der Seite gekennzeichnet waren, darin hockten Männer mit mürrischen Gesichtern. In der ersten Limousine fuhr ein Mann auf dem Trittbrett mit, der sich am offenen Fenster festhielt, während ein Gewehr über seiner Schulter lag.

»Sind das die –«

»Schützen«, ergänzte Mr Rainwater den Satz für sie.

Über das Knattern der vorbeifahrenden Fahrzeuge hinweg hörte Ella ein anderes Geräusch, das sie zunächst für Fehlzündungen hielt. Aber als Mr Rainwater einen leisen Fluch ausstieß, bemerkte sie, dass er das Lenkrad fest umklammerte und sein Gesicht sehr angespannt war.

»Was ist das für ein Knallen?«

»Schüsse.«

Sie wandte den Kopf nach hinten und beobachtete, wie die Regierungsfahrzeuge hinter einer Straßenkuppe verschwanden. Die Schüsse kamen nicht von ihnen. In Ellas Kehle bildete sich ein Angstkloß. Um ihn zu verdrängen, sagte sie: »Die Situation ist anders als damals auf der Pritchett-Farm.«

Mr Rainwater drehte den Kopf zu ihr und warf ihr einen bedeutungsvollen Blick zu.

Ihren eigenen Befürchtungen trotzend, sagte sie: »Das hat sich damals wegen der Leute aus der Siedlung zugespitzt. Und von denen kommt bestimmt keiner hier raus. Wie auch? Wer schießt da also? Und warum?«

Ella war immer noch von den Bildern der schlimmen Verletzungen verstört, die sie bei den Frauen und Kindern gesehen hatte. Sie erinnerte sich an Bruder Calvins Schilderung, dass der kleine Pritchett aus den Armen seiner Mutter gerissen worden war, während Sheriff Anderson und seine Deputys nicht eingriffen. Plötzlich hatte sie große Angst um ihre Freunde.

»Schnell«, drängte sie und beugte sich vor, als könnte sie dadurch den Wagen beschleunigen. »Es ist gleich die Nächste links.«

Kurz bevor sie die Abzweigung erreichten, die zur Thompson-Farm führte, raste von dort ein Pick-up heran, bog mit einer scharfen Rechtskurve auf die Straße, beschleunigte dann und hielt direkt auf sie zu. Der Wagen schlingerte über den Schotter und schleuderte beinahe mehrere Männer von der Ladefläche, bevor er sich stabilisierte. Er fuhr auf ihrer Spur, um dann, mit einem lauten Hupen, im letzten Moment auf seine Seite zu schwenken.

Der Pick-up brachte Mr Rainwaters Zweitürer zum

Wackeln, als er vorbeiraste. Ella erkannte den Mann am Steuer – Conrad Ellis. In der Fahrerkabine saßen zusammengepfercht drei weitere Männer. Hinten auf der Ladefläche waren ungefähr ein Dutzend, die sich aneinander und am Wagen festklammerten, um nicht herunterzufallen. Keiner schien sich allzu große Sorgen zu machen, dass er von der Ladefläche geschleudert werden könnte. Sie lachten und johlten, während sie mit ihren Pistolen und Jagdgewehren in die Luft feuerten.

Mr Rainwater nahm die Linkskurve in die Zufahrt praktisch auf zwei Rädern, wodurch Solly auf Ella geworfen wurde und Ella gegen die Beifahrertür. Es war noch eine Viertelmeile von der Straße bis zum Hof. Mr Rainwater drückte das Gaspedal wieder bis zum Anschlag durch, bis sie eine Weide erreichten, auf der ein großes Loch ausgehoben worden war. Er trat scharf auf die Bremse. Der Wagen schlitterte ein paar Meter weiter, bevor er zum Stehen kam.

Mr Rainwater stieg aus und ging um die Motorhaube herum. Er nahm seinen Hut ab und legte ihn an seinen Schenkel, während er das Massengrab betrachtete. Solly schien zufrieden damit zu sein, seine Schuhspitzen gegeneinander zu klopfen, also stieg Ella auch aus dem Wagen.

Als Bruder Calvin von dem Vorfall auf der Pritchett-Farm berichtet hatte, beschrieb er die Szenerie in sehr lebendigen Bildern. Aber die anschaulichen Schilderungen des Predigers hatten Ella nicht auf das vorbereitet, was sie zu sehen bekam. Mehrere Dutzend magere Kühe und Kälber waren in die Grube getrieben und per Kopfschuss getötet worden, manche gleich mit mehreren Schüssen. Sie lagen übereinander, die Beine ineinander verkeilt. Es war ein erschütternder Anblick.

»Das ist eine Schande.«

Ella wurde bewusst, dass Mr Rainwater hauptsächlich mit sich selbst gesprochen hatte, und was hätte sie schon hinzufügen können? Sie bedeckte ihre Augen vor der grellen Sonne und blickte zu einer Gruppe von Weidenbäumen hinüber, unter denen zwei Traktoren mit Frontladern standen. Die Fahrer ruhten sich im Schatten aus, bevor sie ihre Arbeit zu Ende bringen und die Grube zuschütten würden. Einer rauchte eine Zigarette. Der andere hatte seinen Hut tief ins Gesicht gezogen und machte scheinbar ein Nickerchen.

Ella musste sich vor Augen halten, dass die beiden, genau wie die Schützen, Männer waren, die ihr Bestes versuchten, um in den Wirren einer schlimmen Wirtschaftskrise durchzukommen. Sie hatten sich die politischen Entscheidungen nicht ausgedacht, für deren Umsetzung sie bezahlt wurden und die sie wahrscheinlich noch weniger verstanden als Ella. Es waren nur Männer, die einen harten Job in einer harten Zeit erledigten.

Trotzdem empfand sie sie als Feinde.

Sie wandte sich ab und blickte zu Solly, der immer noch auf seine Schuhspitzen fixiert war, dann machte sie sich auf den Weg zum Haus, das auf einer kleinen Anhöhe stand. Die Sonne brannte glühend heiß auf ihren Kopf und erinnerte sie daran, dass sie ihren Hut auf dem Beifahrersitz vergessen hatte. Aber sie kehrte nicht um.

Ein weißer Palisadenzaun umrandete den Garten vor dem Haus. Das Haus war auch weiß, aber nun war es mit schwarzen Flecken übersät. Ella erkannte schockiert, dass es frische Einschusslöcher waren. Als sie den Zaun erreichte, sah sie, dass das Gartentor aus seiner Verankerung gerissen worden war und auf einem roten Ameisenhügel lag. Die Ameisen wimmelten wütend umher. Ella trat vorsichtig über das, was von dem Hügel noch übrig war.

Lola saß auf der Verandaschaukel und weinte in ihre Schürze. Zwei Kinder mit ernsten Gesichtern saßen links und rechts neben ihr. Der Junge, offensichtlich der Ältere, weinte nicht, aber er war viel zu jung für diesen verbitterten Ausdruck in seinem zarten Gesicht.

Das kleine Mädchen ließ eine Hand auf dem Knie ihrer Mutter ruhen. Tränenspuren zeichneten sich auf ihren Wangen ab. Sie hörte auf zu weinen, als sie beobachtete, dass Ella durch den Garten kam und die Verandastufen hinaufging.

»Ollie.«

Er saß auf der obersten Stufe, die massigen Schultern waren gebeugt, die Füße in den Arbeitsstiefeln standen auf der Stufe darunter. Zwischen seinen Lippen baumelte eine Zigarette. Gut drei Zentimeter Asche hingen daran. In der rechten Hand hielt er einen Colt, aber sein Griff war so locker, dass die Waffe drohte, ihm zu entgleiten. Er starrte vor sich hin und schien Ella zunächst nicht wahrzunehmen, aber als sie seinen Namen aussprach, hob er den Kopf und sah sie mit gequältem Blick an.

»Ella.« Er kam wieder zu sich, nahm die Zigarette aus dem Mund und griff unter die Stufe, um die Glut auszudrücken, während er fragte: »Was machst du denn hier draußen?«

»Ich bin gekommen … Ich dachte, das könnte schwer für euch sein. Ich bin gekommen, um euch jede Unterstützung anzubieten, die ich euch geben kann.«

Sein Blick wanderte zu dem Wagen in der Auffahrt, der ein Stück vom Haus entfernt parkte. Er entdeckte Mr

Rainwater, der immer noch dastand und verloren in den Krater auf der Weide starrte. »Wer ist das?«

Mr Rainwater konnte sie in dieser Entfernung nicht hören, aber als Ollie nach ihm fragte, wandte er sich von dem grausigen Anblick ab und machte sich auf den Weg zum Haus.

»Ein entfernter Cousin von Doktor Kincaid. Er ist vorübergehend in der Stadt. Er wohnt bei mir.«

Sie beobachteten, wie Mr Rainwater die Zufahrt hochkam und das zerstörte Gartentor erreichte. Als er den Garten betrat, fiel Ella auf, wie dünn er verglichen mit Ollie war.

»Mr Thompson?«, sagte er, während er näher kam. »David Rainwater.«

Ollie starrte auf die rechte Hand, die ihm entgegengestreckt wurde, als wäre er unsicher, was er damit machen sollte. Dann wechselte er den Revolver in die linke Hand und schüttelte Mr Rainwaters Rechte. »Ollie Thompson.«

»Ich bedaure sehr, dass wir uns unter diesen Umständen kennenlernen.«

»Ja, ich auch.« Mühsam stemmte Ollie sich hoch. Selbst als er stand, sah er aus, als würden seine Schultern eine enorme Last tragen.

»Wir haben den Viehtransporter gesehen. Haben Sie einen fairen Preis bekommen?«, fragte Mr Rainwater.

»Den üblichen Kurs. Sechzehn pro Stück, plus drei Dollar Bonus für jedes Tier. Selbst für die Kälber. Trotzdem bin ich froh über das Geld. Ich habe mich für das Programm beworben. Aber, Teufel noch mal, es war widerwärtig.«

Ella überließ die Männer ihrer ernsten Unterredung und ging zur Verandaschaukel hinüber. Lola tupfte sich die Augen ab und schenkte Ella eine schwache Version ihres Zahnlückenlächelns. Sie klopfte ihrem Sohn leicht auf den Rücken. »Scoot«, sagte sie zu ihm. »Mach Platz, damit Mrs Barron sich setzen kann.«

Der Junge stand von der Schaukel auf und sprang von der Veranda. Die Hände waren tief in den Taschen seiner Latzhose vergraben, als er um die Ecke des Hauses verschwand.

»Er ist verstört«, sagte Lola, als Ella neben ihr auf der Schaukel Platz nahm. »Ich hoffe, er kommt darüber hinweg.« Mit Blick auf Ollie fügte sie leise hinzu: »Und ich hoffe, sein Vater auch.«

Ella schenkte Lolas kleiner Tochter ein Lächeln, das diese schüchtern erwiderte, bevor sie den Kopf an Lolas kräftigen Oberarm lehnte. »Wo sind deine anderen beiden Kinder?«

»Ich habe heute Morgen meine Mutter angerufen und ihr gesagt, sie soll die zwei Kleinen abholen und zu sich nehmen, bis die Kühe begraben sind. Für die beiden Älteren ist das hier schon schlimm genug. Ich wollte nicht, dass die Kleinen für ihr Leben gezeichnet sind, weil sie etwas mitansehen mussten, das sie nicht verstehen können.«

»Was ist passiert?«

Die Augen ihrer Freundin füllten sich mit Tränen. »Die Männer mit den Traktoren kamen kurz nach Tagesanbruch und haben das Loch ausgehoben. Danach kamen die Männer in den Regierungsfahrzeugen und haben die Kühe aussortiert. Die gesunden kamen auf den Transporter, der Rest …« Sie nickte in Richtung Grube.

»Vierzig Stück«, sagte Ollie. In seinen Augen standen nun Tränen. »Ich habe für sie Geld bekommen. Ich hatte keine Wahl«, erklärte er mit brüchiger Stimme. »Ich muss den Kredit abbezahlen, oder ich verliere das Grundstück. Das ist die Farm meines Vaters. Ich musste sie retten.«

Er war unfähig weiterzusprechen, also übernahm Lola für ihn. »Kurz darauf haben die Regierungsleute die aussortierten Kühe in die Grube getrieben und erschossen. Die armen Muttertiere und ihre Kälber.« Sie begann jetzt richtig zu weinen. Ella legte den Arm um ihre Schulter.

»Was war mit den Rowdys in dem Pick-up?«

»Wir sind Conrad auf der Straße begegnet«, erläuterte Ella Mr Rainwaters Frage.

Ollie würgte Schleim hoch und spuckte ihn von der Veranda in den Staub. »Dieser weiße Abschaum und Hurensohn.«

»Ollie«, mahnte Lola und deutete mit einem Nicken auf ihre Tochter.

»Nun, genau das ist er aber. Auch wenn er und sein Vater Geld wie Heu haben, sie sind der letzte Abschaum. Diese ganze verfluchte Ellis-Sippe ist durch und durch verdorben. Jeder Einzelne von ihnen.«

»Was wollten die hier?«, fragte Mr Rainwater.

»Ich vermute, dass diese Feiglinge von der Regierung sie mitgebracht haben, nur für den Fall.« Ollie spuckte wieder aus.

»Für welchen Fall?«, fragte Mr Rainwater.

»Ich habe versucht, mit dem Wortführer zu verhandeln«, antwortete Ollie wütend. »Ich habe ihm gesagt, dass er seine Schützen nach Hause schicken soll und dass ich mich selbst um die Beseitigung der Tiere kümmere. Ich habe ihm gesagt, dass ich die, an denen noch was dran ist, in die Siedlung bringe und sie den Leuten dort überlasse, damit ihre Kinder wenigstens eine anständige Mahlzeit bekommen.

Aber nichts da. Er sagte, er hätte den Befehl, das aussortierte Vieh zu töten und zu vergraben, und dass er sich davon von mir nicht abhalten lassen würde. Also schön, habe ich gesagt. Dann tu deine Pflicht als Hure der Regierung.« Er wischte sich die Tränen aus den Augen. »Ich schätze, ich bin genauso eine Hure, weil ich seinen gottverdammten Scheck angenommen habe.«

»Hör sofort mit diesem Geschwätz auf, Ollie Thompson! Du hast getan, was du tun musstest.«

Ollie blickte seine Frau reumütig an. »Du brauchst mich nicht rechtfertigen, Lola. Das beruhigt mein Gewissen auch nicht.« Er unterbrach sich kurz, bevor er fortfuhr. »Ich nehme an, der Mann hat mir nicht getraut, denn als sie die Kühe abknallten, haben Conrad und seine Bande ihre Gewehre auf uns gerichtet, als könnten wir versuchen, sie aufzuhalten. Nachdem es vorbei war, fuhren die Regierungsleute wieder weg. Aber bevor Conrad und seine Spießgesellen verschwanden, feuerten sie auf mein Haus.«

Mr Rainwater entdeckte mehrere gesplitterte Einschusslöcher in der Holzwand. »Warum?«

»Aus purer Schießwut, vermute ich.« Ollie wischte seine Nase am Ärmel ab. »Oder um mich einzuschüchtern, damit ich nichts unternehme – womit sie auch Erfolg hatten.« Er blickte in die Richtung, in der sein Sohn um das Haus verschwunden war. »Mein Junge schämt sich für seinen Vater, schätze ich.«

»Was hättest du denn machen sollen, Ollie?«, sagte Lola, mit ihrer unerschütterlichen Loyalität. »Mit Conrad Streit anfangen, damit er uns alle erschießt?«

»Sie hat recht«, sagte Mr Rainwater. »Nach allem, was ich von diesem Conrad Ellis bisher gehört habe, wäre es tollkühn gewesen, ihn zu provozieren.«

Ella erzählte kurz, was passiert war, als Mr Pritchett versucht hatte, Conrad die Stirn zu bieten. »Ein Augenzeuge hat uns berichtet, dass er das Kind direkt aus Mrs Pritchetts Armen gerissen hat.«

»Hätte er Hand an Lola oder meine Kinder gelegt, hätte ich ihn umgebracht«, sagte Ollie.

Lola war scheinbar aufgefallen, dass Ella auf den Revolver in Ollies Hand blickte. Sie bemerkte leicht nervös: »Er wäre nicht wirklich imstande, jemanden zu erschießen.«

»Teufel aber auch, und ob ich das wäre«, widersprach ihr Mann. »Das schwöre ich bei Gott.«

Lola wandte sich an Mr Rainwater und erzählte weiter: »Eins der Kälber in der Grube wurde nur angeschossen. Conrad und seine Kumpane hörten es brüllen. Sie stellten sich feixend am Rand auf und bewarfen es mit Steinen.«

»Ich sagte ja schon«, murmelte Ollie. »Abschaum.«

»Ollie ging ins Haus, um seinen Revolver zu holen und das arme Ding zu erlösen. Aber diese Kerle haben ihn nicht an die Grube herangelassen. Das Kalb ist schließlich qualvoll verendet, nehme ich an. Es hat irgendwann aufgehört zu schreien. Dann sind Conrad und seine Kumpane in den Pick-up geklettert und davongerast.«

»Die Party war vorüber.«

Ella fiel auf, dass immer dann, wenn Mr Rainwater sehr wütend war, seine Lippen sich beim Sprechen kaum bewegten. Er fing ihren Blick auf. Sie sah rasch zu Ollie.

Dieser sagte: »Die Kühe wären sowieso krepiert. Ich hatte kein Futter für sie. Sie wären verhungert.« Er schluckte. »Aber ich kann euch sagen, es war einfach furchtbar, zuzusehen, wie sie abgeknallt wurden.«

Er wandte den Kopf zu den Weidenbäumen, wo die beiden Männer gerade auf ihre Traktoren stiegen. »Alles, was jetzt noch zu tun bleibt, ist, Lauge in das Loch zu kippen und es wieder zuzuschaufeln.«

Sie beobachteten, dass die Traktoren zum Leben erwachten. Sie begannen laut zu knattern und stießen Abgaswolken aus, während sie langsam in Richtung Massengrab lostuckerten.

Ella legte die Hand auf Lolas Arm. »Gibt es etwas, was ich für euch tun kann?«

Lola hob ihre Schürze ans Gesicht, um sich die Augen abzuwischen, und begann zur allgemeinen Verwunderung, leise zu kichern. Sie ließ die Schürze sinken und sagte: »Du kannst auf die Knie gehen und dem lieben Gott dafür danken, dass Ollie Conrad Ellis nicht eine Kugel direkt zwischen die Augen verpasst hat.«

Ella schätzte Lolas unverwüstlichen und unerschütterlichen Humor. Hätte Ella das erlebt, was Lola heute Vormittag erlebt hatte, würde sie nicht einmal mehr ein Lächeln zustandebringen.

»Ich bin froh, dass Ollie das Kalb nicht erschießen musste«, fügte Lola hinzu. »Ein Tier wegen seines Fleisches zu schlachten, ist eine Sache. Aber es ist etwas völlig anderes, Tiere aus einem anderen Grund zu töten. Ollie musste einmal einen alten Gaul erschießen. Er hat sich danach drei Nächte lang in den Schlaf geweint.«

Sie sprach mit einer tiefen Zuneigung, in der ihre langjährige Liebe zu Ollie Thompson zu hören war. Der Blick, den die zwei wechselten, war derart intim und sagte so viel über ihre Gefühle füreinander aus, dass Ella sich wie ein Eindringling in einem sehr privaten Moment vorkam. Sie spürte einen Stich von Eifersucht.

Die Schaukel bewegte sich sanft, als sie aufstand. »Ich

habe Margaret ganz alleine gelassen. Ich sollte jetzt besser wieder nach Hause.«

»Danke, dass du gekomen bist«, sagte Lola.

»Ich konnte nicht helfen.«

»Doch, du warst hier.« Lola sah Mr Rainwater an. »Ich habe mich noch gar nicht vorgestellt. Ich bin Lola Thompson. Danke, dass Sie Ella hierher gefahren haben.«

»Nichts zu danken, Mrs Thompson. Ich wünsche Ihnen, dass nun bessere Zeiten für Sie anbrechen.«

Lola zog ihre Tochter an sich und gab ihr einen Kuss auf den Kopf. »Besser nicht, sonst werde ich noch verwöhnt, Mr Rainwater.«

Er lächelte, da er offenbar Gefallen an ihr und ihrem Optimismus fand.

Dann hörten sie es alle gleichzeitig – ein klägliches Blöken aus der Grube.

»Oh Herr, sei uns gnädig«, stöhnte Lola auf.

Das kleine Mädchen begann zu weinen.

Der Junge, der vorhin weggelaufen war, erschien wieder auf der Bildfläche. Dieses Mal waren seine Augen feucht. Er starrte mit neuem Entsetzen zu den Erwachsenen auf der Veranda.

Ollie schloss kurz die Augen, dann schritt er die Verandastufen hinunter.

Mr Rainwater streckte die Hand aus und hielt ihn am Arm fest. »Nein. Ich werde mich darum kümmern.« Er wartete nicht ab, ob Ollie protestierte oder einlenkte, und nahm ihm auch nicht den Revolver ab, sondern durchquerte auf seinen langen Beinen schnell den Garten und die Lücke im Zaun.

Das Blöken wurde panischer, es war ein furchtbares Geräusch. Ella drückte Lola kurz und tätschelte Ollie den

Arm, als sie an ihm vorbeilief, während sie rief: »Gebt mir Bescheid, wenn ihr etwas braucht.« Dann eilte sie die Verandatreppe hinunter und rannte durch den Garten.

Als sie die Grube erreichte, kletterte Mr Rainwater gerade hinein. Die Wände waren nicht sehr steil, aber die Erde war locker, und er trug Anzugschuhe und keine Arbeitsstiefel wie Ollie. Er rutschte mehrmals bei seinem Abstieg in das Massengrab. Die Traktoren waren schon sehr nah.

Ella beobachtete hilflos, wie Mr Rainwater sich unbeholfen einen Weg zu dem brüllenden Kalb bahnte, dessen Hinterbeine unter einem Kadaver festklemmten, wahrscheinlich war das seine Mutter. Das Jungtier hatte eine blutige Wunde auf dem Rücken, die die Fliegen anlockte, aber offensichtlich nicht tödlich war.

Einer der Traktorfahrer rief: »Hey! Was machen Sie da? Kommen Sie sofort da raus!«

Mr Rainwater ignorierte ihn und watete weiter durch die Kadaver, um zu dem verletzten Kalb vorzudringen.

»Verdammter Narr!«, brüllte der andere Traktorfahrer.

»Ich warne Sie, Mister!«, brüllte der Erste.

Entweder hörte Mr Rainwater sie nicht, oder er schenkte ihren Drohungen absichtlich keine Beachtung. Das Kalb schrie weiter. Mr Rainwater nahm einen Stein in der Größe einer Wassermelone auf und schleppte ihn mit sichtbarer Mühe zu dem Kalb hinüber. Dort hob er den Stein über seinen Kopf und ließ ihn auf das Tier herunterkrachen, um ihm den Schädel zu zerschmettern. Es war sofort tot, und die qualvollen Schreie verstummten.

Ella schlug die Hand vor den Mund und schlang den Arm um ihre Taille.

Mr Rainwater beugte den Oberkörper vor und stützte

sich auf den Knien ab. So verharrte er ein paar Sekunden, bis einer der Traktorfahrer anfing zu fluchen und drohte, ihm Lauge ins Gesicht zu kippen.

Erst da richtete Mr Rainwater sich auf und begann, sich durch die weiche Erde nach oben zu kämpfen.

Ella drehte sich – erschüttert von dem, was sie beobachtet hatte – zum Wagen um. Sie sog keuchend die heiße Luft in ihre Lungen, als sie zu ihrer Bestürzung Solly neben dem Fahrzeug stehen sah, den Blick hatte er auf die Kadaver in der Grube und auf den Mann geheftet, der herauskletterte.

9

Es fielen nur wenige Worte auf der Fahrt zurück in die Stadt. Ella wusste nicht, wo Mr Rainwater mit seinen Gedanken war, aber ihre waren bei Solly. Sie machte sich Sorgen darüber, wie viel er gesehen hatte, wie viel er verstanden hatte und welche Auswirkungen ein solch grässlicher Anblick auf ihn haben könnte. Nachdem sie ihn in den Wagen zurück gescheucht hatte, begann er wieder, seine Schuhspitzen gegeneinander zu schlagen. Er schien ungerührt, obwohl man nicht mit Sicherheit sagen konnte, wie sich der Zwischenfall auf ihn auswirkte.

Was Ella betraf, so hatte die Szenerie tiefe Eindrücke bei ihr hinterlassen: die Grube mit den knochigen Kadavern, Lola und Ollie in ihrer Verzweiflung, das elende Brüllen des Kalbs und die plötzliche Stille, nachdem Mr Rainwater es getötet hatte. Sie befürchtete, dass es lange dauern würde, bis diese schrecklichen Bilder in ihrer Erinnerung verblassten.

Sie verfolgten sie gnadenlos, als sie nachmittags ihre Arbeiten verrichtete. Die Hitze war mörderisch und anstrengend, sodass die einfachsten Routineaufgaben plötzlich unüberwindlich schienen. Die Dunne-Schwestern kamen zu ihr und beschwerten sich über Margarets anmaßende

Art. Ella versprach, mit ihrer Magd zu reden. Als sie sie darauf ansprach, zuckte Margaret erschrocken zusammen und verspritzte heißes Fett aus der großen gusseisernen Pfanne, in der sie Lachskroketten briet. Das Fett kam mit der Gasflamme in Berührung, woraufhin sich ein kleines Feuer auf dem Herd entzündete und die Küche mit fischigem Qualm erfüllte.

Am späten Nachmittag waren Ellas Durchhaltevermögen und Geduld aufgebraucht. Sie wollte nur noch das Abendessen hinter sich bringen und die Küche aufräumen, um sich dann mit Solly in ihre Räumlichkeiten zurückzuziehen, wo sie hoffte, etwas Ruhe und Frieden zu finden.

Mit diesem Gedanken im Hinterkopf deckte Ella den Abendtisch, während Margaret in der Küche Kohl für den Krautsalat hobelte und einen Maisbrotteig vorbereitete. Als Ella in die Küche zurückkehrte, entdeckte sie Mr Rainwater, der bei Solly am Tisch saß, während dieser Zahnstocher auf dem geblümten Wachstuch in Reihen auslegte.

Mr Rainwater lächelte sie an. »Er macht echte Fortschritte. Er legt immer genau zehn Zahnstocher zusammen. Das hat er einmal bei mir beobachtet. Und jedes Mal, wenn er in die Schachtel greift, holt er genau zehn heraus.«

Ella nahm einen Krug Eistee aus dem Eisschrank und stellte ihn auf ein Tablett. »Das ist kein Fortschritt, Mr Rainwater. Das ist ein wertloser Trick.«

Margaret hörte auf, den Teig zu schlagen, und warf einen missbilligenden Blick über ihre Schulter zu Ella, die so tat, als würde sie es nicht bemerken.

Mehrere Sekunden verstrichen in angespanntem Schweigen, dann fragte Mr Rainwater leise: »Warum sagen Sie das?«

Ella kehrte ihm weiter den Rücken zu, während sie die Zuckerdose und frische Zitronenscheiben auf das Tablett stellte. »Sie haben doch gehört, was Doktor Kincaid gesagt hat. Sollys Begabung, mangels eines besseren Ausdrucks, hat keinen praktischen Nutzen. Außer, jemand möchte, dass seine Zahnstocher in Zehnerreihen oder seine Dominosteine in nummerisch aufsteigender Reihenfolge sortiert werden.«

»Es wundert mich, dass Sie das sagen.«

Sie wandte sich rasch zu ihm um. »Warum?«

»Weil das ein Durchbruch sein könnte. Ein Anfang. Der erste Schritt in Richtung –«

»Was, Mr Rainwater?« Ella deutete auf Solly, der die Zahnstocher in gleichem Abstand nebeneinander legte, während er rhythmisch seine Absätze gegen die Stuhlbeine schlug. »Wo führt ihn das hin? Auf die Zirkusbühne? Zur Unterhaltung der feinen Leute in Dallas und Houston?«

Sie sprach weiter mit einer Marktschreierstimme: »Hereinspaziert, hereinspaziert! Kommen und sehen Sie Solomon Barron! Er schreit wie am Spieß, schlägt um sich und bekommt Anfälle, wenn seine Mutter ihn berührt, aber er beherrscht die genialsten Kartentricks.«

»Miss Ella!« Margaret hatte sich umgedreht. Dicker, gelber Teig tropfte von dem Holzlöffel in ihrer Hand auf den Boden, aber sie war so bestürzt über Ellas emotionalen Ausbruch, dass sie es gar nicht bemerkte. »Was ist denn plötzlich in Sie gefahren?«

»Nichts. Nichts!«, erwiderte Ella mit überschlagender Stimme. »Ich versuche nur, Mr Rainwater, der aus unbekannten Gründen meinen Sohn zu seinem Lieblingsprojekt auserkoren hat, zu erklären, dass seine Bemühungen lächerlich und nutzlos sind.«

Sie machte einen Schritt zum Tisch. »Ich möchte nicht, dass mein Sohn im Kuriositätenkabinett zur Belustigung anderer Leute landet. Ich möchte nicht, dass aus ihm eine Sonderattraktion wird. Ich möchte, dass er lesen und schreiben lernt und mit mir spricht, und nicht – nicht –« Wütend fuhr sie mit der Hand über den Tisch und fegte Sollys sorgfältig arrangierte Zahnstocherreihen und die offene Schachtel auf den Linoleumboden.

Solly stieß sofort einen durchdringenden Schrei aus und begann, mit den Fäusten auf seine Schläfen zu trommeln.

Ella verstummte und erstarrte plötzlich, sie blickte fassungslos über ihr Verhalten und erschrocken auf die Zahnstocher, die über dem Boden verstreut lagen. Sie hatte nicht gedacht, dass sie so rasch ihre Beherrschung verlieren würde.

Mr Rainwater erhob sich ruhig und holte den Besen, um die Zahnstocher aufzukehren. Margaret steckte den tropfenden Löffel wieder in die Teigschüssel und sagte in sanftem Ton zu Ella: »Kümmern Sie sich um den Jungen, Miss Ella. Ich halte hier die Stellung.«

Ella war beschämt über ihren Ausbruch, sie nickte und hob Solly von seinem Stuhl. Es war ein Kampf, aber schließlich brachte sie ihn in sein Zimmer, während er weiter kreischte und um sich trat. Sie schloss die Tür, damit nur sie den Anfall aushalten musste.

Dieser war sehr heftig und dauerte fast eine halbe Stunde an. Es gelang Ella nicht, ihn zu beruhigen. Sie wich seinen Fäusten und Füßen aus, so gut es ging, aber sie wusste, dass sie morgen blaue Flecken hätte. Schließlich war Solly so erschöpft, dass er einschlief.

Ella saß auf seinem Bett und weinte viele Tränen.

Die Frustration und Traurigkeit, die sich den ganzen Tag in ihr aufgestaut hatten, entluden sich in heftigem, abgehacktem Schluchzen. Sie weinte um ihre Freunde Ollie und Lola, die zwar nun die Zwangsvollstreckung abwehren konnten, aber zu einem unglaublich hohen emotionalen Preis. Sie weinte um ihre Kinder, die etwas derart Grausames hatten mitansehen müssen, das über ihr Verständnis hinausging. Sie weinte um die Dunne-Schwestern, die darauf reduziert waren, unter einem fremden Dach zu wohnen und sich zu beschäftigen, indem sie sich über die Magd beschwerten. Sie weinte um Margaret, die ihre Vorurteile ertragen musste.

Und in einem seltenen Moment von Selbstmitleid weinte Ella um sich selbst und um Solly und ihre Misere.

Sie lebte in ständiger Angst vor der Zukunft. Jeden Tag kämpfte sie, um ihre Ängste in Schach zu halten und sich nicht von ihnen beherrschen zu lassen. Aber heute hatte sie nicht die Kraft, sie zu unterdrücken, und wurde von ihnen heftig geplagt.

Wenn Solly später einmal größer und stärker war als sie, wie sollte sie dann seine Anfälle kontrollieren?

Was würde aus ihm werden, wenn ihr etwas zustieß? Menschen konnten in der Blüte ihres Lebens tödlich erkranken. So wie Mr Rainwater. Was, wenn sie Krebs bekam und sterben musste? Wo würde Solly dann sein restliches Leben verbringen?

Menschen wurden auch durch Unfälle getötet. Sie wurden überfahren, vom Blitz getroffen, von der Heugabel aufgespießt. Die Menschen starben dumme, alberne, sinnlose Tode bei häuslichen Arbeiten, die sie schon tausendfach ohne Zwischenfälle verrichtet hatten. Wenn sie plötzlich sterben müsste, was würde dann aus Solly werden?

Oder was, wenn er irgendwann während eines Anfalls jemanden verletzte? Dann würde man ihn ihr wegnehmen und in eine Anstalt stecken, und man würde sagen, dass es so für alle besser sei. Für alle bis auf Solly.

Schließlich hatte Ella sich ausgeweint. Sie schämte sich für ihre Tränen und wusch das Gesicht mit kaltem Wasser, bis ihre Augen nicht mehr so rot und geschwollen waren. Sie richtete ihre Frisur und band eine frische Schürze um. Dann sah sie ein letztes Mal nach Solly, bevor sie das Zimmer verließ.

Das Haus war still. Das Abendessen war vorüber, und der Esstisch war abgeräumt. Margaret spülte das Geschirr in der Küche. »Ich habe Ihnen einen Teller aufgehoben, Miss Ella.« Er stand mit einem Tuch bedeckt mitten auf dem Tisch.

»Danke, Margaret«, erwiderte sie, ohne sich von der Stelle zu rühren.

Die Magd blickte sie besorgt an. »Möchten Sie etwas anderes essen? Ich kann noch bleiben und für Sie kochen, was Sie wollen.«

Ella schüttelte den Kopf. »Ich habe keinen Hunger. Geh ruhig nach Hause.« Als sie sah, dass Margaret zögerte, fügte sie hinzu: »Ich habe mich beruhigt. Solly schläft. Wir kommen zurecht. Wir sehen uns dann morgen früh.«

Margaret zog ihre Schürze aus und setzte ihren Hut auf. Dann ging sie zu Ella und umarmte sie kurz. »Der Kummer von heute ist bald Vergangenheit. Morgen wird es wieder besser.«

Dies sollte sich als unwahr erweisen.

Mr Rainwater erschien nicht zum Frühstück. Ella vermutete, dass er sein Zimmer nicht verließ, weil er von ihren rüden Worten gestern Abend gekränkt war. Sie hatte unfairerweise ihren Frust an ihm ausgelassen, obwohl er zum Teil auch selbst dafür verantwortlich war. Es war ihr völlig ernst gewesen, als sie sagte, dass sie nicht möchte, dass Solly zu einem Ausstellungsobjekt von morbider Faszination gemacht wurde, wie der Elefantenmensch in England.

Aber im Grunde ihres Herzens wusste Ella, dass dies nicht Mr Rainwaters Absicht war. Im Gegenteil. Sein Wunsch, Sollys Fähigkeiten auszuloten, war ehrenhaft und liebenswürdig. Sie hatte keinen Grund zu der Annahme, dass er Solly ausbeuten wollte, jedenfalls definitiv nicht aus Eigennutz.

Sie nahm sich vor, sich für ihr unhöfliches Benehmen zu entschuldigen, aber der Vormittag verstrich, ohne dass Mr Rainwater herunterkam. Sie begann sich erst Sorgen zu machen, als er auch zum Mittagessen nicht erschien. Margaret versicherte, dass sie ihn den ganzen Tag nicht gesehen hatte. Auch die Dunne-Schwestern hatten ihn nicht zu Gesicht bekommen.

»Es ist hoffentlich nichts Ernstes«, sagte Miss Violet mit einem Zittern in der Stimme.

»Wahrscheinlich möchte er nur die Hitze meiden.«

Aber Ella zweifelte an ihrer eigenen Erklärung und beschloss, nach ihm zu schauen. Sie ließ Solly in Margarets Obhut und begab sich nach oben. Während sie den langen Flur durchquerte, stellte sie sicher, dass man ihre Schritte hörte. Sie wollte nicht, dass er den Eindruck bekam, sie würde ihm heimlich hinterherspionieren.

Sie blieb vor seiner Tür stehen und lauschte kurz, aber

es drangen keine Geräusche von der anderen Seite. »Mr Rainwater?« Sie klopfte leise an die Tür und presste die Faust vor den Mund, während sie auf eine Antwort wartete. Es kam keine. Sie klopfte wieder leise. »Mr Rainwater, ist alles in Ordnung?«

Als er nicht reagierte, wurde ihr Mund trocken, und ihr Herz begann, in böser Vorahnung dumpf zu pochen. Doktor Kincaid hatte gesagt, sechs bis zwölf Wochen. Vielleicht länger, wenn er Glück hatte. Er meinte, Mr Rainwater würde gute und schlechte Tage haben, aber der schleichende Verfall, während der Krebs weiter wucherte, sei unaufhaltbar. Er würde Schmerzen haben. Zum Schluss würde ein Organ nach dem anderen versagen, aber der Arzt hatte Ella versprochen, den Sterbenden in ein Krankenhaus zu bringen, bevor es so weit war.

»Ich werde ihn nicht in Ihrem Haus sterben lassen, Mrs Barron. Es wird viele Anzeichen geben, bevor es sich dem Ende zuneigt. Gott wäre gnädig, wenn er ihn rasch zu sich nehmen würde, aber meistens geht es nicht so schnell.«

Doch nun fragte Ella sich, ob Doktor Kincaid sich vielleicht geirrt hatte, was den Verlauf der Krankheit und Gottes Gnade betraf.

Das Herz schlug ihr bis zum Hals, während sie die Tür zu seinem Zimmer öffnete.

Er lag auf dem Bett neben der Decke, bekleidet mit Hemd, Hose und Socken, aber dem zerwühlten Laken nach zu urteilen, lag er schon eine Weile so da. Sein linker Unterarm ruhte über den Augen, die rechte Hand umklammerte das Hemd in Magenhöhe. Ella war ungemein erleichtert, als sie sah, dass er atmete, obwohl sein Atem schwach und kurz war und ein pfeifendes Geräusch verursachte, das durch seine leicht geöffneten Lippen strömte. Der saure Geruch von Schweiß durchdrang den Raum.

»Mr Rainwater?«

Er bewegte schwach den Arm, der über seinen Augen lag. »Bitte, gehen Sie, Mrs Barron.«

Stattdessen näherte Ella sich seinem Bett. »Soll ich Doktor Kincaid rufen?«

»Ich –« Bevor er den Satz beenden konnte, überkamen ihn plötzlich scheinbar unerträgliche Schmerzen. Er stöhnte zwischen zusammengebissenen Zähnen laut auf.

Ella wirbelte auf dem Absatz herum und lief aus dem Zimmer. Sie stürzte durch den Flur und rief laut nach Margaret. Sie eilte die Treppe hinunter, während Margaret am unteren Absatz mit vor Schreck geweiteten Augen erschien. »Ist etwas mit Mr Rainwater?«

»Er ist krank. Ruf Doktor Kincaid an. Sag ihm, er soll sofort kommen.«

Ella gab Margaret sogar einen kleinen Schubs in Richtung Telefon, während sie an ihr vorbeidrängte. Sie lief in den vorderen Salon und zog den Ventilator aus. Auf dem Weg zurück zur Treppe entdeckte sie die Dunne-Schwestern in dem Durchgang zum hinteren Bereich, die sich an den Händen hielten und beide besorgt und ängstlich wirkten. »Gibt es etwas, das wir tun können?«, fragte Miss Pearl.

»Nein, vielen Dank.«

Ella konnte hören, dass Margaret mit der Vermittlungsstelle sprach. Rasch lief sie mit dem Ventilator in der Hand wieder nach oben.

Mr Rainwater lag unverändert so da, wie sie ihn zurückgelassen hatte, aber die Schmerzen, die ihn übermannt hatten, schienen schwächer zu werden. Er nahm den Arm von den Augen, als sie hereinkam. »Bitte, Mrs Barron, machen Sie sich keine Sorgen. Schlechte Phasen wie diese waren zu erwarten. Ich werde es überstehen.«

»In der Zwischenzeit sollte Ihnen der hier ein bisschen Linderung verschaffen.« Sie stellte den Ventilator auf den Tisch vor dem Fenster und steckte ihn ein. »Wie lange haben Sie diese Schmerzen schon?«

»Seit gestern Abend.«

»Seit gestern Abend! Warum haben Sie nicht Bescheid gesagt, damit ich Doktor Kincaid verständige?«

»Ich dachte, es geht wieder vorbei. Ich bin mir sicher, dass es bald aufhört.«

Sie teilte seinen Optimismus nicht. Seine Lippen waren weiß vor Schmerz, und seine Faust umklammerte immer noch feucht sein Hemd. Seine Augen lagen tief in ihren Höhlen. »Doktor Kincaid wird gleich hier sein. Soll ich Ihnen etwas zu trinken holen? Eistee?«

Er schüttelte schwach den Kopf. »Wasser vielleicht.«

Sie zögerte kurz, dann ließ sie ihn wieder alleine und machte sich hastig in die Küche auf. Die Schwestern waren verschwunden, wahrscheinlich waren sie in den hinteren Salon zurückgegangen. Margaret blickte sie erwartungsvoll an, als sie durch die Küchentür hereinstürmte.

»Ist es das Sommerfieber, Miss Ella?«

»Ich schätze, ja. Kommt Doktor Kincaid?«

»Er macht sich sofort auf den Weg, hat er gesagt.«

»Gut. Hol den Wasserkrug aus dem Eisschrank. Und ich brauche ein Glas. Wo ist die Porzellanschüssel, in der wir das Gemüse waschen?«

»Da, wo sie immer steht.«

Ella fand die Schüssel an ihrem Platz im Regal in der Speisekammer. Sie stellte sie zusammen mit dem Krug und dem Glas auf ein Tablett. »Du bleibst hier bei Solly.« Er saß auf dem Boden unter dem Tisch und spielte mit leeren Garnspulen. Ella drehte den Rücken zur Tür und schob sie auf. »Schick den Doktor sofort nach oben, wenn er kommt.«

Zurück in Mr Rainwaters Zimmer räumte sie ein Buch, seine Uhr und die kleine Leselampe vom Nachttisch, um das Tablett darauf abzustellen. Sie füllte das Glas mit Wasser, dann schob sie eine Hand unter seinen Kopf und hob ihn leicht an. Mr Rainwater trank gierig und gab ihr ein Zeichen, als er genug hatte. Sie ließ seinen Kopf wieder auf das Kissen sinken, das, wie ihr auffiel, nassgeschwitzt war.

»Ich bin gleich wieder da.«

Sie verschwand erneut und nahm die Schüssel mit. Sie füllte sie zur Hälfte mit kaltem Wasser aus dem Bad und holte einen sauberen Waschlappen aus dem Schrank. Während sie darauf achtete, nichts von dem Wasser zu verschütten, stellte sie die Schüssel wieder auf den Nachttisch und tauchte den Waschlappen hinein. Sie wrang ihn aus und wischte damit sanft sein Gesicht ab. Er beobachtete sie einen Moment lang, dann schloss er die Augen. »Danke.«

»Nichts zu danken.«

»Haben Sie Ihren Mann gepflegt?«

»Wie bitte?«

»Ich nehme an, Mr Barron ist an einer Krankheit gestorben. Haben Sie ihn gepflegt? Sind Sie daher geübt darin, mit Kranken umzugehen?«

»Sein Tod war plötzlich.«

»Oh.« Nach einem Moment fügte er hinzu: »Dann sind Sie also von Natur aus eine gute Krankenschwester.«

Sie tauchte den Waschlappen wieder in das Wasser,

wrang ihn aus und fuhr damit über sein Gesicht und seinen Hals. »Ich denke, das ist ein Teil des Mutterinstinkts.«

Obwohl seine Augen geschlossen blieben, lächelte er schwach. »Eine weibliche Eigenschaft, einzigartig für Ihr Geschlecht.«

Sie tauchte den Waschlappen wieder in das Wasser, wrang ihn aus, faltete ihn zu einem schmalen Rechteck und legte ihn auf seine Stirn, wo sie ihn leicht festdrückte. Dann zog sie sich zurück und setzte sich auf den Stuhl am Fenster, während sie die Hände im Schoß verschränkte. Er sagte nichts weiter, und sie dachte schon, er wäre eingeschlafen, hätten seine Finger sich nicht hin und wieder verkrampft und sein Gesicht sich verspannt, Anzeichen dafür, dass er schlimme Schmerzen litt.

Durch das offene Fenster hörte sie, dass Doktor Kincaids Wagen vorfuhr und kurz darauf die Wagentür zufiel, bevor man seine eiligen Schritte auf dem Weg hoch zur Veranda vernahm. Wenig später erschien er in der offenen Tür und machte einen atemlosen und nervösen Eindruck. »David?« Ohne Ella weiter zu beachten, eilte er ans Bett, stellte seine schwarze Arzttasche auf das Fußende und beugte sich sichtlich besorgt über seinen Patienten.

Mr Rainwater öffnete die Augen. »Hallo, Murdy. Sieh mich nicht so ängstlich an. Ich lebe noch.«

Ella stand auf. »Ich lasse Sie jetzt alleine. Falls Sie etwas brauchen –«

»Natürlich, Mrs Barron. Danke«, erwiderte der Doktor geistesabwesend.

Ella verließ den Raum und zog die Tür hinter sich zu.

10

Fast eine halbe Stunde war vergangen, bevor Doktor Kincaid herunterkam. Die Dunne-Schwestern waren außer Haus, um eine Freundin zu besuchen. Margaret kochte das Abendessen und passte auf Solly auf. Der Arzt entdeckte Ella im hinteren Salon, wo sie mit einem Staubmopp den Hartholzboden wischte.

»Wie geht es ihm?«

Doktor Kincaid zog ein Taschentuch aus seiner Hose und wischte sich über das Gesicht und den kahlen Kopf. Ella fragte sich, ob diese Angewohnheit wirklich nur dazu diente, den Schweiß abzutupfen, oder auch, um schlechte Neuigkeiten hinauszuzögern. »Ich habe ihm etwas gegeben. Es geht ihm jetzt besser.«

»Er hatte furchtbare Schmerzen.«

»Das war bisher der schlimmste Anfall.«

Sein Tonfall deutete an, dass die heutige Schmerzattacke ein Vorbote dessen war, was noch kommen würde.

»Ich habe ihm etwas gegen die Schmerzen dagelassen. Er sagt, er wird es nicht nehmen, außer die Schmerzen werden unerträglich. In diesem Punkt ist er stur. Vorerst jedenfalls«, fügte er grimmig hinzu. »Er wird seine Meinung noch ändern.«

Ella wandte den Blick ab. Nach einem kurzen Moment fragte sie: »Gibt es nichts, was man dagegen tun kann? Vielleicht eine Operation? Oder irgendeine Therapie?«

»Wenn es sie gäbe, hätte er schon längst eine bekommen, Mrs Barron. Dafür hätte ich gesorgt.«

»Natürlich. Ich wollte damit nicht andeuten, dass Sie etwas versäumt haben.«

»Ich weiß, dass das nicht Ihre Absicht war, und ich habe Sie auch nicht so verstanden. Glauben Sie mir, ich teile Ihre Enttäuschung. Ich habe jede Möglichkeit überprüft, von der ich weiß. Ich habe Fachärzten geschrieben, die mehr Erfahrung und Wissen haben als ich. Ich habe sogar Kollegen in Boston und New York konsultiert, aber alle kommen sie zu derselben traurigen Diagnose. Der Krebs hat sich unentdeckt im Knochenmark ausgebreitet und Metastasen an lebenswichtigen Organen gebildet.«

Ella streifte eine einzelne Locke aus ihrer Stirn. »Was muss ich beachten?«

»Er ist nicht Ihr Patient.«

»Aber er wohnt unter meinem Dach. Ich kann nicht einfach wegschauen, wenn er starke Schmerzen hat.«

»Rufen Sie mich an, sobald er Beschwerden hat. Sie können zu jeder Tages- und Nachtzeit nach mir schicken. Zögern Sie nicht, egal, wie laut David protestiert.«

»Das werde ich.«

»Er wird es nämlich immer verharmlosen.«

»Seine Einwände werden auf taube Ohren stoßen.«

»Gut.«

Sie brachte den Doktor zur Tür und hakte das Fliegengitter auf. Er blieb auf der Schwelle stehen und blickte sie reumütig an. »Das ist eine zusätzliche Belastung für Sie,

Mrs Barron. Ich hätte David nicht zu Ihnen bringen dürfen. Ich bedaure inzwischen, dass ich das getan habe.«

Das Haus des Doktors war vom Lärm seiner zwei lebhaften Söhne erfüllt. Seine Patienten klingelten ihn jede Nacht aus dem Bett. Täglich kamen Leute in die Praxis mit offenen Wunden oder Knochenbrüchen, Frauen mit Frühwehen, Kinder mit Beschwerden, angefangen von harmlosen Halsentzündungen bis hin zu lebensbedrohlichen Krankheiten. Ella glaubte, dass der Doktor Mr Rainwater nicht zu ihr gebracht hatte, um sich vor der Verantwortung zu drücken, sondern damit sein Verwandter einen ruhigeren Ort zum Leben hatte.

In der Hoffnung, seine Schuldgefühle zu lindern, versicherte Ella ihm, dass Mr Rainwater ein tadelloser Untermieter sei. »Er ist rücksichtsvoll und bei den anderen im Haus beliebt. Er hat außerordentlich viel Geduld mit Solly. Er ist sogar hilfreich.« Sie wollte es gerade erläutern, überlegte es sich aber anders. »Mr Rainwater tut alles, um mir nicht zur Last zu fallen.«

»Ich hoffe, er wird nie eine werden.« Der Arzt setzte seinen Hut auf und begann, die Verandastufen hinunterzugehen, als er plötzlich stehen blieb und sich umdrehte. »Andererseits, Mrs Barron, gibt es niemanden, dem ich ihn lieber anvertrauen würde.«

Sie klopfte an seine Tür. »Darf ich hereinkommen?«

»Bitte.«

Er saß auf dem Stuhl am Fenster und beobachtete, wie der Doktor wegfuhr. »Was hat Murdy zu Ihnen gesagt?«

»Er hat mir vorgeschlagen, dass ich hochgehe und Ihr Bett neu beziehe.«

Er wandte den Kopf zu ihr und sah, dass sie frische, gefaltete Bettwäsche in den Händen trug. »Ich bezweifle, dass Sie tatsächlich darüber gesprochen haben.«

»Mir ist vorhin aufgefallen, dass Sie frische Bettwäsche brauchen könnten.«

»Riecht es so schlimm hier? Murdy hat mir geholfen, mich zu waschen und ein frisches Hemd anzuziehen, aber ich hätte mir denken können, dass mein Krankenlager Ihren Ansprüchen nicht standhält.«

Ella wollte über den kleinen Seitenhieb schmunzeln, als sie die garstig aussehende Spritze entdeckte. Sie lag auf der Kommode neben einem kleinen schwarzen Lederbeutel, der die Ampullen mit dem Schmerzmittel enthielt, wie sie vermutete.

Seine Augen folgten ihrem Blick. »Murdy versucht, einen Suchtkranken aus mir zu machen.«

»Er möchte nicht, dass Sie unnötig leiden.«

Er sah mit Widerwillen auf die Spritze, dann wandte er den Kopf und schaute wieder aus dem Fenster. Ella nahm dies als Stichwort, das Thema zu beenden, und machte sich daran, das feuchte, zerwühlte Laken von der Matratze abzuziehen.

»Ich würde Ihnen gerne meine Hilfe anbieten, aber von Murdys Schmerzmittel bin ich ein wenig benommen.«

»Ich beeile mich, dann können Sie sich wieder ins Bett legen.«

»Lassen Sie sich Zeit. Ich habe die ganze Nacht und den ganzen Tag im Bett verbracht. Ich habe keine Lust, mich wieder hinzulegen. Lieber genieße ich die Aussicht hier.« Nach einem Moment fuhr er fort: »Ich betrachte gerade die Pappel auf der anderen Straßenseite. Als ich ein kleiner Junge war, bin ich immer auf eine Pappel geklettert, die genauso hoch war. Eines Tages, ich war ungefähr ein

Drittel hochgeklettert, begegnete mir ein Waschbär. Er hatte Schaum vor dem Maul. Ich hatte die Wahl, entweder herunterzuspringen oder gebissen zu werden. Ich habe mir den Arm gebrochen.«

»Besser, als die Tollwut zu bekommen.«

Er stieß ein leises Lachen aus. »Ich habe nicht groß überlegt. Das Ding hat mich angefaucht und mir eine Höllenangst eingejagt. Meine Eltern lobten mich hinterher für meine geistesgegenwärtige Reaktion, aber in Wahrheit hatte ich so viel Panik, dass ich vom Baum gefallen bin. Es ist ein Wunder, dass ich mir nicht den Hals gebrochen habe.«

Sie schenkte ihm ein Lächeln. »Sind Sie jemals wieder auf diesen Baum geklettert?«

»Ja, sobald mein Arm verheilt war. Das musste ich tun, um meinen Stolz wiederherzustellen.«

Ella drehte sich wieder zum Bett und breitete das frische Unterlaken aus. Dann ging sie um das Bett herum, während sie das Laken glattzog und unter die Matratze schlug. »Mr Rainwater?«

»Hmm?«

»Ich muss mich bei Ihnen entschuldigen. Wegen gestern.« Sie spürte seinen Blick im Rücken, als sie das frische Oberlaken nahm, auseinanderfaltete und über das Bett sinken ließ. »Die Sache mit den Zahnstochern. Und was ich zu Ihnen gesagt habe. Ich habe es nicht so gemeint. Es sieht mir nicht ähnlich, meine Fassung zu verlieren. Ich weiß nicht, was über mich kam.«

»Sie waren wegen Ihrer Freunde aufgewühlt.«

Sie steckte den letzten Lakenzipfel am Fußende unter die Matratze, dann richtete sie sich auf und wandte ihm das Gesicht zu. »Ja. Aber das war nicht der einzige Grund.«

Sie ließ kurz den Kopf sinken, bevor sie ihn wieder hob und ihn direkt anblickte. »Ich war eifersüchtig.«

»Eifersüchtig?«

»Auf die Fortschritte, die Sie mit Solly machen. Und auch wenn ich gestern das Gegenteil behauptet habe, es sind Fortschritte.« Sie spürte die Hitze in ihren Wangen und wusste, dass sie gerötet waren, also kehrte sie ihm wieder den Rücken zu und schnappte sich das Kissen. Sie klemmte es zwischen Kinn und Brust, steckte es in den Bezug und platzierte es anschließend genau in die Mitte des Kopfteils. »Ich weiß nicht, wie weit Sie mit Solly noch kommen, aber Ihre Fortschritte mit ihm unterstreichen mein Versagen, ihn auf irgendeiner Ebene zu erreichen.«

Sie strich die Bettdecke glatt, dann schlug sie das obere Ende zusammen mit dem Oberlaken in einem perfekten rechten Winkel zurück. Nachdem sie die Tagesdecke ein letztes Mal zurechtgezupft hatte, wandte sie sich um. Überraschenderweise stand er direkt vor ihr. Er war immer noch in Strümpfen, darum hatte sie nicht mitbekommen, dass er vom Stuhl aufgestanden war und sich hinter sie gestellt hatte, sondern erst jetzt, als sie sich von Angesicht zu Angesicht gegenüberstanden. Sehr nahe.

»Sie haben keinen Grund, eifersüchtig zu sein. Wenn ich mit Solly Fortschritte erzielt habe, wie Sie das sehen, dann nur, weil ich über ausreichend Zeit verfüge, die ich ihm widmen kann. Im Gegensatz zu Ihnen. Sie haben genug damit zu tun, ihn zu versorgen.« Er unterbrach sich kurz, dann fügte er hinzu: »Und dafür bringen Sie große Opfer.«

Das war eine anmaßende Behauptung. Ella hätte widersprechen können, aber sie fürchtete, er würde sich dann darüber auslassen, welche Lebensaspekte sie seiner Meinung nach opferte. Es schien ihr gefährlich, sich auf dieses

Gesprächsthema einzulassen, besonders mit ihm, besonders in diesem Zimmer in diesem Moment.

Sie musste schlucken, bevor sie sprechen konnte. »Das ist sehr großzügig von Ihnen, dass Sie so denken.«

»Ich bin nicht großzügig. Ich stelle nur fest, wie die Dinge sind.«

Sie wandte das Gesicht ab und fragte: »Akzeptieren Sie meine Entschuldigung?«

»Ja, obwohl sie unnötig ist.«

»Danke.«

Sie trat an ihm vorbei und wollte sich gerade bücken, um die schmutzige Bettwäsche vom Boden aufzuheben, als er sie noch mehr schockierte, indem er nach ihrer Hand griff. Sie erschrak so sehr über den unerwarteten Körperkontakt, dass sie zur Bestätigung auf ihrer beider Hände blickte. Während ihr Blick lange darauf verharrte, registrierte sie die Unterschiede in der Größe, in der Beschaffenheit der Haut, in dem Druck seiner Finger. Schließlich hob sie den Kopf und sah ihm ins Gesicht.

Er sagte: »Es ist mir unangenehm, dass Sie mich heute in diesem Zustand gesehen haben.«

»Sie hatten Schmerzen.«

»Sie haben sehr besonnen reagiert.«

»Das hatte nur den Anschein.«

»Sie haben mir das Gesicht gewaschen.«

»Das war das Mindeste, was ich tun konnte.«

»Es hat gut getan.«

»Das freut mich.«

»Danke.«

»Gern geschehen.«

Sie blieben noch ein paar Sekunden länger verbunden durch ihre Hände und Blicke. Dann zog Ella ihre Hand zurück und sammelte hastig die Bettwäsche auf. An der Tür sagte sie: »Ich schicke Ihnen Margaret hoch mit dem Abendessen.«

»Ich werde zum Essen herunterkommen.«

»Sie sollten sich ausruhen, Mr Rainwater.«

»Ich werde pünktlich erscheinen.«

Und das tat er.

Er schien unter keinen nachhaltigen Folgen des Anfalls zu leiden. Ob er sich das Schmerzmittel – Ella vermutete, es handelte sich um Morphium – spritzte oder nicht, wusste sie nicht. Aber es ging ihm eindeutig besser. Gleich am nächsten Tag nahm er die Arbeit mit Solly wieder auf, aber erst, nachdem er zuvor mit Ella darüber gesprochen hatte.

»Ich möchte nicht, dass Sie wieder an die Decke gehen.«

Sie nahm ihm die Bemerkung nicht übel, weil er dabei schelmisch grinste.

»Ich verspreche, dass ich nicht mehr mit Zahnstochern werfen werde. Sie können mit Solly arbeiten, wann Sie wollen.«

Er nahm sich dafür jeden Tag Zeit.

Und er begann, häufig auszugehen. Falls er sich überhaupt die Mühe machte, Ella über seine Abwesenheit zu informieren, dann erfuhr sie nur, wann er ungefähr zurück wäre. Er erwähnte nie, wohin er ging. Er ließ keine Mahlzeiten ausfallen, also ging er nicht auswärts essen. Falls er nach Waco ins Lichtspielhaus fuhr, sprach er nie über die Filme, die er gesehen hatte.

Manchmal war er nur für kurze Zeit nachmittags weg. An anderen Tagen brach er gleich nach dem Abendessen auf und kehrte erst Stunden später zurück. Natürlich ging es Ella nichts an, wohin er ging, aber trotzdem war sie neugierig – was sie nur sich selbst eingestand.

»Was denken Sie, was ist da los?«, fragte Margaret eines Nachmittags.

Sie waren im vorderen Salon und rückten die Möbel vor, um die Fußleisten dahinter abzuwischen. Mr Rainwater hatte auf seinem Weg nach draußen kurz den Kopf hereingesteckt, um sie zu informieren, dass er zum Abendessen zurück wäre. Durch das Fenster hatte Margaret beobachtet, wie er wegfuhr, bevor sie Ella die Frage stellte.

Diese antwortete mit gespieltem Desinteresse: »Was soll los sein?«

»Mit Mr Rainwater. Wo treibt er sich neuerdings immer herum?«

»Ich weiß es nicht, Margaret. Er sagt es mir nicht, und es geht mich auch nichts an. Und dich genauso wenig«, fügte Ella spitz hinzu.

Die Magd wischte mit ihrem feuchten Lappen über die Fußleiste. »Ich glaube langsam, er hat irgendwo eine Liebschaft.«

»Schon möglich.«

Margaret schniefte und schüttelte den Kopf. »Sie wissen ja, wie die Männer so sind.«

Ella ließ das unkommentiert.

Ein paar Tage später lief ihr auf dem Postamt Lola Thompson über den Weg. Sie trug ihr jüngstes Kind auf der Hüfte, während sie ein zweites an der Hand hielt und in der anderen einen Stapel Briefe, den sie gerade abgeholt hatte.

Als Ella grüßte, zeigte sie sofort ihr breites Lächeln. »Meine Cousine hat mir geschrieben. Sie erwartet ein Kind. Schon wieder. Als hätte sie nicht schon genug hungrige Mäuler zu füttern.« Lola nahm den Brief, um Luft in ihr rundes, gerötetes Gesicht zu fächeln.

»Ich habe oft an euch gedacht«, sagte Ella. »Wie geht es dir?«

»Oh, gut.«

»Und Ollie?«

»Er flickt die Zäune und repariert die Löcher im Dach. Er arbeitet auf den Tag hin, an dem er wieder eine Herde aufziehen kann. Wir verdienen nichts, aber wir geben auch nicht viel aus. Wir machen halt das Beste daraus. Was haben wir für eine Wahl?«

»Ich bewundere deine Unverwüstlichkeit.«

Lola kicherte. »Ich habe auch meine düsteren Momente. Das ist nur menschlich. Aber ich versuche, mich vor Ollie und den Kindern zusammenzureißen.«

»Wenn du mal reden möchtest, kannst du jederzeit anrufen oder vorbeikommen.«

Lola schnaubte. »Als könntest du es auch noch gebrauchen, dass ich Riesenbaby mich an deiner Schulter ausweine, wo du doch schon den behinderten Jungen hast, ganz auf dich allein gestellt bist und außerdem die Pension führst. Wenn jemand Bewunderung verdient, dann du, Ella, nicht ich.«

Ella nahm keinen Anstoß an Lolas Beschreibung von Solly, weil sie wusste, dass es nicht böse gemeint war. »Ich würde mich trotzdem über einen Besuch von dir freuen. Jederzeit.«

Lola ließ ihr Kind los und berührte Ellas Hand. »Ich weiß das wirklich zu schätzen. Manchmal tut ein Gespräch unter Frauen gut. Wir Frauen verstehen uns gegenseitig, nicht wahr?«

Ella nickte.

Lola überlegte kurz, dann sagte sie: »Ich glaube allerdings, dass es unter Männern dasselbe ist. Ich bin froh, dass Ollie und Mr Rainwater sich angefreundet haben. Er kam gerade richtig, als Ollie dringend einen Freund brauchte. Die Gespräche mit ihm haben Ollie geholfen, denke ich.«

Ellas Herz schlug kurz schneller. »Mr Rainwater führt Gespräche mit Ollie?«

»Ja, vor und nach ihren Versammlungen. Manchmal bleibt er länger als die anderen oder kommt früher.«

Ella starrte sie mit Befremden an. »Lola, wovon sprichst du? Was für Versammlungen?«

»Du weißt schon.« Sie wackelte mit ihren dicken Augenbrauen, dann blickte sie sich um, um zu schauen, ob jemand in Hörweite war. Sie beugte sich zu Ella vor und flüsterte: »Die *Versammlungen.*«

Die Scheinwerfer durchpflügten die Nacht, noch bevor sein Wagen in die Straße bog. Die Häuser in der Nachbarschaft waren dunkel. Für die meisten Menschen war Schlafenszeit. Die Stadt war ruhig, bis auf einen Güterzug, der vorbeirumpelte, ohne das Tempo für einen Halt zu verringern.

Mr Rainwater hatte nach dem Abendessen das Haus verlassen, als Ella in der Küche beschäftigt war. Die Schwestern spielten eine Zeit lang Karten, bevor sie sich zurückzogen. Mr Hastings, todmüde von seiner letzten Reise, war sofort nach dem Abendessen in sein Zimmer hochgegangen. Ella steckte Solly ins Bett und schickte anschließend Margaret mit einem Eimer Pintobohnen und zwei Maisbrotfladen für die Menschen in der Siedlung nach Hause, bevor sie sich draußen auf die Veranda setzte und auf die Rückkehr ihres Untermieters wartete.

Mr Rainwater parkte seinen Wagen hinter dem von Mr Hastings und schaltete das Licht und den Motor aus. Dann ging er zum Haus, stieg die Stufen zur Veranda hoch und streckte die Hand nach dem Griff der Fliegengittertür aus, als Ella sagte: »Guten Abend, Mr Rainwater.«

Er zog den Arm zurück und drehte sich zu ihr, während er sich den Hut vom Kopf riss. »Mrs Barron. Ich habe Sie nicht gesehen.« Er näherte sich dem Schaukelstuhl, in dem sie saß. »Ich hoffe, Sie haben nicht auf mich gewartet, damit Sie die Tür abschließen können.«

»Ich habe auf Sie gewartet, aber nicht, um die Tür abzuschließen. Tatsächlich wünschte ich, ich hätte Sie ausgesperrt.«

Sein Kopf zuckte ein Stück zurück, als würde er einem Schlag ausweichen. »Ich bitte um Verzeihung?«

»Wo sind Sie gewesen?«

Er zögerte ein paar Sekunden, dann antwortete er: »Darf ich mich setzen?«

Sie nickte kurz. Er schnappte sich den Stuhl, der am nächsten stand, und zog ihn nah an den Schaukelstuhl heran.

Als Reaktion darauf änderte Ella ihre Sitzhaltung und drehte die Knie von ihm weg. »Bevor Sie etwas sagen, Mr Rainwater, sollten Sie wissen, dass ich heute Lola Thompson getroffen habe. Sie hat etwas von heimlichen Versammlungen in ihrem Haus erwähnt und ging davon aus, dass ich wusste, wovon sie sprach.«

»Sie finden nicht immer bei den Thompsons statt.«

Seine Gelassenheit war provozierend.

»Es geht nicht darum, wo diese Versammlungen stattfinden. Was sind das für Versammlungen? Was ist ihr Zweck?«

Ihre Stimme hatte an Lautstärke gewonnen. Sein Blick wanderte zum Garten hinunter und weiter bis zu dem Haus auf der anderen Straßenseite, dann sah er über seine Schulter hinweg zu der Oleanderhecke, die die Grenze zum Nachbargrundstück bildete.

Seine Vorsicht vergrößerte nur Ellas Befürchtungen, und sie senkte ihre Stimme zu einem Flüstern. »Bitte denken Sie nicht, dass ich mich für Ihr ständiges Kommen und Gehen aus einem anderen Grund interessiere als dem, dass sie in meinem Haus wohnen und an meinem Tisch essen. Ich glaube, das gibt mir das Recht, zu erfahren, ob Sie in etwas Gefährliches oder Kriminelles verwickelt sind.«

»Ich kann Ihnen versichern, es ist nicht kriminell.«

»Aber gefährlich?«

»Ich hoffe nicht.«

»Sie haben meine Frage nicht beantwortet. Was ist der Zweck dieser Versammlungen?«

Er legte den Hut über sein Knie und beugte sich zu ihr vor. »Das Hilfsprogramm der Regierung für Viehbesitzer, die unter der Dürre leiden, war gedacht, um Menschen in Not zu helfen, und nicht, um ihnen noch mehr Kummer zu bereiten. Menschen, die schwere Zeiten durchleben, sollte man nicht weiter zusetzen, indem man ihre Häuser mit Kugeln durchlöchert, ihr Eigentum beschädigt oder zerstört und ihre Kinder bedroht. So wie es den Pritchetts und den Thompsons erging. Wir möchten, dass das aufhört.«

»Wer ist wir?«

»Ich, Ollie, Bruder Calvin. Er hat die Männer in der Siedlung zusammengetrommelt, Schwarze und Weiße, alle, die beinahe zu Tode geprügelt worden wären. Erinnern Sie sich an den Mann mit den drei Kindern, dessen Frau vor kurzem gestorben ist?«

Ella nickte und hatte das Bild vor Augen, als Mr Rainwater sich mit dem Mann unterhalten hatte.

»Sein Name ist Emmett Sprule. Er lebt schon lange in der Siedlung und kennt daher viele Leute. Auch Pritchett hat sich uns angeschlossen. Er hat seine ganzen Logenfreunde mitgebracht, selbst die Diakone seiner Kirche.«

»Mitgebracht wofür?«

»Wir haben jetzt ein Netzwerk, ein Kommunikationssystem. Beim nächsten Mal, wenn eine Herde verkauft und aussortiert werden soll, wird der betroffene Farmer oder Züchter uns informieren. Die Nachricht wird dann durch ein System verbreitet, das wir aufgebaut haben. Wir werden alles stehen und liegen lassen und uns am Tatort versammeln. Wir können nicht die Regeln des Programms ändern.« Er zeigte kurz ein Grinsen, das weiß in der Dunkelheit aufblitzte. »Aber vielleicht gelingt es uns wenigstens, sie ein bisschen zu beugen und uns ein wenig Fleisch oder ein paar Suppenknochen für die Bedürftigen zu holen, wenn keiner hinsieht. Abgesehen davon werden wir sicher Conrad Ellis und seine Kumpane von ihren Gemeinheiten abhalten.«

»Conrad ist unberechenbar. Er und seine Bande sind bewaffnet und rücksichtslos.«

»Wir sind auch bewaffnet. Aber wir sind weder unberechenbar noch rücksichtslos, sondern organisiert. Und wir sind mehr als die. Wenn wir Widerstand leisten, werden diese Schläger klein beigeben, denke ich. Und Männer, die ihren Lebensunterhalt verloren haben, vielleicht sogar ihr Zuhause, Männer, die am Boden sind, werden sich wieder wie Männer fühlen.«

Die Idee hinter dieser Organisation war nobel, aber Ella fürchtete, dass Männer aus der Siedlung, die mit Stöcken bewehrt waren, und Geistliche mit christlicher Moral als Waffe keine große Bedrohung für Conrad und seine schwer bewaffneten, betrunkenen und gewalttätigen Freunde darstellten.

»Es ist Aufgabe der Polizei, die Menschen und ihr Eigentum zu schützen«, sagte sie. »Warum schicken Sie nicht eine Abordnung zum Sheriff und bitten ihn um Hilfe?«

»Sheriff Anderson fürchtet sich vor Ellis. Er wird Conrads Vater nicht in die Quere kommen. Schließlich hat der seine Wahl finanziert.«

Das war richtig, aber Ella wunderte sich, dass Mr Rainwater als Außenstehender an diese Information gelangt war. Als sie ihn fragte, antwortete er: »Ollie hat mir gesagt, dass Sheriff Anderson ein Feigling und obendrein bestechlich ist. Das haben mir die anderen bestätigt. Bruder Calvin hat erzählt, Anderson und seine Deputys hätten keinen Finger gekrümmt, als Conrad und seine Bande die Leute auf der Pritchett-Farm niederknüppelten, erinnern Sie sich?«

»Ich erinnere mich noch sehr gut. Was mich nur in meiner Meinung bestätigt.« Sie schürzte die Unterlippe. »Bitte, mischen Sie sich da nicht ein, Mr Rainwater.«

»Das habe ich bereits.«

»Das ist nicht Ihre Stadt. Sie kennen diese Leute kaum. Mich wundert, dass man Ihnen überhaupt angeboten hat mitzumachen.« Sie unterbrach sich plötzlich. Als sie fortfuhr, sprach sie in einem langsamen, bedächtigen Ton. »Wer hat diese Männer organisiert? Wer hat dieses Kommunikationssystem erfunden, dieses Netzwerk?«

Sein fester Blick wankte nicht.

»Das waren Sie.«

Er sagte nichts.

Ella stockte der Atem. »Warum?«

»Es musste etwas getan werden.«

»Aber nicht von Ihnen!«

»Und warum nicht?«

»Das ist nicht Ihr Kampf. Sie sind kein Viehzüchter und auch kein Milchfarmer. Sie leben nicht in der Siedlung. Sie sind von diesen Rohlingen nicht zusammengeschlagen worden. Sie sind nicht involviert.«

»Ich habe mich selbst involviert.«

»Nun, das hätten Sie nicht tun sollen. Das ist eine gefährliche Situation. Sheriff Anderson könnte Sie verhaften.«

Er wirkte belustigt. »Weshalb? Weil ich mich mit Freunden treffe?«

»Für alles Mögliche. Weil Sie auf der Straße ausgespuckt haben. Wenn Ellis dem Sheriff sagt, dass er Sie hinter Gitter bringen soll, dann macht er das. Oder schlimmer noch, Ellis lässt den Sheriff heraus und schnappt Sie sich selbst.«

»Mich schnappen?«, wiederholte er, wieder mit belustigtem Gesicht. »Und dann?«

»Macht er mit Ihnen, was auch immer ihm in den Sinn kommt! Unterschätzen Sie Conrad nicht, Mr Rainwater. Er kann Ihnen Schaden zufügen, und er würde nicht davor zurückschrecken.«

»Ich habe keine Angst vor ihm.«

»Nun, ich schon. Und Sie sollten sich auch vor ihm fürchten. Halten Sie sich von ihm und seinen Angelegenheiten fern.«

»Tut mir leid, aber das kann ich nicht. Es ist nun zu spät, einen Rückzieher zu machen, selbst wenn ich wollte, und ich will nicht.«

»Ich verstehe Sie nicht. Beim besten Willen nicht. Warum riskieren Sie Ihr Leben –« Sie biss sich auf die Zunge und unterbrach sich, bevor sie den Satz beendete.

Mr Rainwater lächelte matt und zuckte leicht mit der Schulter. »Exakt.«

11

Sie verloren an jenem Abend kein weiteres Wort darüber. Als Ella klar wurde, dass es vergeblich war, mit einem Mann zu diskutieren, der bereit war, seine ohnehin kurze Lebenserwartung noch weiter zu verkürzen, hatte sie sich ins Haus zurückgezogen und war direkt in ihr Zimmer gegangen. Sie vertraute darauf, dass Mr Rainwater daran dachte, die Fliegengittertür zu verriegeln, wenn er hereinkam.

Beim Frühstück am nächsten Morgen tauschten sie nur ein höfliches Nicken aus, ohne miteinander zu sprechen. Am späten Vormittag kam er in den Garten heraus, wo Ella Handtücher auf die Wäscheleine hängte. Solly saß im Staub und klopfte mit einem Holzlöffel auf einen umgedrehten Blecheimer. Margaret war im Schuppen und drehte die nasse Wäsche durch die Mangel.

Mr Rainwater näherte sich und tippte kurz an seine Hutkrempe. »Guten Morgen, Mrs Barron.«

»Guten Morgen.«

»Wir haben unser Gespräch gestern Abend nicht beendet.«

»Ich kann Ihnen nicht vorschreiben, wie Sie Ihr Leben zu leben haben.« Sie befestigte ein Handtuch mit einer

Wäscheklammer an der Leine, dann wandte sie sich wieder um zu ihm und schattete mit der Hand ihre Augen vor der Sonne ab. »Aber ich dulde nicht, dass Sie mir Ärger ins Haus bringen.«

»Das liegt mir absolut fern.«

»Mag sein, dass das nicht Ihre Absicht ist, aber das heißt noch lange nicht, dass es nicht so weit kommt. Es ist allgemein bekannt, dass Sie hier wohnen. Ihre Beteiligung an dieser Sache gefährdet Solly, mich und jeden anderen hier im Haus.«

»Ich würde lieber ausziehen, bevor ich zulasse, dass Ihnen etwas zustößt.«

Er sprach mit einer solchen Überzeugung, dass Ella nervös zum Schuppen blickte, sicher, dass Margaret ihr Bestes tat, um zu lauschen, auch wenn sie vorgab, nichts mitzubekommen, während sie die Kurbel an der Mangel drehte. Wahrscheinlich wusste Margaret bereits, was Sache war, besonders da Bruder Calvin zu den Anführern zählte. Aber Ella wollte nicht, dass das, was zwischen ihr und Mr Rainwater besprochen wurde, nach außen drang.

Ihr Blick wanderte zurück zu ihm. »Ich werde Sie beim Wort nehmen.«

»Wenn Sie mich bitten, auszuziehen, werde ich das tun.«

»Haben Sie eine Feuerwaffe?«

»Nein.«

»Ich dulde nämlich keine Waffen in meinem Haus. Solly –«

»Ich besitze keine.«

»Und ich möchte nicht, dass diese Versammlungen auf meinem Grundstück stattfinden.«

»Das würde ich niemals vorschlagen.«

Sie warf ihm einen langen Blick zu, bevor sie sich bückte

und das nächste feuchte Handtuch aus dem Korb auf dem Boden nahm. Sie schüttelte es, dass es knallte. »Ich finde es nach wie vor waghalsig von Ihnen, dass Sie sich auf etwas einlassen, was Sie gar nicht betrifft.«

Er nahm eine Wäscheklammer aus dem Stoffbeutel an der Leine und reichte sie ihr. »Aber es betrifft mich, Mrs Barron. Sehr sogar.«

Sie sah ihn fragend an, während sie ihm die Klammer abnahm.

»Ich möchte gerne die Zeit, die mir noch bleibt, vernünftig nutzen.«

Er ging einen Schritt rückwärts, stieg vorsichtig um den Wäschekorb und um Solly und entfernte sich in Richtung Haus.

»Mr Rainwater?«

Ella rief ihm hinterher, ohne zu überlegen, und schämte sich sofort für ihre Spontaneität. Sie war sich bewusst, dass Margaret in Hörweite war. Und sie war sich auch bewusst, dass sie das feuchte Handtuch vor ihrer Brust umklammerte. Aber nun war es zu spät. Er hatte sich umgedreht und blickte sie erwartungsvoll an.

»Passen Sie auf sich auf.«

Er lächelte und fasste wieder an seine Hutkrempe. »Danke. Das werde ich.«

Mit Solly an der Hand betrat Ella die Kirche und entdeckte zwei freie Plätze in einer der hinteren Sitzreihen. Sie kam jeden Sonntag absichtlich ein paar Minuten später, während gesungen wurde oder die Köpfe im Gebet gebeugt waren. Sie wollte die anderen Kirchenbesucher meiden, die Solly immer neugierig anstarrten, manchmal auch ängstlich, oft mit Mitgefühl, das an Mitleid grenzte. Ella verachtete diese Blicke und wollte nicht, dass Solly ihnen ausgesetzt war.

Er sah heute aus wie ein Engel. Sie hatte ihm eine Kombination aus einem weißen Leinenhemd und einer kurzen Hose angezogen, die sie letzten Sommer auf einem Trödelmarkt gekauft hatte in der Hoffnung, dass er innerhalb eines Jahres hineinwachsen würde. Die Hose war mit dem Hemd durch große, runde Knöpfe verbunden. Sollys Kniestrümpfe waren tadellos sauber, und seine Schuhe hatte sie gestern Abend poliert. Heute Morgen war es ihr gelungen, mehrmals den Kamm durch sein helles Haar zu ziehen, bevor er zu kreischen begann und mit den Fäusten gegen seinen Kopf trommelte.

Ella gab sich jeden Sonntag große Mühe, Solly herauszuputzen, obwohl sie wusste, dass es vergebliche Mühe war. Niemand sah, wie sehr er sich gemacht hatte, nur dass er anders war, dass er »nicht richtig« war. Ein Grund mehr, ihn äußerlich unangreifbar zu machen.

Nachdem sie sich auf die Bank gesetzt hatten, bot ihr ein freundlicher Messdiener ein Gesangsbuch an, das bereits für das Lied aufgeschlagen war, das der zwanzigköpfige Chor anstimmte, der, trotz der beiden Bassstimmen und eines Baritons, immer etwas blechern klang.

Ella hatte eine kleine Tüte mit leeren Garnspulen dabei, um Solly während des Gottesdienstes beschäftigt zu halten. Gebete wurden gesprochen, weitere Lieder gesungen, die Opferbüchse wurde herumgereicht. Der Pfarrer begann seine Predigt.

Die Botschaft an diesem Morgen war nicht sehr inspirierend. Ellas Aufmerksamkeit begann abzuschweifen, genau wie ihr Blick. Während er über die Köpfe der Kirchengemeinde wanderte, entdeckte sie Mr Rainwater. Er saß am Ende einer Reihe, am Außengang, ungefähr auf mittlerer Höhe zwischen ihr und dem Altar. Er blickte direkt zum Pfarrer, sodass Ella sein Gesicht im Profil sah. Zur Abwechslung blieb heute seine widerspenstige Stirnlocke, die sich immer löste, an ihrem Platz. Ella staunte erneut über seine tief ausgeprägten Wangenknochen und sein markantes Kinn.

Er machte den Eindruck von ruhiger Intensität, was durch seine totale Konzentration auf das, was er sah und hörte, verstärkt wurde. Aber seine Augen waren nie passiv. Selbst wenn sie sich nicht bewegten, arbeitete es in ihren Tiefen. Wie bei einer Wasserquelle blieb die Oberfläche trotz der Unterströmungen verhältnismäßig ruhig.

Ella war überrascht, ihn hier zu sehen. So weit sie wusste, war dies das erste Mal, dass er die Sonntagsmesse besuchte. Er saß neben Doktor Kincaid und seiner Frau, die gerade einen ihrer übermütigen Söhne mit einem warnenden Blick ermahnte, stillzusitzen und seinen Bruder nicht weiter zu ärgern.

Der Ellis-Clan hielt die übliche Kirchenbank in der zweiten Reihe rechts vom Mittelgang besetzt. Niemand anderes würde es wagen, dort Platz zu nehmen. Verirrte sich ein ahnungsloser Besucher dorthin, wurde ihm ein anderer Platz angeboten.

Sogar von hinten, während er stillsaß, wirkte Conrad aggressiv. Vielleicht lag es an seinem großen Kopf, der praktisch direkt auf seinen breiten Schultern saß, weil er einen sehr kurzen Hals hatte. Sein Haar war lockig und dicht wie Wolle, und es bedeckte den Kopf eng wie eine Haube, was seine angriffslustige Erscheinung unterstrich.

Mr Ellis saß neben ihm. Er war kleiner als sein Sohn und längst nicht so kräftig, aber er hielt mit leicht vorgestrecktem Kopf das Kinn hoch, auf eine Art, die aggressiv, herausfordernd und kämpferisch wirkte.

Obwohl Mrs Ellis, die sich heute Morgen in rosaroter Seide herausgeputzt hatte, die bestgekleidete Frau der Stadt war, brachte man ihr nicht viel Bewunderung oder Sympathie entgegen. Man war sich allgemein einig, dass sie gerne die Vornehme herauskehrte und mit ihrer Zeit und ihrem Geld für wohltätige und gemeinnützige Organisationen geizte. Sie veranstaltete gesellschaftliche Empfänge in ihrem Haus, aber ausschließlich für ihre feinen Freundinnen aus Waco, niemals für die einheimischen Frauen.

Ella hatte den Eindruck, als würde ein kollektives Seufzen der Erleichterung durch die Kirche gehen, als der Pfarrer schließlich zum Ende kam und seine Predigt mit einem Gebet schloss. Er beschwor Gott, die Fehlgeleiteten auf den rechten Pfad zu führen. Es war eine merkwürdige Bitte zum Abschluss der Messe, aber sie erklärte sich, als Mr Ellis ein lautes »Amen« aus seiner Bank erschallen ließ.

»Ich glaube, Ellis hat das Schlussgebet geschrieben.«

Ella, die die Stimme erkannte, drehte den Kopf. Mr Rainwater stand neben ihr, aber seine Augen waren auf die Familie Ellis gerichtet, die sich mit dem Pfarrer unterhielt. Sie beobachteten, dass Mr Ellis dem Pfarrer auf die Schulter klopfte und eifrig die Hand schüttelte. Mrs Ellis wedelte sich mit einem rosaroten Spitzentuch, das zu ihrem Kleid passte, Luft zu. Conrad, der gelangweilt wirkte, entfernte sich aus der Gruppe und zündete sich eine Zigarette an.

»Das würde ich ihm glatt zutrauen«, erwiderte Ella. »Mr Ellis ist ein sehr einflussreiches Mitglied der Kirche.«

»Bilde ich mir das ein, oder haben Sie auch eine subtile Warnung aus diesem Schlussgebet herausgehört? Und wer bestimmt, wer fehlgeleitet ist und wer nicht?«

Sie wusste, dass Mr Rainwaters Frage rhetorisch war, also gab sie keine Antwort.

Er blickte auf Solly, der lammfromm neben ihr stand und auf die Buntglasfenster starrte. »Ich habe keinen einzigen Mucks von diesem jungen Mann gehört. Das kann ich von Murdys Bengeln nicht behaupten.«

Ella lachte. »Ja, die können einen ziemlich auf Trab halten. Aber Solly hat sich heute sehr gut benommen.« Ihr war bewusst, dass sie angestarrt wurden, besonders als Mr Rainwater aufmerksam ihren Ellenbogen stützte, während sie die steile Kirchentreppe hinabstiegen. Als sie unten ankamen, zog sie rasch ihren Arm weg, aber überspielte es, indem sie sagte: »Ich habe Sie noch nie in der Kirche gesehen.«

»Das ist das erste Mal.«

»Wie fanden Sie die Predigt?«

»Langweilig.«

»Selbst die eifrigsten Kirchgänger waren heute kurz davor, einzunicken.« Sie lächelten sich an, dann senkte Ella den Kopf, dankbar für ihre Hutkrempe, die ihr half, das Gesicht zu verbergen. »Margaret hat heute Schweinebraten und zwei Obstkuchen gemacht. Wir sehen uns nachher am Sonntagstisch.« Sie wandte sich um und entfernte sich auf dem Bürgersteig, während sie Solly hinter sich herzog.

»Ich begleite Sie zu Ihrem Wagen.«

»Wir sind zu Fuß hier.«

»Dann fahre ich Sie nach Hause.«

»Danke, Mr Rainwater, aber wir müssen noch – etwas erledigen.«

»Ich kann Sie überall hinfahren.«

»Wir sind schon da, wo wir hin müssen.«

Sein Blick folgte ihrem ausgestreckten Finger, der auf den Friedhof neben der Kirche zeigte.

»Ich habe ein paar Blumen im Garten gepflückt für das – für meine Eltern.« In seiner Gegenwart widerstrebte es ihr, vom Tod zu sprechen und das Wort »Grab« zu sagen.

»Wo sind sie? Die Blumen«, fügte er erklärend hinzu, als Ellas Verwirrung darüber, ob seine Frage sich auf ihre Eltern bezog oder auf die Blumen, sich in ihrem Gesicht widerspiegelte.

»Ich habe sie in den Schatten gestellt, bevor wir in die Kirche gegangen sind, damit sie frisch bleiben.«

Er bedeutete ihr mit einem kurzen Nicken, dass sie vorangehen sollte.

»Sie brauchen nicht auf uns zu warten«, sagte Ella.

»Macht es Ihnen etwas aus, wenn ich trotzdem warte?«

»Keineswegs. Es ist nur schrecklich heiß heute.«

»Es ist jeden Tag heiß. Die Hitze stört mich nicht besonders.«

Sie sah keine Möglichkeit, ihm die Sache auszureden, ohne die Aufmerksamkeit der Kirchenbesucher auf sich zu lenken, die auf dem Friedhof verweilten. Sie verzichtete auf weitere Diskussionen und führte ihn um das Kirchengebäude in den tiefen Schatten, wo ihr Strauß noch dastand, wie sie ihn zurückgelassen hatte. In dem Einweckglas steckten bunte Zinnien, zwei cremeweiße Gardenien und ein paar spät blühende gelbe Rosen, die bis jetzt der Sommerhitze getrotzt hatten.

Mr Rainwater hob das Einweckglas auf. »Die duften aber.«

»Ich fand sie sehr hübsch.«

Gemeinsam begaben sie sich zum Friedhof und traten durch das schmiedeeiserne Tor. Es schien Mr Rainwater nicht zu stören, an einem Ort zu sein, an dem der Tod allgegenwärtig war. Er las sichtlich interessiert die Namen und Daten auf den Grabsteinen, während sie die Grabstelle aufsuchten, wo ihre Eltern lagen.

Ella ließ Sollys Hand los und nahm Mr Rainwater die Blumen ab. Sie kniete sich vor das Grab und stellte das Glas mitten vor den Grabstein, auf dem die Namen eingraviert waren, die Geburts- und Todesdaten und eine einfache Inschrift: IM HIMMEL VEREINT FÜR ALLE EWIGKEIT.

Rechts und links waren zwei Einzelgräber, die jeweils nur aus einer im Boden eingefassten Gedenktafel aus Messing bestanden, auf der die Person benannt war, die dort begraben lag. Ella nahm zwei Rosen aus dem Glas und legte je eine auf die Nachbargräber.

»Ihre Zwillingsbrüder?«

Sie nickte und fragte sich, ob Mr Rainwater bemerkt hatte, dass es für sie selbst keinen Platz im Familiengrab gab. Ihre Beisetzung war nicht berücksichtigt worden.

Sie zupfte ein bisschen Unkraut und arrangierte die Blumen im Glas. Dann bürstete sie sich die Hände ab und stand auf.

»Kommen Sie jeden Sonntag hierher?«, fragte Mr Rainwater.

»Vielleicht einmal im Monat.«

»Ist Ihr Mann auch hier begraben?«

Die Frage kam unerwartet. »Nein«, antwortete sie, während sie nach Sollys Hand griff und rasch den Weg zurück zum Tor einschlug. »Er stammte nicht aus Gilead. Er wurde in einer kleinen Stadt im äußersten Norden von Texas geboren, wo er auch aufgewachsen ist. Er liebte die weiten, offenen Ebenen der Prärie. Er hat mir gegenüber mehr als nur einmal verlauten lassen, dass er den Wunsch hatte, dort draußen begraben zu werden.«

»Ich verstehe.«

Sie gingen weiter, aber als sie das Tor erreichten, blieb Ella stehen. Mr Rainwater tat es ihr gleich. Inzwischen waren selbst die letzten Nachzügler verschwunden. Das Kirchenportal war geschlossen. Nur Mr Rainwaters Wagen stand noch vor der Kirche. Die Sonne spiegelte sich in der Windschutzscheibe und strahlte blendende Lichtreflexe aus.

Eine einsame Frau, die Ella als ihre ehemalige Lehrerin erkannte, entfernte sich von ihnen auf dem aufgesprungenen und unebenen Bürgersteig, eine Handtasche in der einen behandschuhten Hand, ihre große schwarze Bibel in der anderen. »Miss« Winnie war kinderlos und Witwe, seit Ella sie kannte, und sie trug unabhängig von der Jahreszeit immer denselben Hut in der Sonntagsmesse. Vielleicht war sie stolz auf die Feder, die um die Hutkrone gebogen war. Sie sprach von ihren vielen Katzen, als wären es ihre Kinder.

Ella spürte einen leisen Stich im Innern. Sie wünschte, sie hätte ihre alte Lehrerin früher entdeckt, um sie zum Sonntagsbraten einzuladen. Nun würde Miss Winnie ohne Zweifel ihre Mahlzeit alleine zu sich nehmen und den restlichen Tag in Einsamkeit verbringen, nur mit ihren Katzen als Gesellschaft.

»Mein Mann ist nicht gestorben, Mr Rainwater.«

Er blieb stumm und unbeweglich an ihrer Seite, so still wie die Eichen, die den Gräbern Schatten spendeten. Schließlich drehte sie sich zu ihm. »Ich weiß nicht, warum Doktor Kincaid Ihnen erzählt hat, dass ich verwitwet bin. Wahrscheinlich wollte er mir Peinlichkeiten ersparen, nehme ich an.«

Sie blickte auf Solly. Er schien von der gleichmäßigen Anordnung der Zaunpalisaden fasziniert. Er schaukelte leicht vor und zurück, während er sie genau studierte. Einzelne Sonnenstrahlen drangen durch die Baumkrone der Eiche neben ihnen und warfen Glanzlichter auf Sollys Haar, sodass es beinahe durchsichtig wirkte. Ella strich flüchtig mit den Fingerspitzen über seinen Kopf. Er zuckte vor ihrer Berührung ruckartig zurück.

»Die Wahrheit ist, mein Mann hat uns vor sechs Jahren im Stich gelassen. Eines Tages, als ich außer Haus war, packte er seine Sachen und verschwand. Ich habe keine Ahnung, wo er hingegangen ist. Vielleicht zurück in den Norden. Oder in einen anderen Bundesstaat. Ich weiß es nicht. Er hat nichts hinterlassen, keine Nachricht. Ich habe nie wieder von ihm gehört.«

Sie richtete die Augen wieder auf den Mann neben ihr. »Sie sind sehr freundlich zu Solly und mir. Ich kann Sie nicht guten Gewissens länger belügen.« Bevor er etwas erwidern konnte, schob sie Solly durch das Tor, in der festen Absicht, zu Fuß nach Hause zu gehen.

Aber Mr Rainwater überholte sie und hielt ihr die Beifahrertür auf, während er ihr bedeutete einzusteigen. Sie zögerte kurz, sah jedoch keinen Grund, sein Angebot abzulehnen. Der Besuch auf dem Friedhof hatte Zeit gekostet, und ihre Gäste erwarteten pünktlich um zwei ihr Sonntagsmahl.

Sie setzte Solly in die Mitte, dann kletterte sie hinterher. Mr Rainwater machte die Tür zu, umrundete die Motorhaube und stieg ein. Er startete den Motor und ließ ihn einige Sekunden im Leerlauf knattern, während er durch die Windschutzscheibe starrte. Schließlich wandte er den Kopf zu ihr. Ella wappnete sich innerlich gegen die gefürchteten Fragen.

»Was für Kuchen?«

»Wie bitte?«

»Sie sagten, Margaret hat zwei Kuchen gebacken. Was für welche?«

Seit sechs Jahren hielt Ella den Tratsch, die Spekulationen, die Andeutungen, die unverfrorene Neugier und das Mitgefühl all derer aus, die sie kannten. Neuankömmlingen in der Stadt wurde sie als die Frau mit dem geistig zurückgebliebenen Jungen, die von ihrem Mann verlassen worden war, beschrieben. Sie hatte die Demütigung und das Mitleid mit so viel Kraft, wie sie aufbringen konnte, ertragen.

Mr Rainwater hatte sie mit beidem verschont.

Mit einem Kloß im Hals antwortete sie: »Das ist eine Überraschung.«

12

»Das war doch nicht nur eine Magenverstimmung, oder?«

Ella und Margaret waren in der Küche und kochten Gurken, Okraschoten und Wassermelonenschalen ein. Das war schweißtreibende Arbeit, die man nicht verkürzen konnte. Das Gemüse und die Schalen mussten gründlich gewaschen, klein geschnitten und blanchiert werden. Die Einweckgläser und die Deckel mussten ausgekocht werden. Der Essigsud mit den Gewürzen musste auf kleiner Flamme kochen, um den besten Geschmack zu erzielen.

Alles in der Küche dampfte.

Ella inbegriffen, die nun ein paar Haarsträhnen zurückstreifte, die sich aus ihrem Knoten gelöst hatten. Sie blickte zu Margaret, die mit einer Kelle heißen Essigsud, der nach Dill roch, über die Gurkenstifte goss, die sie eng in ein Glas gepackt hatte. Ella überlegte, sich dumm zu stellen oder zu flunkern, aber als ihre treue Magd ihren Blick erwiderte, wusste sie, dass es sinnlos war, ihr etwas vorzumachen.

Margaret wusste oder ahnte zumindest, dass Mr Rainwater an einer schweren Erkrankung litt, offenbar ließ sie sich nicht von der Erklärung täuschen, die sie erhalten hatte, als Doktor Kincaid ins Haus gerufen worden war, um Mr Rainwater zu behandeln.

»Nein, Margaret, es war nicht nur eine Magenverstimmung.«

»Er isst kaum noch etwas, von Tag zu Tag weniger. Ich dachte zuerst, das liegt bloß an der Hitze.« Margaret legte den Gummiring in den Deckel und drehte ihn auf das Glas. Sie wischte sich die Hände an der Schürze ab und wandte sich zu Ella. »Ist er schwer krank?«

»Sehr schwer.«

Ella musste nicht ins Detail gehen. Ihr Ton sprach Bände. Margarets Augen füllten sich mit Tränen. »Die arme, arme Seele. Wie lange noch?«

»Das weiß keiner genau.«

»Ein Jahr?«

Ella schüttelte den Kopf. »Weniger.«

Margaret hob ihre Schürze an den Mund, um ein Schluchzen darin aufzufangen.

»Aber ich bitte dich, sprich mit niemandem darüber, vor allem nicht mit ihm. Er möchte nicht, dass es jemand erfährt. Er möchte vermeiden, dass Wirbel darum gemacht wird. Verhalte dich zu ihm nicht anders als sonst. Versprich mir das.«

»Das mach' ich«, murmelte Margaret, während sie ihre Augen abtupfte. »Aber das wird nicht leicht. Ich halte nämlich große Stücke auf ihn. Er ist ein echter Gentleman, einer der anständigsten weißen Männer, die mir je begegnet sind.«

»Wenn du so von ihm denkst, tust du ihm den größten Gefallen, wenn du ihn ganz normal behandelst. Lass dir nicht anmerken, dass du es weißt.«

»Ja, Ma'am.«

Ella begann, die nächsten Gurken für ihre Bread-and-Butter-Pickles zu schneiden.

»Miss Ella, haben Sie es gewusst? Ich meine, noch vor dem Tag, an dem wir den Doktor rufen mussten?«

»Ich wusste es, bevor er einzog.«

»Sie sind eine gute Frau.«

Ella verharrte mit dem Messer über dem Schneidbrett und blickte auf das Küchenfenster über der Spüle. Die Scheibe war mit Dampf beschlagen. Sie beobachtete, wie ein schillernder Wassertropfen kondensierte und langsam an der Scheibe herunterrann, ähnlich einem Regentropfen oder einer Träne.

Nach dem Gespräch mit Margaret begann Ella, auf Mr Rainwaters Appetit beziehungsweise auf den Mangel desselben zu achten. Sie passte nach jeder Mahlzeit auf, wie viel auf seinem Teller zurückblieb. Eines Abends, als sie den Tisch abräumte, fragte sie ihn, ob der Hackbraten ihm nicht geschmeckt habe.

»Er war köstlich, Mrs Barron. Aber die Augen waren größer als der Hunger. Ich habe mir eine viel zu große Portion genommen.«

Aber von da an bemühte er sich, seinen Teller leer zu essen. Ella fand das ermutigend, bis ihr eines Abends auffiel, wie wenig er sich auf den Teller tat. Seine Portion Hähnchen mit Knödeln war kleiner als die, die sie Solly gab.

Sie sagte vor den anderen Bewohnern nichts zu ihm. Mr Hastings war enttäuscht, als Mr Rainwater seine Einladung zu einer Partie Schach ablehnte und sich stattdessen mit der Bemerkung entschuldigte, dass er es heute Abend vorziehe zu lesen, bevor er nach oben verschwand.

Vor dem Zubettgehen beschloss Ella, kurz nach ihm zu

schauen. Sie ging selten nach oben, nachdem ihre Gäste sich zurückgezogen hatten, weil sie fand, dass sie ein Recht auf ihre Privatsphäre hatten. Aber nachdem sie wusste, dass Mr Rainwater eine ganze Nacht und den halben Tag stumm gelitten hatte, bevor sie seine Not mitbekam, fühlte sie sich darin bestätigt, ihre Regel zu brechen. Sie nahm sich vor, ihn nicht zu stören, wenn kein Licht unter seiner Tür durchschien, und niemand brauchte jemals zu erfahren, dass sie oben gewesen war. Aber falls das Licht brannte, würde sie sich vergewissern, dass ihm nichts fehlte.

Kaum hatte sie den mittleren Treppenabsatz erreicht, sah sie, dass seine Tür die einzige war, unter der Licht durchschimmerte. Sie ging mit leisen Schritten weiter, um die anderen nicht zu stören oder sie auf ihre Anwesenheit aufmerksam zu machen, sie tastete sich durch den dunklen Flur bis zu seinem Zimmer, wo sie leise an die Tür klopfte.

»Ja?«

»Ich bin es, Mr Rainwater«, sagte sie mit gedämpfter Stimme. »Ist alles in Ordnung?«

»Ja.«

Sie wartete, dass er weitersprach. Als er das nicht tat, fragte sie, ob sie hereinkommen dürfe.

»Ja.«

Sie öffnete die Tür. Er saß auf der Bettkante, aber es war offensichtlich, dass er eben noch gelegen hatte. Das Kissen zeigte seinen Kopfabdruck, und seine Haare waren zerzaust. Er war angekleidet, obwohl er sein Jackett und den Binder ausgezogen hatte, seine Hosenträger hingen herunter. Die Hemdmanschetten waren aufgeknöpft. Die Schuhe standen auf dem Boden neben dem Bett, aber er trug noch seine Socken.

Seine Haut sah fahl und wächsern aus, aber das konnte an dem grellen Licht der Leselampe auf seinem Nachttisch liegen. Es verwandelte seine Augen in dunkle Höhlen, Ella konnte seinen Blick nicht erkennen.

Sie betrat den Raum, ließ aber die Tür offen. »Ich hoffe, ich störe Sie nicht.«

»Keineswegs.«

»Ich wollte Sie fragen, ob ich an eine dieser Schulen für besondere Kinder schreiben soll, die Doktor Kincaid mir empfohlen hat.«

Er sah sie lange an, dann stand er auf. »Sie glauben mir nicht.«

»Wie bitte?«

»Sie haben mir nicht geglaubt, als ich Ihnen sagte, dass alles in Ordnung ist. Darum sind Sie hereingekommen.«

Sie lächelte verlegen. »Ich gestehe.«

»Sie sind eine schlechte Lügnerin.«

»Das ist mir bewusst.«

»Es ist keine schlechte Eigenschaft, so ehrlich zu sein, dass man seine Lügen nicht verbergen kann.«

Sie lächelten sich an. Ella fragte: »Und Sie?«

»Ob ich ein guter Lügner bin?«

»Ist wirklich alles in Ordnung?«

»Ja.«

Sie deutete mit einem Nicken auf das Buch, das er in der Hand hielt, während er den Zeigefinger als Lesezeichen benutzte. »Sie haben sich also wirklich so früh zurückgezogen, um in Ruhe Ihr Buch zu lesen.«

»In einem anderen Land. Kennen Sie es?«

»Ich wollte es immer lesen. Aber ich habe selten Zeit dafür.«

»Ein sehr gutes Buch.«

»Ist der Schluss nicht traurig?«

»Traurig, aber schön, sagt man. Ich werde es Sie wissen lassen.«

Ella fühlte sich nun verlegen und ging einen Schritt rückwärts, um nach dem Türknauf zu greifen. »Ich entschuldige mich für die Störung. Mir ist heute Abend aufgefallen, dass Sie fast nichts gegessen haben. Ich wollte mich vergewissern, dass Sie nicht – dass Sie wohlauf sind.«

»Ich weiß Ihre Sorge zu schätzen, aber es geht mir gut.«

»Dann gute Nacht, Mr Rainwater.«

»Gute Nacht, Mrs Barron.«

Sie zog die Tür hinter sich zu, blieb aber mehrere Sekunden in dem dunklen Flur stehen, die Hand am Türknauf, mit vor Unentschlossenheit schwerem Herzen, während sie sich fragte, ob es richtig gewesen war, so zu tun, als hätte sie auf dem Nachttisch, neben seinen goldenen Manschettenknöpfen und der Taschenuhr, die Spritze und die Schmerzampulle nicht gesehen.

Am nächsten Morgen rang Ella immer noch mit sich, ob sie Doktor Kincaid verständigen sollte oder nicht. Schließlich hatte sie versprochen, beim geringsten Anzeichen, dass Mr Rainwater Schmerzen litt, nach ihm zu schicken. Sie stand kurz davor, zum Telefon zu gehen, als Mr Rainwater sich zu den Dunne-Schwestern am Esstisch gesellte.

»Was gibt es heute zum Frühstück, meine Damen?«

»Pfannkuchen«, antwortete Miss Violet.

»Mein Lieblingsfrühstück.«

»Meins auch.«

Um nicht von ihrer Schwester ausgestochen zu werden, sagte Miss Pearl: »Und die köstlichste Honigmelone, die wir in diesem Sommer bisher hatten.«

»Dann liegt es wohl daran.«

»Was meinen Sie, Mr Rainwater?«

»Das ist also der Grund, dass Sie beide heute Morgen diese besondere Ausstrahlung haben«, sagte er und zwinkerte schelmisch. »Honigmelone!«

Die Schwestern kicherten, und Miss Pearl bezeichnete ihn als unartigen Charmeur. Mr Rainwater wechselte einen Blick mit Ella, als sie ihm Kaffee einschenkte. »Guten Morgen, Mrs Barron.«

»Ich hoffe, Sie hatten eine erholsame Nacht, Mr Rainwater.«

»Hab' geschlafen wie ein Baby.«

Aber die tiefen Schatten unter seinen Augen veranlassten Ella zu der Überlegung, ob er tatsächlich ein besserer Lügner war als sie. Er ließ sich das Frühstück schmecken, was sie ein wenig beruhigte. Anschließend nahm er eine Schachtel Dominosteine, ein Spielkartenset und ging mit Solly hinaus auf die Veranda, wo sie eine Stunde verbrachten. Als er Solly wieder hereinführte, lächelte er zu dem Jungen herunter. »Gut gemacht, Solly.«

»Hat er etwas Besonderes gemacht?«

»Alles, was er macht, ist besonders, Mrs Barron.«

»Ja, das stimmt.« Nach einem Moment sagte sie: »Meine Frage gestern Abend war nicht nur ein Vorwand, um nach Ihnen zu schauen. Ich würde gerne Ihre Meinung dazu hören.«

»Zu den Förderschulen?«

»Soll ich sie anschreiben und Informationen einholen?«

»Das kann nicht schaden, oder?«

»Nein, vermutlich nicht, obwohl ich mir nicht vorstellen kann, Solly jemals fortzuschicken.«

»Bevor Sie nichts Genaueres wissen, können Sie keine vernünftige Entscheidung treffen. Murdy hat selbst zugegeben, dass er wenig über Kinder wie Solly weiß. Aber vielleicht können diese Schulen Ihnen Antworten und Rat geben.«

Ella rang sich zu einem Entschluss durch und sagte: »Ich werde mich erkundigen.«

»Gut.« Offenbar zufrieden mit ihrer Entscheidung, entschuldigte er sich und durchquerte den dunklen Hausflur zur Treppe. Als er bereits halb oben war, rief sie ihm nach: »Brauchen Sie etwas, Mr Rainwater?«

Er blieb stehen und wandte sich um. »Was meinen Sie?«

»Einen Eistee vielleicht?«

»Nein, danke.«

»Es war sicher schrecklich heiß draußen auf der Veranda.«

»Ich habe keinen Durst.«

Er nahm die nächsten paar Stufen, etwas langsamer, wie ihr schien.

»Sind Sie sicher, dass Ihnen nichts fehlt? Sie sehen so –«

Er fuhr herum. »Es geht mir *gut.*«

Es war das erste Mal, dass Ella erlebte, dass er seine Stimme erhob, das erste Mal, dass er die Beherrschung verlor, und es war wie ein Schock, sodass ihr im ersten Moment nicht einfiel, was sie sagen oder tun sollte. Dann nahm sie Solly an die Hand und brachte ihn in die Küche, während die Tür hinter ihr zuschwang.

Nach dem Mittagessen beschloss sie, mit Solly einen Spaziergang in die Stadt zu machen. Sie brauchten nicht nur etwas Bewegung, Ella war auch überzeugt, dass es ihnen gut tun würde, aus dem Haus zu kommen.

Die Sonne war unerbittlich. Ellas Kleid war feuchtgeschwitzt, als sie den Krämerladen erreichten. Die verhältnismäßige Kühle im Verkaufsraum war eine Wohltat, und Solly war zufrieden damit, den rotierenden Deckenventilator zu beobachten. Ella schlenderte durch die Regale und strich immer mehr durch auf ihrer Einkaufsliste. Viel zu schnell hatte sie alles zusammen.

»Ist das alles für heute, Mrs Barron?«

»Ja, danke, Mr Randall. Oh, warten Sie, und zwei Dosen Dr Pepper, bitte.«

Der Krämer blickte zu Solly, der neben ihr stand und mit dem Kopf wackelte. »Selbstverständlich. Wünschen Sie, dass ich sie direkt öffne?«

»Bitte.«

Plötzlich erschien von hinten rechts eine große Hand in Ellas Blickfeld und klatschte zwei Nickel auf die Verkaufstheke. »Die gehen auf mich.« Als Ella sich umwandte, stand ihr Conrad Ellis gegenüber. Sein anzügliches Grinsen entstellte sein Gesicht mehr als das unglückliche Feuermal.

»Lange nicht gesehen, Ella.«

»Hallo, Conrad.«

Er musterte ihre Gestalt auf eine Art, die beleidigend war und Ella Gänsehaut verursachte. »Siehst gut aus. Hältst dich in Form.« Sie erwiderte nichts darauf. Sein Grinsen wurde angesichts ihrer offenkundigen Verlegenheit noch breiter. Er wandte sich an Mr Randall und sagte: »Ich bezahle die Getränke.«

»Danke, Conrad«, sagte Ella steif. »Aber Mr Randall wird sie auf meine Rechnung setzen.«

Conrad langte über den Verkaufstisch und boxte dem Krämer in den Arm. »Mr Randall wird sicher nichts dagegen haben, wenn ich bezahle, nicht wahr, Mr Randall?«

Der Krämer schenkte Ella ein schwaches Lächeln. »Ich

habe Ihre Rechnung bereits fertig, Mrs Barron.« Das hatte er nicht, aber er wollte sich offensichtlich nicht mit Conrad anlegen. Er wischte die beiden Münzen von der Theke, dann wandte er sich rasch um und nahm zwei Getränkedosen aus der Metalltruhe. Er schüttelte sie, damit die Eissplitter abfielen, riss sie hastig auf und stellte sie auf die Theke. »Vielen Dank für Ihren Einkauf. Ich werde die Sachen gleich einpacken und Margarets Jungen zu Ihnen rüberschicken.«

»Danke.«

Nach einem ängstlichen Blick auf Conrad verschwand Mr Randall in seinem Lager.

Conrad war eine bullige Erscheinung. Ella versuchte trotzdem, ihn zu ignorieren, während sie Solly an die Hand nahm und sich zum Gehen wandte. Es war sonst niemand im Laden, worüber sie froh war, weil sie keine Zeugen für dieses Zusammentreffen haben wollte. Gleichzeitig verursachte es ihr Unbehagen und auch ein wenig Angst, dass sie mit Conrad alleine war, nachdem Mr Randall sich zurückgezogen hatte.

Als sie an ihm vorbeigehen wollte, sagte er: »Hey, du hast deine Getränke vergessen.«

»Ich habe es mir anders überlegt.«

»Ach, komm, Ella, sei nicht so.« Er hakte ihren Arm bei sich ein, woraufhin sie ihn sofort wegriss. Er lachte. »Was ist los? Keine Zeit, um mit einem alten Freund zu plaudern?«

»Heute nicht. Ich muss nach Hause.«

»Kochst und putzt du immer noch für andere Leute?«

»Ich betreibe mein Geschäft.«

»Nennt man heutzutage das Bettenmachen und Bodenwischen so? Ein Geschäft betreiben?« Er schnaubte spöttisch. »Du bist zu gut für so etwas, Ella. Sehnst du dich nicht nach etwas Besserem?«

»Nein.«

»Doch – wetten?«, sagte er in schleppendem Ton.

Sie versuchte, an ihm vorbeizugehen, aber er machte schnell einen Schritt zur Seite und versperrte ihr den Weg. »Lass mich durch, Conrad.«

»Hast du jemals wieder was von deinem jämmerlichen Ehemann gehört?«

Wieder versuchte sie, an ihm vorbeizukommen, aber er war zu schnell für sie, vor allem, da sie Solly im Schlepptau hatte.

»Er ist einfach abgehauen, nicht wahr? Wegen des Jungen hier. Schätze, er konnte es nicht verwinden, dass sein Sohn der Dorftrottel ist.«

Ella kochte innerlich, während sie sich zu Solly herunterbeugte, der durch Conrad hindurchsah.

»Was ist eigentlich mit ihm los?« Conrad wedelte mit der Hand vor Sollys Gesicht und rief mit Fistelstimme: »Ju-hu! Jemand zu Hause?«

»Hör auf damit!« Ella versuchte, Conrad zur Seite zu schieben, aber genauso gut hätte sie einen Eisenbahnwaggon zur Seite schieben können. Er schnappte ihre Hand und presste sie fest gegen seine Brust. Sie wand sich, um sich loszureißen, aber er hielt ihre Hand fest umklammert. »Lass mich los!«

Er kicherte über ihre nutzlosen Anstrengungen und sagte: »Du warst schon immer aufsässig, Ella. Das gefällt mir an dir. Selbst dein abtrünniger Ehemann konnte dir das nicht austreiben, nicht wahr? Trotzdem, schade um den Jungen. Jetzt, wo ich ihn aus der Nähe gesehen habe, zeigt sich wieder, dass man nicht alles glauben darf, was man so hört. Ich habe nämlich gehört, dass er ständig s-s-sabbert und sich in die H-h-hosen sch-sch-scheißt.«

»Sie sollten wirklich etwas gegen Ihr Stottern tun, Mr Ellis.«

Mr Rainwater schob die Fliegengittertür zum Laden auf und spazierte herein. Ella stieß fast einen erleichterten Schrei aus, als sie ihn erblickte. Conrad ließ ihre Hand los und fuhr herum, um zu sehen, wer ihn beim Schikanieren störte.

»Guten Tag, Mrs Barron.« Mr Rainwater lüftete kurz seinen Hut, bevor er näherkam und sich geschickt zwischen sie und Conrad drängte.

Ihre Blicke trafen sich. Mit Mühe brachte Ella ihren Atem unter Kontrolle. »Mr Rainwater.«

»Margaret hat mir gesagt, dass Sie in der Stadt sind. Ich hatte etwas zu erledigen, also dachte ich, ich fange Sie ab und biete Ihnen an, Sie und Solly nach Hause zu fahren.«

»Das ist sehr freundlich von Ihnen. Vielen Dank.«

Er breitete den Arm aus, um sie zur Tür zu geleiten und von Conrad wegzubringen.

Aber dieser wollte sich nicht so einfach abspeisen lassen. Er legte die Hand auf Mr Rainwaters Schulter und veranlasste ihn, sich umzudrehen. »Hey, ich habe von Ihnen gehört.«

»Ich habe auch von Ihnen gehört.«

»Was ich gehört habe, gefällt mir nicht besonders.«

Mr Rainwater lächelte freundlich. »Dann haben wir das auch gemeinsam.«

Conrad brauchte mehrere Sekunden, um die Botschaft zu verarbeiten. Als er sie verstanden hatte, verengten sich seine Augen zu boshaften Schlitzen, und sein Feuermal verdunkelte sich vor Zorn. »Sie sind Ellas neuer Untermieter.«

»Ich bewohne ein Zimmer in ihrem Haus, ja.«

Conrad stieß ein höhnisches Kichern aus und fragte in verschlagenem Ton: »Und was haben Sie hier verloren?«

Mr Rainwater blieb stumm wie ein Fisch, obwohl Ella die vertraute Anspannung in seinem Gesicht beobachten konnte. Conrad brachte mindestens einen Zentner mehr auf die Waage als Mr Rainwater, der aber trotzdem nicht das geringste bisschen eingeschüchtert wirkte. »Bitte, treten Sie zur Seite, Mr Ellis. Wir möchten jetzt gehen.«

Conrad hob beide Hände, als würde er sich ergeben. »Sicher, sicher. Ich wollte nur Ella und ihrem schwachsinnigen Jungen ein Getränk spendieren. Ich wollte nur nett zu ihr sein.« Er sah sie abwechselnd mit anzüglichem Blick an. »Wissen Sie, was ich glaube? Ich glaube, Sie sind derjenige, der nett zu ihr ist. Und das jede Nacht, nicht wahr? Sobald die Lichter in ihrem großen, alten Haus ausgehen.« Er schenkte Ella ein obszönes Zwinkern.

Mr Rainwater gab ihrem Rücken einen sanften Schubs in Richtung Ausgang. Sie spürte die Anspannung in seiner Berührung und die Kraft darin, die sie tröstend fand. Sie nahm Solly vor sich und bugsierte ihn zur Tür. Sie hatten sie fast erreicht, als Conrad erneut seine Hand auf Mr Rainwaters Schulter fallen ließ.

»Sie glauben wohl, nur weil Sie mit Doc Kincaid verwandt sind, können Sie Ihre Nase in Angelegenheiten stecken, die Sie nichts angehen. Tja, das sollten Sie lieber lassen. Wir mögen hier keine Außenstehenden, die sich einmischen. Haben Sie mich verstanden? Wenn Sie sich aufspielen wollen und Ärger machen, indem Sie die Nigger und das Gesindel aufwiegeln, dann tun Sie das besser woanders und ersparen mir die Mühe, Ihren Arsch auszupeitschen.«

13

Sie sagten nichts, während sie zu seinem Wagen gingen, aber kaum waren sie eingestiegen, bemerkte Mr Rainwater: »Es macht ihm Spaß, Sie aus der Fassung zu bringen.«

»Er hat mich nicht aus der Fassung gebracht.«

»Sie zittern.«

Ella sah auf ihre Hände, und ihr wurde bewusst, dass er recht hatte. Um das Zittern zu unterdrücken, verschränkte sie die Hände im Schoß.

Solly begann plötzlich zu kreischen.

Völlig unvermittelt wehrte er sich heftig gegen seine Schuhe. Als es Ella endlich gelang, seine Füße stillzuhalten, sah sie, dass eine der Schuhspitzen vorne leicht schmutzig war. Der Fleck war kaum zu erkennen, aber Ella sorgte immer dafür, dass seine Schuhe tadellos glänzten. Ein kleiner Fleck genügte, um einen Anfall auszulösen. Solly bockte und kickte und schlug mit den Händen um sich, während er ein schrilles Kreischen ausstieß.

Ella zog ihm die Schuhe aus. Er verstummte sofort, aber er schaukelte so heftig vor und zurück, dass sein Hinterkopf dumpf gegen die Kopflehne schlug. Es schien ihn nicht zu stören. Im Gegenteil, es schien ihn zu besänftigen, also ließ sie ihn gewähren.

Nachdem der Ausbruch vorüber war, erkundigte sich Mr Rainwater höflich, ob Ella noch weitere Besorgungen in der Stadt erledigen müsse, was sie verneinte. Sie wollte nur noch nach Hause und mit Hilfe ihrer häuslichen Pflichten Conrad und die gehässigen, abscheulichen Dinge verdrängen, die er gesagt hatte.

Mr Rainwater schien von Sollys Ausbruch wie auch von der Konfrontation im Krämerladen unbeeindruckt. Seine Hände ruhten sicher auf dem Lenkrad und dem Gangknüppel, während sie durch die Stadt fuhren. Er tippte sogar ein paar Mal an seinen Hut, um Passanten zu grüßen. Ella wünschte, er würde das nicht tun. Sie hatte das Gefühl, in seinem Wagen aufzufallen. Jeder, der sie und Solly zusammen mit ihm sah, konnte nun glaubwürdig verbreiten, dass sich etwas Verbotenes unter ihrem Dach abspielte.

So weit sie wusste, war Conrad bisher der Einzige, der etwas Derartiges angedeutet hatte, und seinen Worten konnte man keinen Glauben schenken, aber die bloße Vorstellung, dass sie und ihr Untermieter Gegenstand von anzüglichen Spekulationen sein könnten, verursachte Ella Übelkeit.

»Machen Sie sich keine Sorgen. Das ist es nicht wert«, sagte Mr Rainwater leise.

»Seine Anfälle werden immer schlimmer statt besser. Immer heftiger.«

»Ich meinte nicht Solly, sondern Conrad Ellis.«

»Da bin ich anderer Ansicht. Conrad ist es sehr wohl wert, dass man sich Sorgen macht. Wenn Sie gehört hätten, was für hässliche Dinge er über Solly gesagt hat –«

»Ich habe ihn gehört, als ich hereinkam. Der Mann ist ein Tyrann, ein Idiot, und wenn Sie zulassen, dass er Sie wütend macht oder aus der Fassung bringt, dann geben Sie ihm genau das, worauf er aus ist. Die beste Verteidigung gegen ihn ist, ihn zu ignorieren.«

»So wie Sie das getan haben.« Ihre Worte kamen scharf heraus, fast wie ein Vorwurf.

Er sah sie an, antwortete aber in seiner typischen ruhigen Art. »Ich konnte nicht ignorieren, was er gesagt hat. Aber ich habe mich nicht davon provozieren lassen, weil ich wusste, dass er genau das von mir erwartete. Hätte ich ihn herausgefordert, als er diese Andeutungen über uns machte, hätte ihm das die Gelegenheit gegeben, auf mich loszugehen.«

»Er könnte Sie in Stücke reißen.«

Er lächelte. »Ja. Bei einem Faustkampf würde ich definitiv verlieren. Aber er hat mich nicht angegriffen, oder?«

Ella dachte an die eiserne Entschlossenheit, die sie in Mr Rainwaters Augen gesehen hatte, als er Conrad niederstarrte. Offenbar hatte Conrad sie auch wahrgenommen. Er hatte seine Hand von Mr Rainwaters Schulter genommen und sogar einen Schritt zurück gemacht. Dabei war er von Natur aus angriffslustig, und seine Eltern hatten sein Überlegenheitsgefühl und Anspruchsdenken kultiviert. Ella konnte sich nicht erinnern, dass Conrad jemals einen Rückzieher vor einer Auseinandersetzung gemacht hatte.

War es möglich, dass Conrad sich vor einer Eigenschaft gefürchtet hatte, die er in Mr Rainwaters Augen entdeckt hatte? Womöglich die Unerschrockenheit eines Mannes, der nichts mehr zu verlieren und nichts zu fürchten hatte? Was auch immer der Grund sein mochte, jedenfalls hatten Conrads Brutalität und Angriffslust davor kapituliert.

Kaum brachte Mr Rainwater den Wagen vor dem Haus

zum Stehen, stieg Ella aus und zog Solly mit sich. Sie wollte nicht, dass Mr Rainwater um den Wagen ging und ihr die Tür aufhielt oder einen anderen Kavaliersdienst erwies, der Gerüchte über eine Liebschaft schüren könnte.

Sie ging schnurstracks zur Vordertür und blieb erst stehen, als sie in der Küche stand, wo Margaret und ihr Sohn Jimmy die Lebensmittel auspackten, die er geliefert hatte.

Als Margaret sie sah, stemmte sie die Faust in ihre ausladende Hüfte und verpasste mit der freien Hand Jimmys Hinterkopf einen leichten Schlag. »Ich habe ihm bereits die Leviten gelesen, weil er Sie im Laden mit diesem weißen Abschaum alleine gelassen hat. Ich sehe an Ihrem roten Gesicht, dass etwas Schlimmes passiert ist.«

»Es geht uns gut, Margaret.«

»Nun, das ist ein Wunder«, gab die Magd schnippisch zurück. »Dieser Ellis junior war von Geburt an böse, und er wurde noch böser, als er Sie aufgeben musste. Er ist nie darüber hinweggekommen, dass Sie ihm einen Korb gegeben haben.«

Ella hörte, dass sich hinter ihr etwas bewegte, und drehte sich um. Mr Rainwater war ihr mit Sollys Schuhen in der Hand in die Küche gefolgt. Er sah sie abwechselnd mit neugierigem Blick an, der schließlich auf Ella verharrte. »Die haben Sie im Wagen vergessen, Mrs Barron.«

Sie riss ihm die Schuhe aus der Hand. »Danke, Mr Rainwater.«

Er blickte sie eindringlich an, aber sie wandte sich ab.

Margaret sagte: »Das hier ist mein Junge, Jimmy. Jimmy, das ist Mr Rainwater.«

Die beiden nickten sich zu, dann flitzte Jimmy durch die Hintertür hinaus, als wäre er dankbar, dem Zorn seiner Mutter zu entkommen.

»Margaret«, sagte Mr Rainwater. »Wenn ich eigenhändig im Obstgarten Pfirsiche pflücke, kann ich Sie dann überreden, einen Cobbler für den Nachtisch heute Abend zu machen?«

»Heilige Mutter Gottes, dazu müssen Sie mich nicht überreden. Ich mache das gerne.«

Mr Rainwater pflückte reife Pfirsiche von dem Baum in der südwestlichen Ecke in Ellas Garten, und Margaret backte den Cobbler. Aber Mr Rainwater war nicht da, als das Dessert serviert wurde.

Das Telefon klingelte während des Abendessens. Ella ging dran.

»Ella, hier ist Ollie. Ich möchte bitte mit David sprechen.«

Sie waren also schon bei »David«. Aber da sie spürte, dass es dringend war, fragte sie Ollie, ob etwas passiert sei.

»Bitte, hol ihn einfach ans Telefon, falls er da ist.«

»Augenblick.« Verwundert, aber nicht im Geringsten über Ollies Ton verärgert, kehrte Ella ins Esszimmer zurück, wo ihre Gäste beim Hauptgang saßen. »Mr Rainwater, Sie haben einen Anruf.«

Er erhob sich sofort und legte seine Serviette neben seinen Teller. Er entschuldigte sich bei den anderen und ging an Ella vorbei in den Hausflur und rasch weiter zu dem Tisch unter der Treppe, den das Telefon sich mit der Geldkassette für die Miete teilte.

»Wer ist es?«, fragte er über seine Schulter hinweg.

»Ollie Thompson.«

Er sah zu ihr zurück, während er nach dem Telefon griff. »Ollie?«

Er lauschte scheinbar eine Ewigkeit, die tatsächlich nur

wenige Sekunden dauerte. »Ich bin sofort da«, sagte er in die Sprechmuschel.

Er hängte den Hörer auf die Gabel, dann eilte er auf dem Weg zur Haustür wieder an Ella vorbei.

»Was ist? Wo wollen Sie hin? Was ist los?«

»Ich erzähle Ihnen alles, wenn ich zurückkomme.« Im Vorbeigehen schnappte er seinen Hut von der Garderobe im Flur. Er blickte nicht zurück.

Die Zeit verstrich langsam.

Als Ella ohne Mr Rainwater ins Esszimmer zurückkehrte, herrschte bei den Dunne-Schwestern helle Aufregung. »Ist etwas passiert?«, fragte Miss Violet.

»Mr Rainwater wurde zu einem Freund gerufen. Sind Sie bereit für den Cobbler mit Sahne?« Ihre Gelassenheit war natürlich gespielt, aber sie beruhigte die ältlichen Damen.

»Das sieht ihm ähnlich, nicht wahr? Einem Freund von einer Sekunde zur nächsten zu Hilfe zu eilen«, sagte Miss Pearl. »Er hat nicht einmal zu Ende gespeist. Er ist so ein netter junger Mann.«

»Und klug«, bemerkte Mr Hastings, der sich einen weiteren Maiskolben nahm. »Er ahnt meine Züge auf dem Schachbrett voraus. Miss Pearl, darf ich Sie bitten, mir die Butter zu geben?«

Gleich nach dem Abendessen überließ Ella Margaret das Aufräumen und zog sich mit Solly in ihre Räumlichkeiten zurück. Der nachmittägliche Anfall im Auto schien ihm Energie geraubt zu haben. Er leistete keinen Widerstand, als sie ihn mit dem Schwamm wusch und anschließend in den Pyjama steckte. Normalerweise hätte er sich mit Händen und Füßen gewehrt.

Sie war erleichtert, als sie feststellte, dass ihre Gäste sich früh zurückgezogen hatten. Beide Salons waren leer und dunkel, als sie in die Küche zurückkehrte, wo Margaret gerade einen Stofffetzen um ihren Zeigefinger wickelte.

»Du liebe Güte, was ist passiert?«

»Ich habe mich mit diesem vermaledeiten alten Fleischermesser geschnitten.«

»Es blutet immer noch. Soll Doktor Kincaid einen Blick darauf werfen?«

»Nein, das ist nichts, was man nicht mit ein bisschen Petroleum behandeln könnte. Ich werde den Finger richtig verbinden, sobald ich zu Hause bin.«

»Dann geh.«

»Das Geschirr ist noch nicht gespült.«

»Du kannst mit einem blutenden Finger kein Geschirr spülen oder abtrocknen.«

Margaret protestierte pro forma, aber Ella bestand darauf, dass sie nach Hause ging und sich um ihre Verletzung kümmerte. Schließlich gab sie nach und entschuldigte sich dafür, dass sie Ella so viel Arbeit hinterließ. Tatsächlich hatte Ella nichts dagegen, alleine zu sein. Es war ein anstrengender Tag gewesen. Sie hatte keine Lust, Margarets Fragen über die Begegnung mit Conrad oder Mr Rainwaters geheimnisvollen Telefonanruf abzublocken, der ihn zum sofortigen Aufbruch veranlasst hatte.

Ella aß alleine am Küchentisch, aber Nervosität raubte ihr den Appetit. Dass sie nicht den Grund für Ollie Thompsons Hilferuf kannte, machte sie krank vor Sorge. Nach der Küchenuhr war Mr Rainwater seit über zwei Stunden fort. Wo steckte er, wo war er hingefahren, war er in Gefahr?

Sie spülte gerade das Geschirr, als sie seinen Wagen auf

der Straße hörte. Sie trocknete sich rasch die Hände ab, lief durch den Hausflur und entriegelte die Fliegengittertür in dem Moment, als er davor stehen blieb.

Er trat ein, zog die Tür zu und verriegelte sie wieder, dann schaltete er das Licht auf der Veranda und die Lampe im Flur aus. Ella, die seine Anspannung spürte, verhielt sich still, während er den Vorgarten und die Straße beobachtete.

Nach mehreren Minuten fiel die Anspannung sichtlich von ihm ab. Er nahm seinen Hut ab und hängte ihn an die Garderobe, dann wandte er sich zu ihr um. Mit leiser Stimme fragte er: »Ist von dem Cobbler noch etwas übrig?«

Ella führte ihn in die Küche, vorbei an der Treppe, wo ihr bewusst wurde, dass sie auf Zehenspitzen ging. Sie sprachen kein Wort, bis die Küchentür sich hinter ihnen geschlossen hatte. »Es ist noch reichlich Essen übrig. Ich kann Ihnen einen Teller herrichten.«

Er schüttelte den Kopf. »Nur den Nachtisch. Nachdem Margaret sich die Mühe gemacht hat, den Cobbler zu backen, sollte ich ihn wenigstens probieren. Ich habe erwartet, dass sie noch hier ist.«

Ella erzählte ihm von der Schnittverletzung am Finger. »Ich habe sie nach Hause geschickt. Kaffee?«

»Sehr gerne.« Er zögerte, dann sagte er: »Ich nehme an, Sie haben nicht zufällig irgendwo heimlich eine Flasche –«

Sie schüttelte den Kopf.

»Dann bitte Kaffee, schwarz.«

Sie stellte ihm eine Tasse Kaffee und einen Teller Cobbler mit einer großzügigen Portion Sahne hin, bevor sie ihm gegenüber am Tisch Platz nahm. »Wo waren Sie? Warum hat Ollie angerufen?«

»Es war nicht so schlimm wie zunächst befürchtet.«

»Was ist passiert?«

»Sie haben sein Haus angegriffen. Als er anrief, rasten mehrere Fahrzeuge um sein Haus. Überwiegend Pick-ups. Er konnte nicht viel erkennen, außer den Scheinwerfern. Sie fuhren schnell und rücksichtslos, immer um das Haus herum, während sie Zaunpfosten umschlugen und Lolas Wäscheleine herunterrissen. Einer fuhr in das Schweinegehege und machte eine Seite platt. Das Schwein ist weggelaufen. Sie suchen es immer noch.«

»Wer war das?«

»Das können wir uns wohl denken.«

»Conrad?«

Er pustete über seinen Kaffee und nippte daran. »Ich denke, das war eine Warnung. An Ollie, mich und die anderen. Sie müssen von unserer Organisation Wind bekommen haben.«

»Oder –«

Als sie nicht weitersprach, hob er den Kopf. »Oder?«

»Oder das war die Vergeltung für unsere Begegnung heute im Laden.«

Mr Rainwater verwarf ihre Befürchtung mit einem Kopfschütteln. »Das hatte nichts mit Ihnen zu tun. In letzter Zeit mehren sich die Anzeichen, dass sie es auf uns abgesehen haben. Allein in dieser Woche haben mehrere Züchter und Farmer einen Anruf erhalten, dass die Käufer kommen würden, um ihr Vieh zu schätzen. Es wurde ihnen Tag und Uhrzeit genannt. Es sprach sich herum, wie geplant. Wir haben uns versammelt. Aber die Käufer sind nie aufgetaucht.«

»Die Anrufe waren unecht.«

»Aber effektiv.« Er nippte wieder an seinem Kaffee.

»Denn jetzt wissen wir nicht, ob es sich bei dem nächsten Anruf um falschen Alarm handelt oder nicht.«

»Kann man nicht bei der zuständigen Behörde anrufen, um das herauszufinden?«

»Das haben wir versucht, aber in der Bürokratie mahlen die Mühlen bekanntlich langsam, vor allem wenn es um hohe Summen geht, die aus der Staatskasse verteilt werden. Bis wir die Nachricht erhalten, dass es ein falscher Alarm war, können wertvolle Stunden vergehen. Meine Vermutung ist, dass Conrad und seine Freunde versuchen, uns mürbe zu machen. Sie hoffen, dass wir es bald leid sind, umsonst alles stehen und liegen zu lassen, und dass wir unseren Plan aufgeben, uns gegenseitig zu beschützen.«

»Und, werden Sie das tun?«

»Nein.« Er kratzte mit dem Löffel den letzten Rest Sahne vom Teller, dann schob er ihn zur Seite. »Und sollte irgendeiner ins Wanken geraten sein, dann wurde er in seinem Entschluss durch das, was diese Radaubrüder sich heute Abend geleistet haben, neu bestärkt. Als ich bei den Thompsons ankam, umrundeten die Geländewagen das Haus immer noch. Die Kerle warfen mit Flaschen. Ich konnte hören, dass Ollies Kinder vor Angst schrien. Das laute Klirren des Glases, das zu Bruch ging, klang, als wäre das Ende der Welt angebrochen. Wie gesagt, es war nicht so schlimm wie befürchtet, aber sagen Sie das diesen verängstigten Kindern.«

»Sie müssen Todesängste ausgestanden haben.«

»Genau darum ging es. Aber unser Kommunikationssystem hat funktioniert. Immer mehr aufgebrachte Männer strömten herbei. Als Conrads Bande erkannte, dass sie in Unterzahl geriet, machte sie sich über die Weide auf und davon. Ein paar aus unserer Gruppe verfolgten sie, aber sie schalteten die Scheinwerfer aus, sodass es zu gefährlich wurde. Sie sind entkommen. Ist noch Kaffee da?«

Er stand auf und ging selbst an den Herd, dann kehrte er mit seiner vollen Tasse an den Tisch zurück.

»Was ist mit Lola und den Kindern? Wurde jemand verletzt?«

»Gott sei Dank nicht. Sie wurden nur halb zu Tode erschreckt. Ollies Schwiegervater war da, um Lola und die Kinder abzuholen. Lola flehte Ollie an mitzukommen, aber er blieb. Er hat Angst, die Kerle könnten zurückkommen und seine Scheune in Brand stecken. Oder etwas anderes. Ein paar Männer haben sich bereit erklärt, heute Nacht bei ihm zu bleiben. Was nobel ist, aber in der Zwischenzeit sind ihre Häuser und Familien ungeschützt.«

»Wo soll das enden?«

Er hielt ihrem Blick stand und antwortete in ernstem Ton: »Ich weiß es nicht. Aber ich fürchte, es könnte noch schlimmer kommen, bevor es besser wird.«

Ella teilte seine Befürchtung, aber sie wollte es nicht eingestehen, nicht einmal sich selbst. »Warum glauben Sie das?«

»Die Linie ist im Sand gezogen. Es gibt zwei gegnerische Seiten. Solche Situationen spitzen sich gerne zu. Besonders, wenn die Gesetzeshüter blind, unfähig und durch und durch korrupt sind.«

Sie erhob sich vom Tisch und ging zum Spülbecken. Das Spülwasser war kalt geworden. Sie ließ es abfließen und ersetzte es mit heißem Wasser. Nachdem sie den Hahn zugedreht hatte, beugte sie sich vor und stemmte die Hände auf den Spülbeckenrand.

Mr Rainwater brachte seinen Teller und seine Kaffeetasse und stellte sie zu dem schmutzigen Geschirr. Dann schob er die Hände in die Hosentaschen. Sie spürte, dass er ihr Profil betrachtete, und wandte den Kopf zu ihm. »Ich habe Angst.«

»Ich weiß. Das tut mir leid.«

»Es ist nicht Ihre Schuld.«

»Doch. Sie haben versucht, mir die Sache auszureden. Sie haben gesagt –«

»Ich erinnere mich noch deutlich, was ich gesagt habe, Mr Rainwater. Aber mein Streit mit Conrad hat nicht erst mit Ihnen angefangen, mit dieser Begegnung heute. Ich hatte schon immer Angst vor ihm.«

Er hielt ihren Blick fest, bis sie ihm nicht länger standhalten konnte. Sie richtete ihre Aufmerksamkeit wieder auf das Spülbecken und begann, das Geschirr zu spülen, das in der Seifenlauge eingeweicht war. »Conrad hat mir seit der Highschoolzeit nachgestellt. Meine Mutter war begeistert von der Vorstellung, dass aus uns ein Paar wird. Conrad war der reichste Junge in der Gegend. Sie dachte, er würde einen idealen Ehemann abgeben. Ich dachte das nicht.«

Sie spülte das Geschirr über dem zweiten Becken mit klarem Wasser ab. Aus dem Augenwinkel sah sie, dass Mr Rainwater sein Jackett auszog und über die Rückenlehne eines Stuhls hängte. Sie unterbrach ihre Tätigkeit, als er seine Manschetten aufknöpfte und die Ärmel hochkrempelte. Dann schnappte er sich ein Geschirrtuch und griff nach dem gespülten Geschirr auf dem Abtropfbrett.

Ella streckte die Hand vor. »Das brauchen Sie nicht zu tun.«

Er schob sanft ihre Hand beiseite. »Machen Sie weiter.«

Wie konnte sie mit ihm diskutieren, ohne einzugestehen, dass die profane Hausarbeit plötzlich eine Intimität angenommen hatte, die Panik in ihr auslöste? Es wäre weitaus besser, eine neutrale Haltung zu bewahren, die ihr im Moment jedoch schwerfiel. Aber wenn man es genau betrachtete, was konnte es schon schaden, wenn er das Geschirr abtrocknete?

»Sie haben sich nicht von dem Reichtum des Ellis-Clans beeindrucken lassen?«, fragte er.

Sie fuhr mit ihrer Arbeit fort. »Nein. Ich kenne Conrad seit der Grundschule. Er war der Klassentyrann, aber er kam mit seinen Streichen immer davon. Er war verwöhnt und stur. Ich glaube, seine Eltern haben ihm nie etwas abgeschlagen. Sie haben ihn verhätschelt und ihm alles gegeben, was er wollte.«

»Er wollte Sie.«

Sie hob verlegen die Schultern. »Zumindest hatte es den Anschein. Auf Mutters Drängen hin begleitete ich ihn ein paar Mal zu Tanzfesten und anderen Feiern. Er schaffte es immer, in meine Nähe zu kommen, und auf seine besserwisserische Art machte er allen klar, dass ich ihm gehörte. Aber ich mochte ihn nicht, und ich hatte immer ein unbehagliches Gefühl, wenn wir alleine waren. Ich glaube, er hat das gespürt. Und ich glaube, er genoss es.«

»Er genießt es immer noch.«

»Bestimmt«, murmelte sie. »Jedenfalls, als er bei mir auf Granit biss, wandte er seinen Charme bei meiner Mutter an und bat sie in aller Form um meine Hand. Meine Mutter hatte sofort Dollar-Zeichen in den Augen, ohne ihn zu durchschauen. Im Gegensatz zu Margaret. Sie versuchte, meine Mutter über Conrads wahren Charakter aufzuklären, aber sie wollte nicht zuhören. Als ich seinen Heiratsantrag ablehnte, warf sie mir an den Kopf, dass ich eine Närrin bin und meine Entscheidung bereuen werde.«

Sie spülte die Fleischplatte mit klarem Wasser ab und gab sie Mr Rainwater. Sie las die stumme Frage in seinem Gesicht und fügte hinzu: »Das Einzige, was ich bereue, ist, dass sie mir das bis zu ihrem Tod nie verziehen hat. Sie sagte zu mir, ich hätte ihr das Einzige versagt, was sie hätte glücklich machen können. Sie starb verbittert und im Zorn auf mich.«

Er trug einen Stapel saubere Teller zu der Küchenvitrine und stellte sie hinein. »Wann haben Sie Mr Barron geheiratet?«

»Kurz nachdem meine Mutter starb. Ich habe damals schon die Pension geführt. Ich habe eine Anzeige an das Schwarze Brett im Bahnhof gehängt. Er arbeitete bei der Eisenbahn. Er hat die Anzeige gelesen und kam, um sich das Zimmer anzusehen. Er hat es nicht genommen.«

Mr Rainwater dachte kurz nach, dann sagte er: »Er hat hier etwas gesehen, das ihm besser gefiel als das Zimmer.«

»Hätte er im Haus gewohnt, hätte er mir nicht den Hof machen können.«

»Hat er Ihnen den Hof gemacht?«

»Ja, mit großem Erfolg. Er war ein Mann der leisen Töne und sehr höflich. Ich war von seiner Art fasziniert, die so anders war als Conrads plumpe Großmäuligkeit.« Leise fügte sie hinzu: »Aber wir schworen uns Dinge, die wir nicht erfüllen konnten.«

Sie arbeiteten schweigend weiter, bis die letzte Pfanne abgetrocknet und weggeräumt war. Er breitete das feuchte Geschirrtuch auf der Anrichte aus. Sie ließ das Spülwasser aus beiden Becken ab. Er krempelte seine Ärmel herunter und knöpfte sie zu. Sie zog ihre Schürze aus und hängte sie an einen Haken. Er nahm sein Jackett von der Stuhllehne und hängte es über seinen Arm.

Dann verharrten beide.

»War ein langer Tag«, sagte er.

»Ja. Anstrengend.«

»Wie die meisten Tage in Ihrem Leben.«

»Ich bin es gewohnt, müde zu sein.«

Da es ihr widerstrebte, ihn anzusehen, beugte sie sich über den Tisch und richtete das Salz und den Pfeffer in der Mitte neu aus. Dabei kippte der Salzstreuer um. Sie stellte ihn wieder auf. Danach wusste sie nicht, was sie mit ihren Händen tun sollte, und stemmte sie kurz in die Taille, bevor sie sie schließlich herunterhängen ließ.

»Ella?«

Sie starrte auf das Blumenmuster des Wachstischtuchs. Ein paar Salzkörner lagen darüber verstreut, aber sie vermischten sich mit dem Ornament aus himmelblauen Trichterwinden und roten Geranien, sodass sie fast nicht zu sehen waren. Normalerweise hätte Ella das Salz in ihre Hand gefegt. Aber jetzt hatte sie Angst, sich zu bewegen.

»Ella.«

Als sie hörte, dass er sie erstmals mit ihrem Taufnamen ansprach, verschlug es ihr den Atem, und sie hielt ihn immer noch an. Sie schloss die Augen und atmete langsam aus, dann hob sie den Kopf und blickte ihn an.

Er sagte: »Ich muss mich bei Ihnen entschuldigen, weil ich heute Morgen so schroff zu Ihnen war.«

Heute Morgen schien schon eine Ewigkeit her zu sein. Es dauerte ein paar Sekunden, bis ihr einfiel, was er meinte. Es geht mir *gut.* Im Zorn gesprochen auf der Treppe. »Das war nichts.«

»Doch, ich war kurz angebunden und unhöflich. Das tut mir leid.«

»Ich habe mich aufgedrängt.«

»Sie haben sich aus aufrichtiger Sorge nach meinem Befinden erkundigt. Das hat mich wütend gemacht.«

Sie schüttelte leicht den Kopf, weil sie nicht richtig verstand. »Warum sollte es Sie wütend machen, wenn ich mich um Sie sorge?«

Der Ausdruck in seinen Augen wurde intensiver. »Weil Sie die letzte schöne Frau sein werden, die ich kennenlerne. Ich möchte nicht, dass Sie in mir nur einen Kranken sehen.«

14

Ella verbrachte eine unruhige Nacht.

Mr Rainwater erschien nicht zum Frühstück und ließ durch Margaret, die oben die Wäsche eingesammelt hatte, ausrichten, dass er nur Kaffee haben wollte. Ella schickte Margaret mit einem Tablett wieder hoch in sein Zimmer. Als sie zurückkehrte, erwartete Ella einen Kommentar zu seiner Verfassung. Aber Margaret sagte nichts, bis sie fragte.

»Auf mich hat er einen ganz normalen Eindruck gemacht, Miss Ella.«

Ella bohrte nicht weiter, und sie widerstand dem Impuls, nach oben zu gehen und selbst nach ihm zu schauen. Gestern hatte sie ihn mit Fragen belästigt, bis er die Geduld verloren hatte. Diesen Fehler würde sie kein zweites Mal machen, weil sie ihn nicht aufregen wollte. Genauso wenig wollte sie mehr darüber hören, dass sie eine schöne Frau war, was nicht stimmte, oder darüber, dass er sich wünschte, sie würde ihn nicht als kranken Mann betrachten. Die Unangemessenheit solch persönlicher Worte verursachte Ella Unbehagen.

Außerdem hatten ihre äußere Erscheinung und ihre Sichtweise über ihn nichts mit ihrem persönlichen Verhältnis zu tun, wonach er Gast in ihrer Pension war. Nicht mehr und nicht weniger.

Trotzdem hoffte Ella, dass er, sollten die Schmerzen unerträglich werden, ihr das nicht aus männlichem Stolz verschwieg.

Nach dem Mittagessen begann es leicht zu regnen, und Dampf stieg von den aufgeheizten Oberflächen – Dächern, Autos, Eisenbahnschienen – auf. Die Luft wurde noch drückender durch die Feuchtigkeit. Aber der sommerliche Regenschauer war ein Novum und ein wunderbarer Segen, den Ella auskosten wollte. Also nahm sie einen Sack Brechbohnen und eine Keramikschüssel und ging damit auf die Veranda hinaus. Sie setzte sich in den Schaukelstuhl und legte die Schüssel in ihren Schoß. Solly saß mit seiner Tasche, in der leere Garnspulen und die Schachtel mit den Dominosteinen lagen, neben ihr auf dem Boden.

Es war eine stumpfsinnige Arbeit, die Enden der Bohnenhülsen abzuknicken, den Faden abzuziehen, der die Hülse versiegelte, die Hülse in zwei oder drei Teile zu brechen und sie in die Schüssel zu werfen. Sie würde die Bohnen morgen kochen. Vielleicht würde sie ein paar rote Kartoffeln mit Schale dazu machen. Das wäre eine leckere Beilage zu dem gebackenen Schinken.

Ihre Gedanken wanderten von dem morgigen Speiseplan zu der gestrigen unangenehmen Konfrontation mit Conrad und dem Terror, den er gestern Abend auf der Thompson-Farm organisiert hatte, bis zu dem späten Intermezzo in der Küche, wo sie beinahe beim Spülen das Geschirr zerdeppert hätte, weil sie Mr Rainwaters Hände beim Abtrocknen beobachtete.

Ella, hatte er gesagt. Zweimal.

Sie hatte es nicht kommentiert, als er sie beim Vornamen

nannte, obwohl sein Verhalten unangemessen war, aber sie wollte nicht darauf herumhacken und daraus ein Thema machen, das eine weitere Diskussion erforderte. Als er von ihrer Schönheit anfing, hatte sie sich rasch entschuldigt und sich schleunigst in ihr Zimmer zurückgezogen.

Trotzdem konnte Ella nicht vergessen, wie er ihren Vornamen ausgesprochen hatte. Insgeheim war sie froh, dass sie die besondere Resonanz gehört hatte, die seine Stimme diesen zwei gewöhnlichen Silben verlieh. Irgendwie wusste sie, dass sie an dieser Erinnerung lange Zeit festhalten würde. Womöglich für immer.

Sie war so tief in Gedanken versunken, dass sie zunächst gar nicht bemerkte, dass Solly nicht mehr auf der Veranda saß, sondern aufgestanden war und am Geländer stand.

»Solly?«

Er gab natürlich keine Antwort. Er war darauf konzentriert, einen Dominostein auf das Geländer zu stellen, parallel zu dem Pfosten darunter und genau in der Mitte des Handlaufs. Während sie vor sich hin träumte, hatte er die Dominosteine aufgereiht, ein gutes Dutzend davon stand jetzt in gerader Linie auf der Brüstung.

Sie ließ den Sack mit den Bohnen und die Schüssel im Schaukelstuhl liegen und näherte sich dem Geländer, aber nicht so nah, dass sie die Grenzen übertrat, die für sie unsichtbar waren, aber äußerst wichtig für ihren Sohn. Sie wollte nicht, dass ihre Nähe ihn von seinem Tun ablenkte.

Nachdem sie ihn mehrere Minuten lang beobachtet hatte, sah sie, dass er die Dominosteine in nummerisch aufsteigender Reihenfolge aufstellte. Aber, viel wichtiger, er pickte sie nicht aus einem gemischten Haufen, wie er das zuvor getan hatte, sondern er suchte in der Schachtel nach dem nächsten passenden Stein und stellte ihn ans Ende.

Das war keine unheimliche Fähigkeit, über die Inselbegabte oft verfügten, wie Doktor Kincaid ihr erklärt hatte. Solly besaß offenbar auch eine außergewöhnliche Begabung, aber heute dachte er logisch. Er überlegte, bevor er den nächsten Stein auswählte. Im Grunde genommen war er dabei zu zählen!

Tränen traten in Ellas Augen, und sie presste die Finger vor den Mund, um ein Freudenschluchzen zu unterdrücken.

»Margaret sagt, Sie sind unvernünftig, weil Sie im Regen draußen sitzen.«

Sie fuhr herum, während Mr Rainwater die Fliegengittertür aufstieß und auf die Veranda trat.

»Schauen Sie.« Sie deutete auf die Dominosteine auf dem Geländer. »Er hat von sich aus damit angefangen. Ich habe ihn nicht dazu ermuntert. Sehen Sie genau hin.«

Mr Rainwater stellte sich neben sie. Solly hatte nur zwei Steine an das Ende der Reihe gefügt, als Mr Rainwater erkannte, was der Grund für Ellas Aufregung war. »Er nimmt sich die Steine gezielt aus der Schachtel, um den nächsthöheren Wert zu legen.«

»Finden Sie das nicht signifikant?«

»Absolut.«

»Mir fällt ein, dass er am Sonntag auf dem Friedhof die Gitterstäbe des Zauns betrachtet hat. Offensichtlich faszinieren ihn präzise angeordnete Objekte. Könnte man diese Faszination nicht fördern? Vielleicht könnte man daraus sogar eine Fertigkeit entwickeln, denken Sie nicht auch?«

»Definitiv. Solly könnte später einmal Brücken bauen.«

Sie lächelte über seinen Optimismus. »Ich wäre schon mit weniger zufrieden.«

Mr Rainwater streckte die Hand aus und berührte Sollys

Schulter. Der Junge zuckte zurück, aber ohne seine Tätigkeit zu unterbrechen. »Gut gemacht, Solly.«

»Sehr gut gemacht, Solly«, bekräftigte Ella.

Mr Rainwater sagte: »Ich finde, das muss gefeiert werden. Das ist das Mindeste. Darf ich Sie und Solly zu einem Eis einladen?«

»Vor dem Abendessen?«

»Man sollte immer spontan feiern. Regeln können gebrochen werden –«

»Mr Rainwater!« Margaret stürmte durch die Fliegengittertür. Ihre Augen waren weit aufgerissen, und sie war atemlos vor Schreck. »Jimmy, mein Junge, hat eben aus dem Laden angerufen. Er meinte, drüben bei den Hatchers gibt es Ärger. Er hat gesagt, Sie sollen schnell dorthin kommen. Conrad Ellis und seine Bande waren im Laden und haben sich darüber unterhalten, was sie mit dem Gesindel anstellen werden, das draußen bei den Hatchers versucht, sich in Regierungsgeschäfte einzumischen.«

»Ich mache mich sofort auf den Weg.« Er eilte an der Magd vorbei ins Haus, wo er sich nur kurz aufhielt, um seinen Hut von der Garderobe zu reißen. »Wo liegt die Hatcher-Farm?«

»Ich begleite Sie.« Ella nahm ihre Schürze ab und warf sie auf den Schaukelstuhl.

»Ausgeschlossen«, erwiderte er. »Das könnte gefährlich werden.«

»Es ist leichter, wenn ich Ihnen den Weg zeige, als ihn zu erklären.« Da sie sein Zögern spürte, fügte sie hinzu: »Wir vergeuden Zeit.«

Er nickte und rannte die Vordertreppe herunter, während Ella ihm folgte.

»Margaret, du passt auf Solly auf«, rief sie über ihre Schulter hinweg.

»Machen Sie sich keine Sorgen wegen Solly. Sie und Mr Rainwater sollten lieber auf sich aufpassen. Jimmy hat gesagt, diese Proleten sind betrunken und außer Rand und Band.«

Als sie auf der Rinderfarm ankamen, die sich einige Meilen westlich von Gilead befand, war die Lage bereits angespannt. Dort hatten sich Ollie Thompson, Mr Pritchett, der Postvorsteher, ein Pfarrer, der Werklehrer von der Highschool, der Schrotthändler und viele andere versammelt, die Ella kannte.

Die Männer nickten finster, als Mr Rainwater seinen Wagen parkte und sich außerhalb des Stacheldrahtzauns, der die Weide markierte, zu ihnen gesellte. Er war der Einzige, der unbewaffnet war.

Ein Stück weiter weg stand eine andere Gruppe von Männern, überwiegend Schwarze, aber auch ein paar Weiße. An ihren abgezehrten Gesichtern und schäbigen Kleidern sah Ella, dass sie aus der Siedlung stammen mussten. Sie erkannte den Witwer mit den drei Kindern, dessen Mr Rainwater sich angenommen hatte. Zwischen ihnen ragte Bruder Calvin heraus, der einen ganzen Kopf größer war als die anderen und grimmig, aber ruhig wirkte.

Mr Rainwater hatte Ella geraten, im Wagen zu bleiben, obwohl sie gar nicht die Absicht hatte auszusteigen. Die einzige Frau außer ihr war Mrs Hatcher. Sie stand in dem kargen Garten vor dem Haus und klammerte sich an den Arm ihres Mannes, als wollte sie ihn davor bewahren, unbesonnen zu handeln.

Der Regenschauer war nur von kurzer Dauer gewesen, aber die Wolkendecke war dicht und bleiern. In der drückenden Luft fiel das Atmen schwer und wurde auch nicht leichter durch den Dunggestank, der von dem beladenen Viehtransporter herüberwehte, der rumpelnd von der Weide auf den Feldweg in Richtung Hauptstraße fuhr.

Eine breite, tiefe Grube, noch größer als die auf der Thompson-Farm, war auf der Weide ausgehoben worden. Ungefähr hundert blökende Angus-Rinder befanden sich darin. Um die Grube waren Männer postiert, die Hüte tief ins Gesicht gezogen, die Gewehre im Anschlag, und warteten auf den Schießbefehl von ihrem Anführer.

Als die ersten Schüsse fielen, zuckte Ella zusammen.

Obwohl sie sich auf ein Sperrfeuer eingestellt hatte, war der Krach ohrenbetäubend und nicht nur ein Anschlag auf das Gehör. Ella presste die Hände gegen die Ohren, aber das dämpfte den Krawall nur, ohne ihn vollständig auszublenden. Sie spürte bei jedem einzelnen Schuss die Erschütterung gegen ihre Brust und ihre Lider, als sie die Augen schloss.

Die erste Salve versetzte die Herde in Panik. Das unzufriedene Blöken steigerte sich zu einem Angstgebrüll, das man selbst über die Kakophonie der Schüsse hinweg hörte, die kein Ende zu nehmen schien. Schließlich kamen nur noch vereinzelte Schreie aus der Grube. Jeder einzelne Schrei wurde mit einem krachenden Schuss, der von den tief hängenden Wolken widerhallte, zum Verstummen gebracht.

Die darauf einsetzende Stille war so dicht wie der Rauch aus den Gewehren, der über dem Blutbad waberte.

Ella wartete ein paar Sekunden, bevor sie die Augen öffnete und die Hände von den Ohren nahm. Ihre Handflächen waren vor Nervosität feucht. Sie wischte sie an ihrem

Rock ab. Aber keiner der Männer, weder in Mr Rainwaters Gruppe noch in der von Bruder Calvin, hatte sich vom Fleck gerührt.

Die Schützen ließen ihre Waffen sinken und bewegten sich langsam zu den schwarzen Limousinen, die in einer Reihe, Stoßstange an Stoßstange, auf der Zufahrt parkten. Einige Männer zündeten sich eine Zigarette an. Manche begannen, untereinander zu murmeln. Alle mieden den Blickkontakt mit den stummen Zuschauern.

Der Anführer blieb stehen, um mit Mr Hatcher zu sprechen. Er machte eine Pause, als erwarte er von Mr Hatcher eine Antwort auf eine Frage oder irgendeine Form der Reaktion. Mr Hatcher begnügte sich mit einer unwirschen Handbewegung. Der Mann ging weiter und schloss zu den anderen auf, die in die Regierungsfahrzeuge einstiegen.

Niemand bewegte sich, als sie abfuhren.

Als der Konvoi ein paar hundert Meter entfernt war, aber immer noch in Sicht, rief Mr Hatcher laut: »Bedient euch, wenn ihr wollt!«

Immer noch rührte sich keiner. Mr Pritchett rief schließlich zurück: »Was hat der Kerl zu dir gesagt, Alton?«

»Er hat gesagt, dass die Grube noch heute zugeschüttet wird, bevor es dunkel wird. Und dass ich euch nicht an das Fleisch von den Kadavern heranlassen soll, oder es gibt Ärger, und er wird uns dann nicht helfen.«

Mr Hatcher wandte sich um und ging durch seinen Garten zu einem Hauklotz, auf dem das Feuerholz gespaltet wurde. Er umfasste den langen Griff einer Axt und zog die Klinge aus dem Kernholz. Er legte die Axt über die Schulter und ging in Richtung Grube. »Er kann zur Hölle fahren. Was mich betrifft, werde ich sicher nicht hungrigen Menschen ein paar Brocken zähes Fleisch verweigern.«

Jubel brach aus. Bruder Calvin gab den Männern um ihn herum ein Zeichen, das sie zu entfesseln schien. Sie kletterten über den Zaun oder unter ihm durch und rannten dann wild durcheinander auf die Grube zu, mit Messern, Beilen und Behältern für das Fleisch, das von den abgemagerten Kadavern zu holen war. Ohne einen Moment zu zögern, sprangen sie in das Massengrab. Ella erkannte in diesem Moment, was für eine treibende Kraft Hunger war.

Erst als sie begannen, die toten Tiere auszuweiden, bemerkte jemand das Motorengeräusch. Ella hatte den Eindruck, dass Mr Rainwater der Erste war, der es über die fröhlichen Rufe der Männer in der Grube hinweg hörte, die die Kadaver unfachmännisch zerlegten. Er war jedenfalls der Erste, der sich in die Richtung wandte, aus der das Geräusch kam, und sein Gesicht nahm sofort einen alarmierten Ausdruck an.

Ella drehte den Kopf nach hinten.

Aus der Deckung zwischen dichten Bäumen schossen mehrere Pick-ups und andere Fahrzeuge querfeldein in Richtung Zufahrt, jeweils voll beladen mit Männern, die mit Waffen herumfuchtelten und laut johlten. Sie mussten sich dort mit laufenden Motoren versteckt haben, um diesen Moment abzupassen.

Die Fahrzeuge holperten über das unebene Gelände, ohne das Tempo zu verlangsamen. Sie landeten mit Höchstgeschwindigkeit quer auf der Straße und bremsten vor dem Graben scharf ab. Männer strömten heraus und schwärmten an Mr Rainwaters Wagen vorbei.

Ella sah, dass Mr Hatcher aus der Grube kletterte, wobei seine Stiefel immer wieder in der feuchten Erde abrutschten. Er rannte zu seiner Frau, die vor Angst wie versteinert wirkte. Er scheuchte sie ins Haus und vergewisserte sich, dass die Tür verschlossen war, bevor er wieder zu der Grube zurücklief, die blutige Axt immer noch in der Hand haltend.

Bruder Calvin ermahnte die Männer aus seiner Gruppe, ruhig zu bleiben und keine Dummheiten zu begehen. Die Einheimischen aus der Stadt verteilten sich entlang des Maschendrahtzauns und bezogen Stellung, sodass sie eine menschliche Barrikade gegen den Ansturm der Neuankömmlinge bildeten.

Aber all das bekam Ella nur am Rande mit, weil sie Conrad beobachtete, der hinter seiner Vorhut blieb, bis diese direkt vor den Einheimischen stehen blieb. Dann traten zwei seiner Männer zur Seite und ließen ihn durchgehen. Er marschierte direkt zu Mr Rainwater.

Ohne zu überlegen, öffnete Ella die Wagentür und stieg aus.

Conrad musterte Mr Rainwater von oben bis unten, dann wandte er den Kopf nach hinten und stieß ein verächtliches Schnauben aus. Seine Freunde lachten. Er drehte den Kopf wieder zu Mr Rainwater und sagte: »Sind Sie der Anführer?«

»Nein.«

»Also schön, wer auch immer euer Anführer ist, er soll diesen Niggern und Taugenichtsen sagen, dass sie besser aus der Grube herauskommen, oder sie können davon ausgehen, dass sie zusammen mit den toten Kühen begraben werden.«

»Sie würden auf unbewaffnete Männer schießen?«

»Sie sind mit Messern bewaffnet.«

»Keiner hier wurde mit einem Messer bedroht.«

»Sie verstoßen gegen das Gesetz.«

Mr Rainwater blickte sich demonstrativ um. »Es ist aber kein Gesetzeshüter hier, um sie zu verhaften.«

»Die Regierungsleute haben mich damit beauftragt sicherzustellen, dass keiner an das Vieh geht.«

»Haben Sie das schriftlich?«

Conrad zögerte und kaute an der Innenseite seiner Wange. »Ich brauche das nicht schriftlich. Ich bin beauftragt.«

»Das haben Sie bereits gesagt«, erwiderte Mr Rainwater trocken.

»Werden Sie jetzt diese Männer herausholen oder nicht?«

»Mr Ellis, wollte die Regierung verhindern, dass diese Männer kostenlos an ein bisschen Fleisch kommen, würde es auf Mr Hatchers Grundstück von Beamten mit Dienstmarken wimmeln. Die würden dafür sorgen, dass niemand sich an der Herde vergreift.«

»Herde.« Conrad spuckte in den Dreck. »Das Vieh ist doch nur noch Haut und Knochen. Nicht geeignet für den menschlichen Verzehr.«

»Manche der unternährten Menschen aus der Siedlung sind da bestimmt ganz anderer Ansicht.«

»Sie reden ziemlich geschwollen.«

»Dann werde ich versuchen, mich in einfachen Worten auszudrücken. Warum tun Sie etwas derart Abscheuliches, vor dem selbst die Regierungsbeauftragten zurückschrecken? Schließlich betrifft es Sie nicht. Warum können Sie nicht einfach ein Auge zudrücken? Warum hindern Sie und Ihre Freunde diese Männer daran, sich das bisschen Fleisch zu holen und es ihren hungrigen Familien zu bringen?«

Conrads Kopf schnellte bis dicht vor Mr Rainwaters Gesicht vor. »Warum küsst du nicht meinen Arsch?« Dies brachte ihm das nächste Gelächter seiner Freunde ein, aber das verstummte, als Conrad mit der Faust in Mr Rainwaters Gesicht schlug.

Mr Rainwater sah den Schlag kommen und wich aus, allerdings nicht schnell genug oder nicht weit genug. Conrads Knöchel schrammten über seine Wange, wodurch die Haut aufplatzte und Blut hervorsickerte. Mr Rainwater taumelte rückwärts, wurde aber durch die schnelle Reaktion von Tad Wallace, dem Schrotthändler, der geistesgegenwärtig den Arm ausstreckte und ihn auffing, davor bewahrt, in den Stacheldraht zu fallen.

Kaum hatte der Schrotthändler Mr Rainwater auf die Beine gestellt, stürzte er sich auf Conrad. Aber Mr Rainwater hielt ihn am Ärmel fest und zog ihn zurück. »Genau darauf wartet er doch nur. Auf einen Vorwand, um anzugreifen.«

Die anderen murmelten zustimmend. Mr Wallace gab nach.

Mr Rainwater fuhr mit dem Handrücken über seine aufgeplatzte Wange, um das Blut abzuwischen. »Sie haben bekommen, was Sie wollten. Sie haben mir eine verpasst und Ihren Standpunkt klar gemacht. Alle haben es gesehen. Sie haben es mir gezeigt, und nun können Sie damit angeben. Also, verschwinden Sie und lassen Sie diese Leute in Ruhe.«

Mit belustigtem Gesicht warf Conrad einen Blick über seine Schulter zu seinen Kumpanen, die alle wie auf ein Stichwort loskicherten. »Nein, wir denken nicht daran, einfach so zu verschwinden. Und glaub ja nicht, dass du und die anderen Dreckskerle uns mit den paar Schrotflinten und rostigen Messern Angst einjagen könnt.«

»Was ist mit der Aussicht auf ewige Verdammnis? Macht euch das vielleicht Angst?«

Niemand hatte bemerkt, dass Bruder Calvin aus der Grube geklettert und um den Zaun herumgegangen war, sodass er jetzt hinter Conrads Leuten stand. Seine donnernde Stimme ließ sie zusammenfahren. Als er ein paar Schritte vorwärtsging, traten die Männer zur Seite, manche davon nur widerwillig. Aber keiner hielt ihn auf, bis er nur eine Ellenlänge vor Conrad stehen blieb. Selbst dieser wirkte neben Bruder Calvin mit seiner imposanten Größe und den breiten Schultern schmächtig.

Aber Conrad ließ sich von dem großen Mann nicht einschüchtern. Er grinste ihn höhnisch an. »Bist du nicht dieser Nigger-Prediger, der die anderen ständig aufstachelt?«

»Sie wissen, wer ich bin. Sie haben das Fenster in meiner Kirche eingeworfen, womit Sie nicht nur mich beleidigt haben, sondern vor allem Gott. Ich weiß, Sie sind ein Eiferer, aber das macht für mich keinen Unterschied. Sie werden sich für Ihren Hass und Ihre Vorurteile vor dem Allmächtigen rechtfertigen müssen. Was für mich zählt, ist, dass diese Menschen Hunger leiden, und dank Mr Hatchers Großzügigkeit und Herzensgüte haben sie die Chance, kostenloses Fleisch zu bekommen.

Das sind nicht nur schwarze Männer, sondern auch weiße. Erinnern Sie sich an Lansy Roeder?« Bruder Calvin deutete auf die Grube, wo Ella den knochigen Mann in der Latzhose erkannte, der in der einen Hand ein Fleischermesser hielt und in der anderen eine Schüssel. Seine Hände, Unterarme und Kleidung waren blutverschmiert. Lansy hatte keine Zeit verschwendet, um sich von dem Rindfleisch zu bedienen, bevor es verdarb.

»Lansy sagt, Sie beide haben zusammen die Schule besucht«, sagte Bruder Calvin zu Conrad. »Die Bank hat sein Grundstück vor drei Monaten zwangsversteigert. Er und seine Familie mussten es räumen. Da sie nicht wussten, wohin, sind sie in der Siedlung gelandet. Er verdingt sich als Baumwollpflücker, aber er verdient fast nichts. Seine Kinder leiden Hunger.«

Conrad blieb ungerührt. »Es ist nicht meine Schuld, dass er seine Kinder nicht ernähren kann. Wenn er sie nicht versorgen kann, warum gibt er sie dann nicht weg?« Er kicherte höhnisch. »Sein Weib ist ziemlich gut gebaut.« Er blickte über seine Schulter hinweg zu seinen Spießgesellen. »Vielleicht sollte er seine Alte arbeiten schicken, was, Jungs? Bei mir könnte sie bestimmt Geld verdienen.«

Conrads Freunde grölten. Ein paar stießen laute Pfiffe aus. Lansy ließ seine Schüssel fallen und stürmte vorwärts. Obwohl er wusste, dass er keine Chance gegen Conrad hatte, mussten ihn zwei Mann niederringen und auf dem Boden festhalten, während er wüste Beschimpfungen ausstieß. Diese Demütigung ließ Conrads Bande noch lauter lachen.

Aber als Conrad sich wieder Bruder Calvin zuwandte, lachte er nicht mehr, lächelte nicht einmal. »Ich gebe euch eine Minute, um von hier zu verschwinden, oder wir schießen. Und das ist kein Scherz, Prediger.«

Mr Rainwater trat vor. »Dann müssen Sie zuerst uns erschießen.«

Conrad streckte einen Arm nach hinten, und einer seiner Freunde drückte ihm einen Revolver in die Hand. Er zielte damit auf Mr Rainwater. »Soll mir recht sein. Ich werde mit dir anfangen, du Schönredner.«

Ella gefror das Blut in den Adern. Ein nervöser Ruck ging durch Mr Rainwaters Verbündete. Sie waren mitten im Essen aufgebrochen, hatten ihre Geschäfte geschlossen, waren aus ihren Häusern gerannt, um ihrem Nachbarn zu Hilfe zu eilen. Und nun drohte ihnen, Opfer der Gewalt zu werden, die sie gehofft hatten, zu verhindern. Die Auseinandersetzung mit bewaffneten Männern war in der Realität viel entmutigender, als sie es sich bei ihren heimlichen Treffen ausgemalt hatten.

Im Gegensatz zu den anderen war Mr Rainwater die Ruhe selbst. »Ich hätte nicht gedacht, dass Sie so dumm sind, Mr Ellis.«

Conrad machte eine ausholende Bewegung mit dem Revolver.

Mr Rainwater zuckte nicht einmal mit der Wimper. »Ich hätte nicht gedacht, dass Sie so dumm sind und vor so vielen Augenzeugen kaltblütig Menschen erschießen.«

»Das Risiko gehe ich ein.«

»Ja, daran zweifle ich nicht. Schließlich haben Sie Sheriff Anderson in der Tasche.« Mr Rainwater legte den Kopf schief. »Wen kennen Sie beim FBI?«

Conrad blinzelte. »Beim FBI?«

»Dem Federal Bureau of –«

»Ich weiß, wofür FBI steht. Das hat nichts mit dem FBI zu tun.«

»Doch. Sie behaupten, die Regierung hat Sie beauftragt. Was ich bezweifle. Aber wenn es wahr ist, und das hier endet mit Toten und Schwerverletzten, wer, glauben Sie, wird dann zur Verantwortung gezogen? Die Schützen, die nur ihre Pflicht erfüllt haben? Die Regierungsbeauftragten? Die Bürokraten?« Er schniefte und schüttelte den Kopf. »Wenn Sie hier ein Blutbad anrichten, wird man – angefangen von Präsident Roosevelt bis ganz nach unten – Ihnen die Schuld dafür geben, dass Sie ein Regierungsprogramm in Verruf gebracht haben, das eigentlich dazu bestimmt ist, Menschen zu helfen. Aber ich nehme an, Sie sind so sehr auf einen Kampf aus, dass das alles keine Rolle für Sie spielt.«

Einer von Conrads Komplizen trat hinter ihn und flüsterte ihm etwas ins Ohr. Ella konnte nicht verstehen, was er sagte, aber es kam nicht gut an. »Halt's Maul«, brüllte Conrad und scheuchte ihn weg, als würde er eine Stubenfliege verjagen. An Mr Rainwater gewandt, sagte er: »Du hältst dich wohl für besonders schlau, nicht wahr?«

»Ich denke, Sie sind schlau, Mr Ellis. Ich denke, Sie sind zu schlau, um das hier durchzuziehen.«

»Komm schon, Conrad«, quengelte einer seiner Freunde.

»Ja, lass uns verschwinden.«

»Sollen Sie doch die verdammten Kühe haben. Wen kümmert es?«

»Lass uns saufen gehen.«

Murmelnd ließen sie ihre Waffen sinken und kehrten langsam zu ihren Fahrzeugen zurück.

Schließlich war Conrad der Einzige, der der Reihe von entschlossenen Einheimischen gegenüberstand.

Er ging ein paar Schritte rückwärts, dann zielte er mit seinem Revolver abwechselnd auf die Männer und schwenkte ihn wie einen drohenden Zeigefinger. »Ihr kennt mich alle, und ihr wisst, dass ich meine, was ich sage. Das hier ist noch nicht vorbei. Noch lange nicht.« Er feuerte in die Luft, bis alle sechs Kammern leer waren. Erst dann wandte er sich um und stapfte davon.

Ella stand immer noch hinter der offenen Wagentür. Wut loderte in Conrads Augen, als er an ihr vorbeistürmte und knurrte: »Du hast dich schon wieder falsch entschieden, Ella.«

15

»Leistet Mr Rainwater uns heute Abend keine Gesellschaft?«, fragte Miss Violet, als Ella den Schwestern den Salat servierte.

»Er ist mit Freunden aus.«

»Oh.« Miss Pearl konnte ihre Enttäuschung nicht verbergen. Sie trug eine frische Blume im Haar.

Miss Violet seufzte. »Mr Hastings ist auch schon wieder fort. Bleiben also nur wir beide übrig, Schwester.«

Um die Stimmung etwas aufzuheitern, sagte Ella: »So haben Sie beide Salons ganz für sich alleine.«

Nicht einmal diese Aussicht konnte ihre Stimmung heben. Sie verzehrten das Mahl so mechanisch, wie Ella es servierte. Sie war in Gedanken bei Mr Rainwater und den anderen, die geblieben waren, um die toten Rinder auszuschlachten und das Fleisch anschließend unter den Bewohnern der Siedlung und an andere ansässige Familien, die Not litten, zu verteilen.

»Das ist Drecksarbeit«, hatte Mr Rainwater gesagt, während er darauf bestand, dass er sie in die Stadt zurückbrachte.

»Ich fürchte mich nicht vor rohem Fleisch. Ich kann helfen.«

»Sie haben andere Verpflichtungen.«

Er hatte natürlich recht. Aber nachdem Conrad eingeknickt war, spürte Ella ein wenig Enttäuschung darüber, dass sie zu ihrer alltäglichen Arbeit zurückkehren und das Abendessen für ihre Hausgäste vorbereiten musste.

»Außerdem traue ich Conrad nicht«, hatte Mr Rainwater hinzugefügt. »Es ist möglich, dass er zurückkommt. Dann gibt es neuen Ärger.«

Ella fürchtete, dass Mr Rainwater auch in diesem Punkt recht hatte. Nach der öffentlichen Demütigung würde der Conrad, den sie kannte, schlimme Vergeltungsmaßnahmen planen.

Dann hatte Mr Rainwater gefragt: »Was hat er zu Ihnen gesagt, als er an Ihnen vorüberging?«

»Etwas in der Art, dass ich auf der falschen Seite stehe.« Ella erinnerte sich noch Wort für Wort an Conrads Abschiedskommentar, aber ihre Umschreibung sparte die persönliche Note aus, die sie mit Mr Rainwater lieber nicht teilen wollte.

Er hatte sie zu Hause abgesetzt und sich entschuldigt, dass er sie nicht zur Tür brachte. »Ich muss sofort zur Hatcher-Farm zurück. Ich werde zum Abendessen wahrscheinlich nicht hier sein.«

»Geben Sie auf sich Acht.«

Er hatte kurz an seine Hutkrempe gefasst und dann Gas gegeben, während er wie ein Mann aussah, der die erste Schlacht gewonnen hatte und im Siegestaumel an die Front zurückkehrte, erpicht darauf, auch die nächste Schlacht zu gewinnen.

Ella war von Natur aus keine Kämpferin und mied nach Möglichkeit jede Konfrontation. Aber sie beneidete Mr Rainwaters – tatsächlich jedes Mannes – Freiheit, sich dem Kampf zu stellen und zu zeigen, was in ihm steckte.

Nachdem die Schwestern ihr Abendessen beendet hatten und zum Kartenspielen in den Salon gingen, versuchte Ella in der Küche, Solly dazu zu bringen, dass er etwas aß. Margaret beobachtete sie und lobte lautstark jeden Bissen, den Solly schluckte. Die Magd war heute Abend guter Dinge, nachdem sie von Ella erfahren hatte, wie das Kräftemessen mit Conrad ausgegangen war. Sie rühmte den Mut von Bruder Calvin, Mr Rainwater und den anderen Männern, weil sie Conrad Paroli geboten hatten, und sagte, es sei höchste Zeit gewesen, »dass dieser Tyrann endlich einen Denkzettel bekommen hat«. Ella bezweifelte, dass Conrad Ruhe geben würde, aber sie behielt ihre Bedenken für sich.

Während Margaret das Geschirr spülte, legte Ella Solly schlafen und sagte anschließend gute Nacht zu den Schwestern, als diese sich zurückzogen und noch auf der Treppe über den Ausgang ihrer Partie diskutierten.

Margaret hatte vor, auf dem Nachhauseweg einen Abstecher in die Siedlung zu machen. Ella gab ihr zwei Körbe mit Essensresten mit, danach aß sie alleine am Küchentisch. Gerade als sie fertig war, hörte sie draußen einen Wagen. Sie eilte an die Vordertür und versuchte, ihre Enttäuschung zu verbergen, als sie sah, dass Doktor Kincaid schnaufend die Verandastufen hochkam.

»Guten Abend, Mrs Barron«, sagte er, als er sie hinter der Fliegengittertür wahrnahm. »Ich habe gehofft, ich erwische Sie noch, bevor Sie ins Bett gehen.«

Sie entriegelte die Tür. »Für mich ist noch lange nicht Schlafenszeit. Kommen Sie herein.«

Als er im Haus war, wies sie ihn in den vorderen Salon. »Möchten Sie ein Glas Eistee?«

»Nein, danke. Ich habe eben zu Abend gegessen. Ist David hier?«

»Er ist heute Abend aus.«

»Hmm.« Der Doktor nahm seinen Hut ab und setzte sich. »Ich habe heute diesen Brief erhalten, und ich wollte Sie so schnell wie möglich darüber informieren.«

Er gab ihr einen großen Umschlag. Er war geöffnet. Ella setzte sich und zog mehrere maschinengeschriebene Seiten heraus, die zusammengeheftet waren. Sie las den Briefkopf, überflog das oberste Blatt und blickte den Doktor erwartungsvoll an.

»Das ist von einem hochangesehenen Spezialisten«, erklärte er. »Er hat mehrere Studien durchgeführt. Ich habe Ihnen erzählt, dass ich im ganzen Land Fachärzte angeschrieben habe, um Informationen über Inselbegabte einzuholen. Einer von ihnen war so freundlich, meiner Bitte nachzukommen, und hat mir das hier geschickt. Der Artikel ist vor einigen Monaten in einer medizinischen Fachzeitschrift erschienen. Ich dachte, er könnte Sie interessieren und Ihnen Mut machen. Ich jedenfalls finde ihn ermutigend.«

»Danke.« Ella blätterte durch die Seiten und las die einzelnen Überschriften, die unterstrichen waren.

»Manche Kinder mit einer Entwicklungsstörung wie Solly haben sprechen und lesen gelernt, einige davon mit großem Erfolg«, sagte Doktor Kincaid. »Natürlich kann niemand, nicht einmal dieser weltberühmte Spezialist, eine hundertprozentige Erfolgsgarantie geben, aber jeder messbare Fortschritt ist ein gewaltiger Schritt nach vorne, denken Sie nicht auch?«

Ella drückte die Seiten an ihre Brust und verschränkte die Hände darüber, als würde sie einen Schatz festhalten.

»Danke, Doktor Kincaid. Sie wissen gar nicht, wie dankbar ich für Ihre Anteilnahme bin.«

»Ich glaube schon«, erwiderte er und lächelte.

Sie berichtete ihm von Sollys Fortschritt heute. »Er stellt im Grunde nur Dominosteine in nummerischer Reihenfolge auf, aber ich glaube nicht, dass viele Kinder in seinem Alter diese Konzentration und Ausdauer haben, um derart – äh –«

»Akribisch vorzugehen?«

»Ja.«

»Das erwähnt auch der Arzt in seinem Artikel«, sagte er und deutete mit einem Nicken auf die Seiten, die Ella immer noch umklammert hielt. »Diese Akribie ist ein typisches Merkmal von Kindern mit Sollys Symptomen. Nachdem ich diese Studie gelesen habe, glaube ich, es war falsch von mir, Sie zu einer Dauermedikation zu drängen. Tatsächlich ist niemand in der Lage, die geistigen Fähigkeiten von Inselbegabten einzuschätzen, und sicher variieren diese von Fall zu Fall. Solly kann sein Intelligenzniveau nicht kommunizieren. Folglich können wir nicht wissen, wie es um seine Fähigkeiten bestellt ist. Möglich, dass er nie über das Stadium mit den Dominosteinen hinauskommt, aber genauso ist es möglich, dass in ihm ein brillantes Genie schlummert. Wie auch immer, jedenfalls sind Sie es ihm und sich selbst schuldig, dem auf den Grund zu gehen, falls das überhaupt möglich ist.«

Ella erzählte ihm, dass sie an mehrere Einrichtungen geschrieben hatte. »Ich habe noch keine Antwort erhalten, darum weiß ich nicht, was meine Nachforschungen ergeben werden. Vielleicht haben diese besonderen Schulen keine Erfahrung mit Kindern wie Solly. Und falls er doch zu einer der Schulen passt, werden die Kosten für seine

Aufnahme wahrscheinlich unerschwinglich sein.« Sie unterbrach sich kurz, bevor sie leise hinzufügte: »Außerdem kann ich mir nicht vorstellen, ihn fortzugeben.«

»Selbst dann nicht, wenn es das Beste für ihn wäre?«

»Vielleicht erfüllt er nicht die Aufnahmekriterien, Doktor Kincaid. Es kann sein, dass die Entscheidung nicht in meiner Hand liegt.«

»Aber wenn sie in Ihrer Hand liegt –«

Nicht bereit, sich festzulegen, murmelte Ella: »Wir werden sehen.«

Nach einem kurzen Moment klatschte der Doktor die Hände auf die Oberschenkel und erhob sich. »Ich sollte jetzt aufbrechen. Meine Frau hat die dumme Angewohnheit, nicht ins Bett zu gehen, bevor ich nach Hause komme.«

Ella brachte ihn zur Tür und bedankte sich abermals dafür, dass er ihr den Artikel vorbeigebracht hatte. »Ich kann es kaum erwarten, ihn zu lesen.«

»Ich denke, Sie werden ihn sehr aufschlussreich finden. Wenn Sie die Informationen verarbeitet haben, sollten wir uns wieder unterhalten.«

»Gewiss.«

Sein Blick wanderte die Treppe hoch und wieder zu ihr zurück. »Wie geht es ihm?«

Sie wusste, dass er nicht mehr von Solly sprach. »Gestern war er unfreundlich zu mir. Er hat mir wiederholt versichert, dass ihm nichts fehlt, aber ich habe ihn nicht in Ruhe gelassen. Irgendwann hat es ihm gereicht.« Das war im Grunde die Wahrheit. Der Arzt brauchte nicht die genauen Hintergründe zu erfahren, warum ihre Aufdringlichkeit Mr Rainwater geärgert hatte. »Aber normalerweise ist er sehr ausgeglichen.«

»Er kann ein richtiger Dickschädel sein. Er war das sturste Kind, das mir jemals begegnet ist. Nicht verzogen, nur hartnäckig. Wenn er sich einmal etwas in den Kopf gesetzt hatte, dann gab er so lange keine Ruhe, bis er seinen Willen bekam.« Er lachte leise. »Ich erinnere mich auch an ein oder zwei Tobsuchtsanfälle, als er sich nicht durchsetzen konnte.«

Ella konnte sich zwar nicht vorstellen, dass Mr Rainwater einen Tobsuchtsanfall hatte, aber dass er stur war schon. Zweimal hatte seine eiserne Entschlossenheit Conrad in die Knie gezwungen.

Doktor Kincaid runzelte die Stirn. »Sie sagten vorhin, er ist ausgegangen.«

Sie nickte.

»Ich nehme an, er war heute auf der Farm von Alton Hatcher. Und jetzt ist er wahrscheinlich in der Siedlung.«

Wieder nickte sie.

»Ich habe versucht, ihm seine Beteiligung an der Sache auszureden. Keiner möchte sich Conrad Ellis und seine Bande zum Feind machen.«

»Ich habe ebenfalls versucht, ihm das zu erklären, Doktor Kincaid. Es hat nichts genutzt.«

Der Arzt stieß ein Seufzen aus.

»War er schon immer so, dass er sich solcher Fälle annimmt?«

»Sie meinen hoffnungslose Fälle?«

»Warum denken Sie, dass es hoffnungslos ist?«

»Weil es in der Geschichte schon immer Tyrannen gegeben hat, und ich bezweifle, dass sich das jemals ändern wird. In einer Wirtschaftskrise wird es immer welche geben, die leiden, und andere, die von diesem Leid profitieren. Manche wiederum, die wütend über die Situation sind, lassen ihren Ärger an unschuldigen Menschen aus, indem sie stehlen, andere verletzen oder sogar ermorden. Aber um nicht wie ein alter Kauz zu klingen oder wie ein Untergangsprophet, möchte ich hinzufügen, dass schwere Zeiten auch die besten Seiten in den Menschen hervorbringen können.«

»So wie bei Mr Rainwater.«

»Die Antwort auf Ihre Frage vorhin lautet: Ja. Es sieht David ähnlich, sich für die Schwachen einzusetzen. Ich glaube, er ist mit einem Schuldgefühl aufgewachsen, weil er in privilegierte Verhältnisse hineingeboren wurde.«

Ella hätte niemals gefragt, um was für Privilegien es sich handelte, aber sie war froh, als Doktor Kincaid diese von sich aus erläuterte.

»Davids Vater hat mehrere tausend Hektar gutes Land geerbt, und er war ein gewiefter Geschäftsmann. Er machte während des Weltkriegs viel Geld. David lernte das Geschäft buchstäblich von der Pike auf und arbeitete sich schnell ein. Als Heranwachsender wusste er schon mehr über die Zucht und den Verkauf von Baumwolle als die meisten Männer, die in dieser Branche seit Jahrzehnten arbeiteten.

»Pflichtbewusst besuchte er die Universität und erweiterte sein Wissen. Nach seinem Studium wurde er selbst ein erfolgreicher Züchter. Er handelte Spitzenpreise für seine Baumwolle aus, und kleinere Farmer überließen ihm den Verkauf ihrer Ernte. Er arbeitete sehr erfolgreich, und er besitzt immer noch das Land, das seinen Vater reich gemacht hat. Der Markt für Baumwolle ist derzeit so weit unten, dass David nur noch einen Teil der Felder bewirtschaftet, aber er hat keinen einzigen Pächter fallen gelassen. Die Erträge und der Gewinn sind in den vergangenen Jahren deutlich gesunken, aber wenn die Wirtschaftskrise vorüber ist – nun, das Land wird bleiben, und es wird immer einen Markt für Baumwolle geben.«

Was der Doktor ihr zu verstehen gab, ohne es direkt auszusprechen, war, dass David Rainwater über ein beträchtliches Vermögen verfügte. »Er könnte sich überall einquartieren. Warum ausgerechnet hier?«, fragte sie.

»Zum einen wollte er, dass ich ihn behandle. Fragen Sie mich nicht, warum. Ich schätze, als er die tödliche Diagnose erhalten hat, wollte er in der Nähe der Familie sein. Meine Frau und ich sind seine einzigen Verwandten.«

»Er hat nie geheiratet?«

»Nein, aber nicht aus Mangel an Gelegenheit«, antwortete der Arzt und lachte leise. »Jede heiratsfähige Frau in Nordtexas hat versucht, sich an ihn heranzumachen. David ist ein attraktiver Mann, aber ich vermute, unter seinen Bewunderinnen waren viele Goldgräberinnen. David vermutete das auch. Ich habe ihn einmal gefragt, warum er Junggeselle geblieben ist, obwohl so viele bezaubernde Damen sich ihm an den Hals geworfen haben. Er antwortete, dass er auf eine Frau wartet, die ihn um seiner selbst willen liebt und nicht wegen seines Geldes.«

Nachdenklich zupfte er an seinem Ohrläppchen. »Eine Frau könnte jetzt ein großer Trost für ihn sein. Ich frage mich, ob er seine Entscheidung bereut, dass er nie geheiratet hat.« Er schüttelte den Kopf. »So wie ich David kenne, bereut er es nicht. Er ist kein Mensch, der mit Bedauern zurückblickt.«

Ella war immer noch neugierig, warum Mr Rainwater, der sich offenbar etwas Besseres leisten konnte, eine Pension als Unterkunft gewählt hatte. »Er könnte in einem eigenen Haus leben«, dachte sie laut. »Eines, das stattlicher ist als meines.«

»Er hatte ein eigenes Haus. Er ist ausgezogen und hierher gekommen. Ich nehme an, er möchte nicht alleine sein, während er das durchmacht. Ich denke, er zieht eine familiäre Atmosphäre der Einsamkeit bei weitem vor.« Er sah sie lange an, dann setzte er seinen Hut auf. »Ich muss mich jetzt wirklich verabschieden. Lassen Sie mich wissen, was Sie von dem Artikel halten. Und es versteht sich von selbst, dass Sie mich verständigen, wenn David einen Rückschlag erleidet.«

»Natürlich. Gute Nacht. Und nochmals danke.«

Nachdem Ella den Arzt verabschiedet hatte, kehrte sie in den Salon zurück, setzte sich neben die hellste Lampe und begann, den Bericht zu lesen. Sie las ihn gerade ein zweites Mal, als Mr Rainwater zurückkam.

Sie war an der Tür, bevor er sie erreichte. Als sie ihn sah, rutschte ihr das Herz in die Hose, und sie keuchte erschrocken.

»Es ist alles in Ordnung«, sagte er rasch. »Das ist nicht mein Blut.«

»Grundgütiger.«

»Ich habe Ihnen gesagt, dass es keine angenehme Arbeit ist. Ich kann so nicht Ihr Haus betreten. Macht es Ihnen etwas aus, wenn ich in die Waschküche gehe und mich dort wasche?«

»Ich bringe Ihnen Seife und ein Handtuch an die Hintertür.«

»Dürfte ich Sie bitten, mir auch saubere Kleidung zu holen?«

»Ich gehe sofort nach oben.«

Er ging die Verandastufen hinunter und verschwand um die Ecke des Hauses. Ella eilte nach oben in sein Zimmer. Im Schrank fand sie ordentlich aufgehängte Hemden und

Hosen, und sie zögerte nur kurz, bevor sie seine Kommodenschublade aufzog und eine Unterhose und ein Paar Socken herausnahm.

Sie hatte seine Unterwäsche schon vorher in der Hand gehalten, als sie und Margaret die Wäsche machten. Aber sie legten die gefaltete Wäsche immer auf das Bett ihrer Hausgäste. Es war etwas anderes, solch persönliche Dinge aus seiner Schublade zu nehmen.

Aus dem Bad holte sie einen Waschlappen, ein Handtuch und ein Stück Seife, dann hastete sie die Treppe herunter und weiter durch die Küche zur Hintertür, wo er wartete. Sie stieß die Fliegengittertür auf. Er griff nach den Kleidern, aber sie hielt sie zurück. »Wenn Sie die Sachen anfassen, verschmieren Sie sie mit Blut. Ich bringe sie Ihnen hinüber.«

»Danke.«

Sie bahnte sich einen Weg durch den dunklen Garten zum Schuppen und legte seine Kleider und die Sachen aus dem Bad auf den Arbeitstisch, wo sie das Waschmittel und das Bleichmittel aufbewahrte. »Hier gibt es leider kein Licht.«

»Ich komme schon zurecht.«

»Haben Sie Hunger?«

»Nicht auf rohes Fleisch.«

Sie lächelte über seine Ironie. »Ich habe Geflügelsalat für morgen Mittag gemacht.«

»Ich bereite Ihnen schon genug Umstände.«

»Ich kann Ihnen rasch ein Sandwich machen.« Sie ließ ihn alleine. Bevor sie das Haus betrat, hörte sie das Quietschen des Wasserhahns und gleich darauf das Plätschern von Wasser.

Sie belegte ein Sandwich und legte es zusammen mit

einer geschnittenen Tomate und einer Scheibe Cantaloupe-Melone auf einen Teller. Sie schnitt auch ein Stück von dem Früchtekuchen ab und legte es auf einen anderen Teller. Da sie nicht wusste, was er trinken wollte, stellte sie ein leeres Glas zu dem Gedeck und bereitete auf dem Herd eine Kanne Kaffee vor, falls er danach fragte.

Dann setzte sie sich mit dem Rücken zur Tür und wartete.

Als sie hörte, dass er die Fliegengittertür aufzog, wandte sie sich um. Er stand auf einem Bein und zog eine Socke an. »Meine Schuhe sind schmutzig. Ich muss sie morgen früh putzen, wenn ich mehr sehen kann.« Er wechselte das Standbein und streifte die andere Socke über den Fuß, dann betrat er die Küche.

Er roch nach Seife. Seine Haare waren feucht und mit den Fingern zurückgekämmt. »Ich habe meine Kleider in einem Zuber eingeweicht. Ich hoffe, das ist in Ordnung.«

»Margaret wird sich morgen früh darum kümmern.«

»Ich kann das nicht von ihr verlangen.«

Sie winkte ihn an den Tisch, wo sein Abendessen wartete. »Sie wird es gerne tun. Seit sie von Ihrem Sieg über Conrad gehört hat, sind Sie ihr Held.«

Er blickte auf das Gedeck. »Ich dachte eigentlich, ich bin nicht hungrig, aber das sieht sehr lecker aus. Danke.«

»Ich kann ein Tablett holen, wenn Sie lieber in Ihrem Zimmer essen möchten.«

»Nicht nötig.« Er zog den Stuhl unter dem Tisch hervor und setzte sich.

»Was möchten Sie trinken?«

»Milch, bitte.«

Ella füllte das Glas neben seinem Teller, aber nachdem sie die Milchflasche im Eisschrank verstaut hatte, war sie unschlüssig, was sie als Nächstes tun sollte. Sollte sie ihn alleine lassen oder ihm bei Tisch Gesellschaft leisten?

Er hob mit vollem Mund den Kopf. Er schluckte. »Was ist?«

»Möchten Sie Gesellschaft?«

Er schob seinen Stuhl zurück und erhob sich. »Mrs Barron?« Er deutete auf den Stuhl auf der anderen Tischseite. »Bitte.«

Sie runzelte die Stirn über seine Förmlichkeit, aber folgte seiner Aufforderung. »Ich dachte, Sie sind vielleicht zu müde, um zu berichten.«

»Ich bin müde, aber auf eine angenehme Art.«

»Dann ist alles gut gegangen? Es gab keinen weiteren Ärger?«

»Nein. Keine Spur von Conrad Ellis und seiner Bande. Es ist uns gelungen, mehrere Tiere zu zerlegen, bevor die Frontlader anrückten, um sie zuzuschaufeln. Danach haben wir das Fleisch sofort verteilt, damit es schnell gekocht wird, bevor es verdirbt. Der Mann, der das Eis herstellt?«

»Mr Miller.«

»Er war so großzügig und spendete mehrere Eisblöcke, damit wir einen Teil des Fleisches kühlen konnten, bevor wir es unter die Leute brachten.«

»Doktor Kincaid meinte, dass diese Zeiten die besten Seiten in den Menschen hervorbringen können.«

»Wann haben Sie mit ihm gesprochen?«

Sie erzählte ihm von dem Besuch des Arztes und dem Artikel über die Studie, den er ihr dagelassen hatte. Mr Rainwaters Augen leuchteten interessiert auf. »Wenn Sie ihn durch haben, würde ich ihn gerne selber lesen, falls ich darf.«

»Ich würde gerne Ihre Meinung dazu hören.«

Er beendete sein Mahl und erhob sich. »Ich bin gleich wieder zurück.«

Er war aus der Küche verschwunden, bevor sie ihn fragen konnte, wo er hinwollte. Sie spülte das Geschirr und stellte es auf das Abtropfbrett. Sie wollte gerade die Lichter löschen, als er mit einem Buch in der Hand zurückkam.

Grinsend streckte er es ihr entgegen. »Scheint, als würde Ihnen heute jeder etwas zu lesen geben.«

Ella nahm das Buch entgegen und las den Titel. *In einem anderen Land.* »Sie haben es zu Ende gelesen?«

»Ja, heute Morgen. Darum bin ich nicht zum Frühstück heruntergekommen. Ich wollte meine Lektüre kurz vor dem Schluss nicht unterbrechen. Eigentlich wollte ich es Ihnen sofort danach geben, aber dann haben uns die Ereignisse des Tages überrollt.«

Sie strich mit den Fingerspitzen über die Buchstaben des Titels. »Ich lese es, so schnell ich kann, und gebe es Ihnen anschließend wieder. Natürlich werde ich sorgfältig damit umgehen.«

»Es ist ein Geschenk, Ella.«

Sie hob rasch den Kopf zu ihm. »Das kann ich nicht annehmen.«

»Bitte. Ich bitte Sie. Ich möchte, dass es Ihnen gehört.«

Sie hielt seinem Blick so lange stand, wie sie seine Intensität ertrug, dann senkte sie den Kopf und starrte auf den Buchumschlag. »Ist das Ende traurig?«

»Ja, sehr.«

Ella spürte heiß seinen Blick auf ihrem Kopf. Sie spürte den Druck der Wände, die immer näher zu kommen schienen, und das Gewicht der Luft auf ihrer Haut an den Stellen, die entblößt waren. Ihre Kehle schnürte sich schmerzhaft zusammen.

Mit leiser Stimme sagte er: »Obwohl ich wusste, dass die Geschichte traurig endet, wollte ich mir ihre Schönheit nicht vorenthalten. Sie etwa?«

Sie hob kurz den Kopf, aber als sie in sein Gesicht sah, schwoll ihr Herz an, und sie senkte den Blick wieder auf das Buch. Sie war unfähig zu antworten. Sie wusste keine Antwort darauf. Sie suchte sie in den Worten auf dem Einband, aber sie begannen, vor ihren Augen zu verschwimmen.

Ella starrte durch Tränen darauf.

16

Am folgenden Tag ging sie ihm aus dem Weg.

Er kam zum Frühstück herunter und plauderte fröhlich mit den Dunne-Schwestern, die ihn mit Fragen über sein ungewöhnliches Fernbleiben gestern Abend belästigten. Sie waren neugierig zu erfahren, wie er den Abend verbracht hatte und mit wem. Da Ella zwischen Küche und Esszimmer pendelte, bekam sie nicht alle Antworten mit, zudem lenkte er bald das Gespräch auf das Lieblingsradioprogramm der beiden Damen.

Immer wenn er versuchte, Ellas Blick aufzufangen, wandte sie die Augen ab. Zwei Abende in Folge war er der Letzte gewesen, dem sie gute Nacht gewünscht hatte, und das war beunruhigend. Obwohl ihre Gespräche auch persönliche Themen gestreift hatten, war nichts Unschickliches zwischen ihnen geschehen.

Aber sie wäre unehrlich zu sich selbst, wenn sie sich nicht eingestehen würde, dass ihr Verhältnis eine andere Dimension angenommen hatte als ein rein geschäftliches Interesse zwischen Wirtin und Hausgast. Es hatte zwischen ihnen Momente von Vertrautheit gegeben. Ella hätte es nicht im Geringsten beunruhigend gefunden, mit Mr Hastings alleine in der Küche zu sitzen. Tatsächlich war es ein paar Mal vorgekommen, dass der Handelsvertreter zu spät von seinen Reisen zurückkehrte, um am Abendessen teilzunehmen, und Ella ihm ein Abendbrot in der Küche anrichtete. Sie hatte auch keine Befangenheit gespürt, als sie mit Doktor Kincaid gestern Abend im Salon saß.

Aber mit Mr Rainwater alleine zu sein, war anders.

In seiner Gegenwart fühlte sie sich unsicher und nervös. Es lag nicht an dem, was er sagte oder tat. Er machte keine Anstalten, sie anzufassen. Nun, nur ihre Hand, und nur das eine Mal. Es gab keine Anzüglichkeit in seinen Worten, auch nicht in seiner Bemerkung, dass sie eine schöne Frau sei. An seinem Benehmen war nichts auszusetzen.

Es war seine bloße Anwesenheit, die eine unerträgliche Spannung in Ellas Brust verursachte. Gestern Abend, als er so nah bei ihr stand, dass sie seinen Atem spüren konnte, und sie die bittersüße Traurigkeit in seiner Stimme vernahm, waren ihr die Tränen gekommen. Sie begannen, über ihre Wangen zu kullern, deshalb hatte Ella ihm rasch eine gute Nacht gewünscht und war geflüchtet, genau wie am Abend zuvor. Aber gestern hatte sie sich nicht schnell genug aus dem Staub gemacht, wie sie befürchtete. Er hatte ihre Tränen gesehen und sich bestimmt gefragt, was der Auslöser dafür war. Sie hatte sich das selbst gefragt.

Sein Bestehen darauf, dass sie den Roman von Hemingway als Geschenk annahm, hatte einen Gefühlsausbruch in ihr ausgelöst, obwohl sie sich normalerweise eisern unter Kontrolle hatte. Im Laufe der Jahre hatte sie Übung darin gesammelt, Angst, Wut, Kummer und selbst Freude zu unterdrücken. Sie war normalerweise sehr gut darin, ihre Tränen zurückzuhalten. Aber in der Stille der Küche, die nur von dem Ticken der Uhr und dem Trommeln ihres eigenen Herzschlags unterbrochen wurde, hatte ihre strenge Beherrschung versagt.

Er machte ihr Angst, dieser Verlust der Selbstkontrolle. Sie wehrte sich gegen derart starke Gefühle, weil sie überzeugt war, dass sie, würde sie jemals ein Schlupfloch in der Schutzmauer öffnen, die sie um ihr Herz errichtet hatte, nicht verhindern konnte, dass sie einstürzte. Und wo würde sie dann stehen?

Genau dort, wo sie jetzt war. Ihre Lebensumstände würden sich nicht ändern. Sie wäre nach wie vor eine Witwe, allerdings ohne den offiziellen Status und seine Vorteile. Ihr Kind wäre immer noch in seiner Welt eingeschlossen, zu der sie keinen Zugang hatte. Ein Tag würde dem nächsten folgen, jeder genau gleich, gefüllt mit endlosen, undankbaren Aufgaben, ohne jede Erleichterung oder Ruhepause oder irgendein Gefühl der Befriedigung, wenn alles geschafft war.

Aber wenn sie sich dem Selbstmitleid ergab, würde sie darin versinken, schwächer und sogar noch empfänglicher für Enttäuschung und Verzweiflung werden.

Genau das hatte sie Mr Rainwater zu erklären versucht, als sie ihn daran hinderte, das Unkraut in ihrem Gemüsegarten zu entfernen. Sie hielt ihr Leben in einem sorgfältigen, aber wackligen Gleichgewicht, und sie konnte nicht dulden, dass irgendetwas oder irgendjemand alles durcheinanderbrachte.

Aber was sie am meisten beunruhigte, was ihr eine schlaflose Nacht bereitet hatte, in der sie sich ständig hin und her wälzte, war die Angst, dass die Waage bereits kippte und dass es zu spät war, sie wieder auszugleichen.

Heute manifestierte sich Ellas Angst in einer Verstimmung, die Margaret kommentierte, während sie die grünen Bohnen im Kochtopf umrührte. Nachdem Ella sie bereits zweimal ermahnt hatte, mit dem Bratfett sparsam umzugehen, murmelte die Magd: »Da ist wohl heute Morgen jemand mit dem falschen Fuß aufgestanden.«

Ella ignorierte sie und fuhr fort, ihre Routinearbeiten zu verrichten, dachte sich sogar zusätzliche Aufgaben aus, um Mr Rainwater leichter aus dem Weg gehen zu können. Was ihr bis nach dem Abendessen erfolgreich gelang, als er auf die Veranda herauskam, wo sie im Schaukelstuhl saß und Solly beobachtete, der die Dominosteine auf dem Geländer aufreihte.

Mr Rainwater schloss die Fliegengittertür sanft, bevor er sich zu ihr gesellte. »Ist er wieder dabei?«

»Ja, und zwar von sich aus. Ich habe die Dominosteine herausgebracht. Er hat mir die Schachtel abgenommen und sich sofort an die Arbeit gemacht.« Selbst ihr Entschluss, Distanz zu Mr Rainwater zu wahren, konnte ihren Stolz über diesen kleinen Fortschritt nicht schmälern, genauso wenig wie ihren Optimismus, was Sollys Zukunft betraf.

»Vielen Dank, dass Sie mir den Bericht in mein Zimmer gelegt haben. Ich habe ihn heute Nachmittag gelesen. Ich kann Ihre Begeisterung nun nachvollziehen.«

»Ich wünschte, es gäbe eine Möglichkeit, dass dieser Spezialist sich Solly einmal anschaut. Natürlich ist das unwahrscheinlich, aber ich überlege trotzdem, ob ich Doktor Kincaid bitten soll, ihm erneut einen Brief zu schicken und ihm Sollys Eigenschaften und Verhalten zu beschreiben. Da seine Studie veröffentlicht wurde, nehme ich an, dass er mit Anfragen von Eltern, die genauso verzweifelt sind wie ich, überschwemmt wird. Aber vielleicht antwortet er einem Kollegen ja eher als einer besorgten Mutter.«

»Ich bin mir sicher, Murdy tut Ihnen den Gefallen.«

Schweigend beobachteten sie Solly, bis er alle Dominosteine aufgestellt hatte, dann sagte Mr Rainwater: »Gut gemacht, Solly.«

Ella bekräftigte: »Ja, Solly, gut gemacht.«

»Wir sind gestern nicht mehr zum Feiern gekommen.« Mr Rainwater holte seine Taschenuhr hervor und warf einen Blick darauf. »Der Drugstore ist bis halb zehn geöffnet. Lassen Sie uns in die Stadt fahren und ein Eis essen.«

»Es ist zu spät.«

»Aber es gibt etwas zu feiern.«

»Das letzte Mal, als ich Solly ein Eis gekauft habe, ist er unruhig geworden, weil das Eis geschmolzen ist und auf seine Hand tropfte. Das war ihm zuwider.«

»Dann bekommt er sein Eis im Glas.«

»Danke, Mr Rainwater, aber es ist Zeit, dass Solly ins Bett kommt.«

»Miss Ella?«

»Hier draußen, Margaret.«

Margaret kam auf die Veranda heraus, ihren Hut trug sie schon auf dem Kopf, die Handtasche am Arm. »Ich gehe jetzt, falls Sie mich nicht mehr brauchen.«

»Danke, nein. Wir sehen uns morgen früh.«

Mr Rainwater sagte: »Ich versuche, Mrs Barron gerade zu überreden, dass sie mir erlaubt, ihr und Solly ein Eis im Drugstore zu spendieren. Vielleicht sagt sie Ja, wenn Sie mitkommen. Ich kann Sie anschließend nach Hause fahren.«

»Ich darf nicht an der Theke sitzen, Mr Rainwater. Das wissen Sie.«

»Ich möchte nicht an der Theke sitzen«, erwiderte er. »Ich dachte an einen gemütlichen Spaziergang über den Marktplatz, während wir uns das Eis schmecken lassen.«

»Es ist zu spät, um in die Stadt zu fahren«, sagte Ella, aber keiner der beiden beachtete sie.

Margaret schenkte Mr Rainwater ein strahlendes Lächeln. »Ich habe eine Schwäche für gutes, einfaches Vanilleeis.«

»Meine Lieblingssorte ist Erdbeer. Und Ihre, Mrs Barron?«

»Schokolade. Aber es ist zu spät –«

»Kommen Sie, Miss Ella«, sagte Margaret in schmeichelndem Ton. »Es ist gerade mal seit zwanzig Minuten dunkel, und die Nachtluft ist angenehm. Warum erlauben Sie Mr Rainwater nicht, Solly ein Eis zu kaufen?«

Er hatte sie überlistet. Ella konnte nun unmöglich ablehnen, da sie sonst Margaret um ein Eis brachte, denn Mr Rainwater konnte sich nicht alleine mit einer schwarzen Frau auf dem Marktplatz zeigen, ohne Anstoß bei Weißen und bei Schwarzen zu erregen.

Geschlagen und im Grunde gar nicht so unglücklich darüber, sagte Ella: »Ich gehe meinen Hut holen.«

Ella hatte sich eigentlich vorgenommen, sich nicht mehr öffentlich in seinem Wagen zu zeigen. Wenn man sie häufig zusammen in der Stadt sah, würde es Gerede geben. Aber heute Abend waren nicht viele Menschen auf der Straße. Der Marktplatz war verwaist, als sie vor dem Drugstore hielten.

Die einzige Person, wegen der Ella sich sorgen musste, dass diese Tratsch verbreiten könnte, war Doralee, Mr Geralds unansehnliche und daher unverheiratete Tochter, die heute Abend an der Theke bediente. Doralee hatte ein vorstehendes Gebiss, das sie mit einer sauertöpfischen Miene kompensierte. Sie war hässlich zu den Leuten, bevor diese eine Chance hatten, zu ihr hässlich zu sein, vermutete Ella.

Doralee spähte neugierig durch das Schaufenster, als sie aus Mr Rainwaters Wagen stiegen und sich der Tür näherten. Ella sagte: »Solly und ich werden mit Margaret draußen warten.«

»Was für eine Sorte möchte Solly haben?«

Ella dachte an den Schreianfall, den ihr Sohn bekommen hatte, als das Eis auf seine Hände gekleckert war, und antwortete: »Vanille.« Falls das Vanilleeis tropfen sollte, wäre es einfacher zu reinigen.

»Für Sie Schokolade?«

»Bitte.«

»Sieht so aus, als würde Bruder Calvin heute spät arbeiten«, bemerkte Margaret und nahm neben Ella auf der Bank vor dem Laden Platz.

Ella folgte ihrem Blick zu der AME-Kirche. Sie war zwei Häuserblöcke vom Marktplatz entfernt auf der Elm Street, die die innerstädtische Demarkationslinie zwischen den Rassen bildete. Da die Lichter in der Kirche brannten, war sie trotz der Entfernung durch die Bäume zu sehen.

»Ich nehme an, er repariert das kaputte Fenster«, überlegte Margaret laut. »Wir haben am Sonntag Spenden dafür gesammelt.«

Mr Rainwater blieb auf dem Weg in den Drugstore kurz stehen. »Gehen Sie zu ihm hinüber, und laden Sie ihn ein, uns Gesellschaft zu leisten.«

Margaret lächelte ihn an. »Das ist sehr freundlich von Ihnen, Mr Rainwater.«

Margaret erhob sich von der Bank und trat auf die Straße. Sie überquerte sie und ging auf der anderen Seite bis zur nächsten Ecke, wo sie aus dem Blickfeld verschwand.

Ella hörte, dass Mr Rainwater das Eis bestellte, wobei er eines für den Prediger hinzufügte. »Und einmal Vanille im Glas statt in der Waffel, bitte. Wir schlendern nur ein wenig über den Marktplatz. Ich bringe Ihnen die Schale anschließend zurück, versprochen.«

»Ich vertraue Ihnen, Mr Rainwater.«

Geistesabwesend fragte Ella sich, wie er es geschafft hatte, selbst die kratzbürstige Doralee Gerald zu zähmen, die seinen Namen in einem gezierten Ton aussprach, der sie an Miss Pearl erinnerte.

Ella hatte Miss Pearl gebeten, die Fliegengittertür zu verriegeln, als sie das Haus verließen. Miss Pearl schien beunruhigt darüber, dass sie und ihre Schwester alleine im Haus zurückblieben, und hatte Ella gefragt, wie lange sie fort zu sein gedächten. Ella hatte geantwortet, dass sie bald zurück wären, während es ihr innerlich widerstrebte, sich für ihre freie Zeit vor jemandem zu rechtfertigen, der bei ihr zur Miete wohnte.

Neben ihr auf der Bank starrte Solly stur geradeaus, schaukelte mit dem Oberkörper und klopfte seine Schuhspitzen aneinander, ohne den Moskito zu bemerken, der sich auf sein Knie gesetzt hatte. Ella verscheuchte das Insekt. Solly schaukelte unbeirrt weiter.

Ein magerer und hungrig aussehender Hund trottete mitten auf der Straße, und Ella, die das Tier nicht kannte, versteifte sich kurz, aber der Hund ging an ihnen vorüber, ohne sie zu beachten.

Sie bemerkte, dass im nächsten Häuserblock ein Licht ausging. Kurz darauf kamen der einzige Rechtsanwalt in der Stadt und seine Sekretärin aus dem Büro. Er schloss die Tür ab, dann stiegen sie zusammen in seinen Wagen und fuhren davon. Die Frau des Anwalts war seit zehn Jahren schwer krank. Es gab Gerüchte über die Art seiner Beziehung zu der jungen, hübschen Sekretärin.

»So, bitte sehr.« Mr Rainwater kam mit einem Vanilleeis im Glas für Solly und einer Waffel Schokoladeneis für Ella heraus. »Miss Doralee macht gerade die anderen –«

Er wurde von einem Schrei unterbrochen, der so markerschütternd war, dass selbst Solly reagierte. Er hörte auf, zu schaukeln und seine Schuhspitzen gegeneinander zu klopfen.

Ella sprang sofort auf.

Mr Rainwater stellte das Eis auf den Bordstein und stürzte über die Straße in Richtung AME-Kirche, aus der der Schrei scheinbar gekommen war. Er lief nicht zur Ecke, sondern in die Gasse zwischen dem Krämerladen und dem Postamt.

Ein weiterer Schrei zerriss die Nacht.

Ella schnappte Solly an der Hand und folgte Mr Rainwater. Nachdem sie die andere Straßenseite erreicht hatte, schleifte sie ihren Sohn praktisch hinter sich her durch die dunkle Gasse, in der Mr Rainwater verschwunden war. Sie mündete in eine breitere Gasse, die an der Rückseite der Geschäftszeile entlangführte.

Die Gasse hatte tiefe Schlaglöcher und war mit Abfällen übersät, die Ratten, Katzen und andere nachtaktive Aasfresser anlockten. Zwei Männer rannten vor ihr über die Straße. Einer stieß eine Mülltonne um, aber er blieb nicht stehen.

In dem Zaun, der die Gasse säumte, bemerkte Ella mehrere fehlende Latten. Sie verstärkte den Griff um Sollys Hand und zwängte sich mit ihm durch die Lücke, während sie sich fragte, ob Mr Rainwater die Latten entfernt hatte, als er kurz vor ihr durchkletterte.

Auf der anderen Seite des Zauns lag der Garten eines verlassenen Hauses, das im Dunkeln noch vernachlässigter und heruntergekommener aussah. Ohne das Tempo zu verlangsamen, bahnte Ella sich einen Weg durch den zugewucherten Garten über den unebenen Boden, während ihr das Herz bis zum Hals schlug und ihre Lunge bereits vor Anstrengung brannte.

Ein Wagen fuhr die Oak Street entlang. Ella und Solly liefen durch das Scheinwerferlicht, als sie die Straße überquerten. Ella hörte Bremsen quietschen, aber sie blieb nicht stehen, um sich bei dem erschrockenen Fahrer zu entschuldigen.

Sie hatte Mr Rainwater fast eingeholt. Er rannte immer noch, aber er schien Seitenstiche zu haben. Er hielt sich die Rippen, während er die Elm Street überquerte und den Kirchhof erreichte. Ella war nur wenige Schritte hinter ihm, als er die Stufen zum Eingang hinauflief. Drinnen waren die Schreie einer Totenklage gewichen.

Bevor er hineinging, warf er einen Blick zu Ella. »Sehen Sie nicht hin.«

Seine Warnung kam zu spät. Durch die offene Tür sah sie Bruder Calvin, der mit einem Strick um den Hals über dem Altar baumelte.

Margaret war untröstlich.

Mr Rainwater half ihr aus ihrer Kauerstellung hoch und führte sie zur Treppe hinaus. Ella setzte sich mit ihr auf die oberste Stufe und legte den Arm um sie, während sie tröstende Worte murmelte, obwohl sie wusste, dass sie abgedroschen und nutzlos waren.

Mr Rainwater und Ella waren die Ersten gewesen, die in der Kirche eintrafen, aber nun strömten in dem Schwarzenviertel Menschen aus allen Richtungen herbei, alarmiert durch Margarets Schreie. Mr Rainwater hatte das Kirchenportal geschlossen, aber der hängende Leichnam war durch die Fenster gut zu sehen. Rufe des Entsetzens und der Empörung drangen vereinzelt durch das leise Stimmengewirr. Einige weinten. Kinder, die normalerweise herumgerannt wären und Leuchtkäfer gejagt hätten, standen mit großen Augen verschüchtert da und starrten auf die erleuchtete Kirche. Der Hund, den Ella vorher gesehen hatte, kläffte wütend.

Ein Wagen hielt vor der Kirche, und der Rechtsanwalt stieg aus, den Ella vor ein paar Minuten beim Verlassen seiner Kanzlei beobachtet hatte. Er hielt sich im Hintergrund, sichtlich betroffen, aber nicht in dem Ausmaß, dass er sich einmischen wollte. Dann entdeckte er Ella.

Widerwillig bahnte er sich einen Weg durch die Menge. Als er die Treppe erreichte, nahm er seinen Hut ab. »Mrs Barron? Miss Lilian und ich haben Schreie gehört. Ich hätte Sie und Ihren Jungen vorhin fast überfahren.«

»Der Pfarrer wurde gelyncht, Mr Whitehead.«

»Oh.« Er stieß das Wort mit einem Seufzen des tiefen Bedauerns und Mitgefühls aus, und Ella tat es leid, dass sie dem Klatsch über ihn und seine Sekretärin Beachtung geschenkt hatte.

»Könnten Sie bitte den Sheriff verständigen?«, fragte Mr Rainwater.

Der Anwalt blickte an Ella vorbei zu ihm und musste wohl seine ruhige Autorität gespürt haben. »Sofort, Sir.« Er setzte seinen Hut auf und lief zu seinem Wagen zurück, in dem seine Sekretärin ängstlich wartete.

Mr Rainwater ging neben Ella in die Hocke. Sein Gesicht war schweißbedeckt, und er sah blass aus. Ihr fiel ein, dass er sich die Seite gehalten hatte und mit ungleichmäßigen Schritten gerannt war. »Haben Sie Schmerzen?«

Er schüttelte den Kopf. »Ich habe mich nur ein wenig überanstrengt. Hier ist der Schlüssel von meinem Wagen.« Er öffnete ihre Hand und drückte den Schlüssel hinein. »Ich werde auf den Sheriff warten. Bringen Sie Margaret nach Hause. Sie können dann anschließend zurückkommen und mich einsammeln.«

»Muss sie nicht dem Sheriff als Zeugin zur Verfügung stehen? Für seine Ermittlungen?«

Seine Lippen bildeten einen schmalen Strich. »Es wird keine Ermittlungen geben.«

Als Ella vor Margarets Haus hielt, war sie überrascht, dort eine Ansammlung von Margarets Freunden und Verwandten anzutreffen. Obwohl es sie eigentlich nicht hätte wundern dürfen, schließlich sprachen sich solche tragischen Ereignisse rasch herum.

Im Vorgarten standen Männer, die rauchten und sich unterhielten. Kinder, zu jung, um zu verstehen, was passiert war, schliefen auf Pritschen, die auf der Veranda aufgestellt worden waren. Eine ältere Frau mit einer Maiskolbenpfeife in einem Winkel ihres zahnlosen Mundes fächelte den schlafenden Kindern mit einer Zeitung Luft zu.

Andere Frauen warteten im Haus auf Margarets Rückkehr. Ella ließ Solly vorne im Wagen zurück, wo er zufrieden schien, und half Margaret beim Aussteigen. Die Männer nahmen ihre Hüte ab und traten respektvoll zur Seite, als Ella Margaret auf die Veranda hochführte. Margarets Sohn Jimmy, in dem sie die Sonne auf- und untergehen sah, wartete direkt an der Tür. Kaum hatten sie die

Schwelle übertreten, brach Margaret in ein Klagegeheul aus und ließ sich in seine Arme fallen. Sie wurde sofort von den Frauen umringt, die gekommen waren, um Beistand zu leisten und mit ihr zu trauern.

In der Gewissheit, dass Margaret in guten Händen war, wandte Ella sich zum Gehen. Als sie auf die Veranda hinaustrat, folgte Jimmy ihr. »Danke, Miss Barron«, sagte er.

»Das ist sehr schlimm für deine Mutter, Jimmy. Sie hatte große Achtung vor Bruder Calvin. Wir alle haben ihn sehr geschätzt.«

»Ja, Ma'am.« Sein Blick wanderte kurz über den Garten, bevor er wieder zu ihr zurückkehrte. »Wir wissen alle, wer das getan hat.«

Der junge Mann wirkte eher wütend als traurig, und sein Zorn veranlasste Ella, sich Sorgen um ihn zu machen. Sie sah ihn eindringlich an. »Bring dich nicht in Schwierigkeiten, Jimmy. Deine Mutter würde sich niemals davon erholen, wenn dir etwas zustoßen würde.«

»Ich pass' schon auf.«

Das war nicht unbedingt ein Versprechen, auf Rache für den Lynchmord zu verzichten, aber Ella wusste, es stand ihr nicht zu, Jimmy zu ermahnen. »Sag Margaret, sie braucht erst wieder zur Arbeit zu kommen, wenn sie sich dazu imstande fühlt.«

»Mach' ich.«

»Und sag mir Bescheid, wann die Beerdigung ist.«

»Nochmals danke, dass Sie sie nach Hause gebracht haben.« Dann blickte er sie verwirrt an. »Wie kommt es eigentlich, dass Sie alle heute Abend in der Stadt waren?«

Sie erzählte ihm, dass Mr Rainwater sie zu einem Eis eingeladen und Margaret zu Bruder Calvin geschickt hatte, um ihn dazuzuholen. Jimmy senkte den Kopf, und als er ihn einen Moment später wieder hob, sah Ella Tränen in seinen Augen. Er dankte ihr erneut, bevor er sich umwandte und ins Haus zurückkehrte.

»Er schien sehr gerührt zu sein, weil Sie so freundlich zu seiner Mutter waren«, sagte Ella zu Mr Rainwater und schloss damit ihren Bericht darüber, was geschehen war, als sie Margaret nach Hause gebracht hatte. »Ich fand es erstaunlich, wie viele Leute schon über das Unglück Bescheid wussten und sich in Margarets Haus versammelt hatten.«

Nur noch wenige Menschen standen vor der AME-Kirche, als Ella zurückgekehrt war, um Mr Rainwater abzuholen. Der Wagen des Sheriffs parkte vor der Kirche. Er unterhielt sich mit dem Friedensrichter, der herbeigerufen worden war, um Bruder Calvins Tod offiziell zu bestätigen. Ein paar neugierige Zuschauer schlenderten umher.

Mr Rainwater stand abseits von den anderen an der Straße. Er stieg sofort ein, als Ella hielt, und überließ ihr das Fahren. Nun warf er einen Blick auf Solly, der lammfromm zwischen ihnen saß. »Sieht aus, als würde er gleich einschlafen.«

»Er ist den ganzen Weg vom Drugstore bis zur Kirche mit mir gerannt. Er hat die ganze Zeit keinen Mucks von sich gegeben. Ich hätte mir kein besseres Verhalten von ihm wünschen können.«

»Vielleicht hat er gespürt, dass es wichtig war zu gehorchen.«

»Mag sein.«

Solly war tatsächlich eingeschlafen, als sie zu Hause ankamen. Ella genoss das süße Gewicht seines Kopfes, der an ihrem Arm lehnte, und es widerstrebte ihr beinahe auszusteigen. »Ich nehme ihn«, sagte Mr Rainwater.

Sanft hob er Solly aus dem Sitz und achtete darauf, dass er ihn nicht aufweckte.

Beide Dunne-Schwester eilten an die Vordertür, um sie hereinzulassen. Sie waren in Nachthemd, Pantoffeln und Haarnetz gekleidet. Sie zwitscherten aufgeregt durcheinander.

»Wir haben uns zu Tode gefürchtet!«, rief Miss Pearl.

»Was ist da los in der Stadt? Wir haben Sirenen gehört.«

»Mr Rainwater, Sie sehen erschöpft aus.«

Ella sah ihn an. Wie Miss Violet richtig beobachtet hatte, sah er tatsächlich erschöpft aus.

»Was ist mit dem Jungen?«

»Nichts, Miss Pearl. Er schläft. Und mir geht es gut. Ich habe mich nur ein bisschen übernommen.« Mr Rainwater trug Solly an den Schwestern vorbei durch den Flur zu Ellas Zimmer.

Ella folgte ihm und sagte über ihre Schulter hinweg: »Sie können ins Bett gehen. Es gab einen – einen Vorfall heute Abend auf der anderen Seite der Stadt. Sheriff Anderson wurde gerufen. Nun ist alles wieder ruhig.« Sie würden noch früh genug von dem Mord und Margarets unfreiwilliger Entdeckung erfahren. Ella hatte keine Lust, jetzt mit ihnen darüber zu sprechen. »Es tut mir leid, dass Sie heute länger aufbleiben mussten, um uns hereinzulassen.«

»Wir hätten ohnehin kein Auge zubekommen. Gott allein weiß, was die im Schwarzenviertel alles anstellen.«

Ella verkniff sich eine bissige Antwort. Sie waren alt. Ihre Einstellung war falsch und ignorant, aber hoffnungslos verinnerlicht. »Gute Nacht, meine Damen. Wir sehen uns zum Frühstück.« Sie ließ sie am Treppenabsatz stehen und ging weiter zu ihrem Zimmer.

Mr Rainwater stand mitten im Raum, Solly auf den Armen. »Dort hinein.« Ella deutete auf das kleine Zimmer, in dem Solly schlief. Mr Rainwater ging vorsichtig durch die schmale Tür und legte Solly aufs Bett. Ella zog ihrem Sohn die Schuhe aus, beschloss aber, heute Abend auf den Pyjama zu verzichten und ihn in seinen Kleidern schlafen zu lassen. »Danke, Mr Rainwater.«

»Leisten Sie mir Gesellschaft auf der Veranda?«

»Ich glaube nicht. Es ist schon spät.«

»Bitte. Es gibt etwas, das ich Ihnen sagen muss.«

17

»Conrad Ellis ist zum Deputy ernannt worden.«

Mr Rainwater eröffnete Ella dies, als sie zu ihm auf die Veranda kam, noch bevor sie sich gesetzt hatte.

»Was?«

»Ich fürchte, Sie haben mich richtig verstanden. Der Sheriff hat Conrad zum Deputy ernannt. Auf Conrads Wunsch hin, dessen bin ich mir sicher.«

Fassungslos über diese Neuigkeit näherte Ella sich dem Geländer, auf dem Sollys Dominosteine noch präzise aufgereiht waren. »Woher wissen Sie das?«

»Er kam zusammen mit dem Sheriff und trug einen Stern und eine Schrotflinte. Er hat sich vergewissert, dass ich beides wahrnahm. Er hatte die ehrenvolle Aufgabe, Bruder Calvin herunterzuholen.«

»Von dem Balken, an dem er ihn aufgehängt hat.«

»Davon können wir ziemlich sicher ausgehen.«

Ella wandte sich um, und sie starrten sich über die Entfernung hinweg, die zwischen ihnen lag, an. Die ungeheuerliche Ungerechtigkeit dieser neuen Situation machte Ella sprachlos. Offenbar hatte Mr Rainwater auch nicht mehr zu sagen. Er wirkte entmutigt und entkräftet. Sein Gesicht sah eingefallen aus. Als er aufstand, bemerkte Ella, dass er sich die Seite hielt. Er ging zur Tür, zog das Fliegengitter auf und blickte zu ihr zurück.

»Ich brauche Ihnen nicht zu sagen, was das bedeutet.«

»Conrad ist nun offiziell berechtigt, rücksichtslos gegen jeden vorzugehen, dessen Nase ihm nicht passt, und damit ungeschoren davonzukommen.«

»Sie müssen vorsichtig sein.«

»Sie genauso.«

Mr Rainwater nickte, dann ging er hinein.

Ella nahm die Dominosteine einen nach dem anderen von dem Geländer und stapelte sie sorgfältig in der Schachtel. Solly wüsste ihre Ordentlichkeit zu schätzen. Sie lächelte bei dem Gedanken.

Trotz ihres Lächelns entfuhr ihr unerwartet ein Schluchzen. Sie legte den Deckel auf die Schachtel mit den Dominosteinen und drückte sie an ihre Brust, als wäre sie ein Rettungsanker in einem Meer von Traurigkeit.

Tränen bildeten sich und begannen zu fließen. Sie presste eine Hand vor den Mund, um ihr Schluchzen zu unterdrücken, aber es war sinnlos. Sie weinte um Margaret, die das Pech gehabt hatte, diese grausige Entdeckung zu machen. Sie weinte um Bruder Calvin, der so freundlich, großzügig, idealistisch und mutig gewesen war. Ella bewunderte ihn dafür, dass er Conrad mit seiner Warnung vor der Verdammnis entgegengetreten war, aber sie wusste auch, dass er wegen seiner Unerschrockenheit gestorben war. Und was war mit seiner jungen Frau? Wusste sie, dass blinder Rassenhass sie zur Witwe gemacht hatte?

Ella weinte auch um Jimmy, den dieser Vorfall mit Verbitterung und Zorn erfüllte, mit Hass und Rachedurst. Sie weinte um Ollie und Lola, um die Hatchers und die Pritchetts, um alle, die ihre Herden aufgeben mussten, um ihre Farmen und ihr Land zu behalten, obwohl sie doch eigentlich von diesen Herden lebten. Sie weinte über die grausame und schreckliche Ironie darin.

Sie weinte um die arme Doralee Gerald, die wahrscheinlich alt werden würde, ohne dass sich etwas an ihrer unglücklichen Situation änderte, und die ihr Leben lang ein Objekt des Mitleids und des Spotts bleiben würde. Ella vergoss sogar Tränen für Mr Whitehead, den Rechtsanwalt, obwohl sie ihn kaum kannte, aber er schien ein anständiger Mensch zu sein, der in einem moralischen Dilemma und in hoffnungslos traurigen Umständen gefangen war.

Schließlich versiegten ihre Tränen, und sie brachte ihr Schluchzen unter Kontrolle. Heute Morgen hatte sie sich noch für ihre Fähigkeit gerühmt, die Tränen zurückzuhalten. Aber in letzter Zeit ließ diese Fähigkeit sie immer öfter im Stich. Ihre Weinkrämpfe wurden häufiger und immer heftiger. Wie an jenem Abend in Sollys Zimmer nach seinem Anfall wegen der Garnspulen, der das Schachspiel der beiden Herren unterbrochen hatte. Oder wie gestern Abend, als Mr Rainwater ihr das Buch geschenkt hatte. Der Weinkrampf heute war bis jetzt der schlimmste emotionale Ausbruch. Sie musste diese Entwicklung stoppen. Und zwar ab sofort.

Sie ging hinein und verriegelte die Fliegengittertür, bevor sie durch das Haus ging, um die anderen Türen zu kontrollieren und das Licht zu löschen. In ihrem Zimmer zog sie sich bis auf den Slip aus und streifte ihren leichten Morgenmantel über. Beschämt über ihre roten, geschwollenen Augen, benetzte sie sie mit kaltem Wasser, bis sie nicht mehr so schlimm aussahen. Anschließend putze sie sich die Zähne und zog die Nadeln aus ihrem Haar, um den schweren Knoten zu lösen.

Sie schlug gerade ihre Bettdecke zurück, als es an der Tür klopfte, so leise, dass Ella zunächst dachte, sie hätte es sich eingebildet. Aber es klopfte erneut, genauso leise, jedoch unmissverständlich.

Ella vergewisserte sich, dass ihr Morgenmantel zugebunden war, bevor sie an die Tür ging und sie einen kleinen Spalt öffnete. »Mr Rainwater.« Sofort alarmiert, machte sie die Tür ganz auf und musterte ihn von oben bis unten, während sie sich fragte, ob seine Beschwerden mehr als nur Seitenstiche waren, ob er mehr als nur erschöpft war. »Geht es Ihnen nicht gut?«

»Ich hörte Sie weinen.«

»Oh.«

»Mein Zimmer ist direkt über der Veranda.«

»Oh. Ja.«

»Mein Fenster stand offen.«

»Das habe ich nicht bedacht. Es tut mir leid, falls ich Sie gestört habe.«

»Sie haben mich nicht gestört. Nicht auf die Art, die Sie meinen.« Er machte eine kurze Pause, bevor er sie fragte, warum sie geweint habe.

»Es war albern.«

Er sagte nichts, sondern stand einfach da und blickte sie geduldig oder hartnäckig an, während er auf eine Erklärung wartete.

Ella machte eine hilflose Geste. »Aus verschiedenen Gründen.«

»Welche denn?«

»Es gibt einfach –«

»Was?«

»So viel Grausamkeit, Leid und Kummer im Leben. Und ich habe mich gefragt, warum das so ist.« Die ultimative Ungerechtigkeit war natürlich seine Lebenserwartung. Bei der Erinnerung daran füllten sich Ellas Augen wieder mit Tränen, die sie ungeduldig mit dem Handrücken abwischte. »Danke für Ihre Anteilnahme, aber es geht mir gut.«

»Sicher?«

Sie sah ihm in die Augen, aber ihr Nicken war wohl nicht überzeugend, denn er rührte sich nicht von der Stelle. Ella genauso wenig. Sie starrten sich an, bis Ella dieselbe Enge in der Brust zu spüren begann wie am Abend zuvor, als sie sein Geschenk in der Hand hielt. Das Blut rauschte durch ihre Adern, ihre Augen brannten von neuen Tränen, und sie musste sich auf die Unterlippe beißen, damit sie aufhörte zu zittern.

Er trat einen Schritt näher. Sie sah, dass seine Lippen ihren Namen formten. *Ella.* Aber sie konnte ihn nicht hören, weil das Blut in ihren Ohren rauschte.

Langsam hob er beide Hände, legte sie an ihre Wangen und umfasste ihr Gesicht. Dann senkte er den Kopf. Sie spürte seinen warmen Atem in ihrem Gesicht und stieß einen leisen, kläglichen Laut aus. Seine Lippen berührten ihren Mundwinkel.

Ella stockte der Atem.

Dann küsste er ihren anderen Mundwinkel. Sie schloss die Augen und presste dadurch ein paar Tränen hervor, die sich sehr nass und sehr heiß auf ihren Wangen anfühlten.

»Nicht weinen«, flüsterte er.

Die zarte Berührung seiner Lippen löste ein tiefes Verlangen in ihr aus, das sich nicht nach und nach entfaltete oder allmählich aus einem langen Schlaf zum Leben erwachte. Vielmehr brach es urplötzlich heraus, und als er sie richtig küsste, begann sie, derart hungrige Laute von sich zu geben, dass er sie rückwärts in ihr Zimmer schob und sachte die Tür mit dem Fuß zustieß.

Den Rücken an die Tür gelehnt, zog er sie an sich, und sie umklammerten sich eng. Ella genoss es, seine Arme um sich zu spüren, seinen beschleunigten Atem an ihrem Hals. Sie lehnte sich gegen ihn und spürte seine harten Knochen und seinen festen Körper in aufregendem Kontrast zu ihrer weichen Weiblichkeit.

Sie drückte das Gesicht in seinen offenen Hemdausschnitt und berührte seinen Hals mit den Lippen. Seine Haut war warm. Sie sog seinen Geruch tief ein, der ihr inzwischen so vertraut war, aber verboten bis zu diesem Moment, in dem sie es sich nicht länger versagte, darin einzutauchen, ihn zu trinken, ihn in sich aufzunehmen und für immer in ihrer Erinnerung zu verankern.

Er schob sie behutsam ein Stück zurück und kämmte mit den Händen durch ihr Haar, während er beobachtete, wie die undisziplinierten Strähnen ihre Freiheit feierten, indem sie sich um seine Finger wickelten. Er schien von der Üppigkeit ihrer Haare fasziniert, von ihrer Beschaffenheit und Länge, und Ella hatte das Gefühl, er hätte Gefallen daran, stundenlang damit zu spielen.

Dann versanken seine Augen in ihren. Seine außergewöhnlichen Augen. Blau und klar, die schönsten Augen, die sie je gesehen hatte oder jemals in ihrem Leben sehen würde. Das könnte sie sogar schwören.

»Ich liebe Sie, Ella.«

Sie schloss für ein paar Sekunden die Augen, und als sie sie wieder aufschlug, flüsterte sie mit zitteriger Stimme: »Ich weiß.«

»Ich würde niemals etwas tun, das Ihnen schadet.«

»Nein, sicher nicht.«

»Wenn Sie mir sagen, ich soll gehen, dann gehe ich.«

Sie lehnte die Wange an seine Brust. »Wenn Sie jetzt gehen, werde ich es mein Leben lang bereuen.«

Er flüsterte ihren Namen, hob ihr Kinn hoch und drückte seine Lippen auf ihren Mund.

Ella glaubte, vor der Glückseligkeit, die sie durchströmte, sterben zu müssen. Dann nahm er die Hände von ihrem Gesicht und löste den Gürtel ihres Morgenmantels. Als seine Hände unter den Stoff glitten und ihre Rippen umfassten und Ella den Druck seiner langen Finger spürte, wurde ihr bewusst, dass der Kuss nur ein Vorspiel für die Wonnen war, die er ihr bereiten konnte. Und als seine Hände über den glatten Stoff ihres Slips strichen und die Unterseite ihrer Brüste streichelten, hatte sie keinen Zweifel mehr daran.

Ella hatte keinen Spiegel, und im Schlafzimmer war es ohnehin zu dunkel, aber sie wusste auch so, dass sie vor Staunen einen glasigen Blick hatte, während sie sein Gesicht betrachtete. »Ich hatte keine Ahnung.«

Er musterte ihr Gesicht genauso intensiv. »Wovon?«

»Dass ich oder überhaupt ein Mensch dazu fähig ist, so etwas Außergewöhnliches zu fühlen und zu erleben. Wie ist das möglich?«

»Es war eine der besten Stunden des Schöpfers.«

Sie lächelte und schmiegte sich an seine Schulter, dann legte sie den Kopf darauf. »Mit meinem Mann war es nie so. Es war völlig anders, man kann das gar nicht miteinander vergleichen. Ich habe ihn nicht geliebt. Vielleicht ist das der Grund.«

»Wenn du ihn nicht geliebt hast, warum hast du ihn dann geheiratet?«

»Ich hatte bereits Conrad abgewiesen. Ich schätze, ich hatte Angst, wenn ich weitere Verehrer ablehne, dass ich bald keine mehr haben werde. Und ich wollte nicht als alte Jungfer enden, die eine Pension führt.« Nachdenklich fügte sie hinzu: »Natürlich ist es genau so gekommen. Im Prinzip.«

»Du hast Solly.«

»Ja.«

Mr Rainwater nahm eine Haarsträhne von ihr und rieb sie zwischen seinen Fingern. »Dein Ehemann hat dich wohl auch nicht geliebt, Ella. Denn hätte er das getan, hätte er dich nicht verlassen.«

»Er hat mich geliebt, glaube ich. Auf seine Art. Auf die beste Art, die er kannte. Aber er kam einfach nicht damit zurecht, was mit Solly passierte. Vielleicht war er frustriert, weil er machtlos dagegen war. Vielleicht betrachtete er Solly als ein armseliges Abbild von sich. Oder er dachte womöglich an die Zukunft und erkannte, was es für unser Leben bedeutete, ein Kind wie Solly zu haben, sodass er einfach die Flucht ergreifen musste. Ich schätze, ich werde nie erfahren, was ihn dazu getrieben hat, einfach so zu gehen.«

»Du weißt nicht, ob er tot ist oder noch lebt?«

Sie schüttelte den Kopf, bevor sie ihn von seiner Schulter hob. Sie blickte auf ihn herunter und lächelte matt. »Ich bin wahrscheinlich eine Ehebrecherin. Ich habe heute Nacht vorsätzlich und bereitwillig eine Sünde begangen.« Ihre Augen wurden feucht. »Ist das Gottes Art, mich zu strafen? Indem ich dich liebe?«

Er berührte ihre Lippen mit den Fingerspitzen, dann zog er sie an sich und sagte: »Nein, Ella, nein. Das ist sein Segen.«

Es war unvermeidlich, dass der Morgen anbrach.

Als der Himmel begann, sich im Osten langsam grau zu färben, wurde Ella wach. Sie blieb jedoch still liegen und genoss die Nähe seines Körpers, das Geräusch seines Atems in der Gewissheit, dass sie, selbst wenn sie hundert Jahre alt werden sollte, den wunderbaren Zauber dieser ganz besonderen Morgendämmerung niemals in ihrem Leben vergessen würde.

Widerwillig weckte sie ihn. Er protestierte stöhnend, aber er wusste, dass er das Zimmer verlassen musste, bevor sie entdeckt wurden. Sie mussten beide kichern, als er im Dunkeln seine Kleider suchte und sein Hemd falsch zuknöpfte, sodass Ella ihm helfen musste, es richtig zu knöpfen.

»Beeil dich«, sagte sie und unterdrückte ein Lachen, während sie ihn zur Tür schob und ihm seine Schuhe gab. »Du willst doch nicht, dass die Dunne-Schwestern dich dabei erwischen, wie du heimlich aus meinem Zimmer schleichst.«

»Woher willst du wissen, dass ich mich nicht heimlich aus ihrem Zimmer geschlichen habe, seit ich hier wohne?«

Das brachte Ella wieder zum Kichern, und sie musste sich den Mund zuhalten, um es zu ersticken. Er nahm ihre Hand weg und versuchte, sie zu küssen, aber sie wich ihm aus. »Geh! Ich möchte ein Bad nehmen, bevor ich den Tag beginne.«

»Fühlst du dich unsauber?«

»Nein, ich fühle mich wund.« Trotz des Dämmerlichts sah sie, dass er grinste. Sie gab ihm einen sanften Klaps auf den Arm und sagte: »Mach nicht so ein selbstzufriedenes Gesicht.« Er küsste sie, bevor sie protestieren konnte, aber als der verspielte Kuss rasch ernstere Formen annahm, schob sie ihn weg. »Wenn du frische Brötchen zum Frühstück haben willst –«

»Ich gehe schon.«

Er war der Erste, der herunterkam. Er hatte sich gewaschen, rasiert und umgezogen. Ella verschlang ihn mit den Augen. Sie konnte nicht genug von seinem Anblick bekommen, und es ärgerte sie jedes Mal, wenn sie während des Frühstücks in die Küche musste.

Sie vermisste Margarets hilfreiche Hand, aber ungeachtet der Gründe für ihre Abwesenheit war Ella auch froh, dass die Magd heute Morgen nicht da war. Margaret hätte sicher die Veränderung in ihr bemerkt, im Haus, in allem.

Die Atmosphäre knisterte bei jedem Blickkontakt zwischen ihr und Mr Rainwater vor unsichtbarer Energie. Wenn sie in seine Nähe kam, hatte sie das Bedürfnis, ihn zu berühren, und es gelang ihr nur unter Aufbietung ihrer ganzen Willensstärke, sich zu beherrschen. Sie wusste, dass er ähnlich fühlte; er sah sie mit unverhohlenem Verlangen an, und seine Augen folgten jeder Bewegung von ihr.

Die Dunne-Schwestern schienen den dramatischen Unterschied zwischen gestern und heute nicht wahrzunehmen, was Ella unglaublich erschien. Für sie war es offensichtlich, dass nichts mehr so roch oder schmeckte, klang oder aussah, sich anfühlte oder *war* wie noch wenige Stunden zuvor.

Sie hätte schwören können, dass sie spürte, wie ihr Blut durch die Adern pulsierte, als wären die Dämme gebrochen, die es ihr ganzes Leben lang zurückgehalten hatten, gesprengt von Mr Rainwaters Berührungen. Alle ihre fünf Sinne waren geschärft, ihre Nervenenden sensibilisiert. Ihr Körper kribbelte und schmerzte angenehm auf eine Art wie nie zuvor.

Waren diese überwältigenden körperlichen Empfindungen das, was die Pfarrer als »Lust« bezeichneten? Falls ja, wurde Ella klar, warum die Kirche überall auf der Welt davor warnte. Die Lust war stärker als die verführerischste Droge, berauschender als der stärkste Alkohol. Ella verstand nun, wie leicht und bereitwillig man die Kontrolle an die Lust verlieren konnte, bis sie das ganze Leben bestimmte.

Sie hatte nicht geahnt oder sich vorstellen können, dass die körperliche Liebe zwischen Mann und Frau so atemberaubend süß sein konnte, so labend für Körper, Geist und Seele.

Sie erledigte ihre Arbeiten so rasch wie möglich, damit sie mit ihm und Solly Zeit verbingen konnte. Nach dem Mittagessen dachte Mr Rainwater sich eine Besorgung aus und lud sie und Solly ein mitzukommen. Es war ein Vorwand, damit sie zu dritt das Haus verlassen und den Dunne-Schwestern eine plausible Erklärung dafür geben konnten.

Sie fuhren aufs Land hinaus und entdeckten ein hübsches, schattiges Fleckchen unter ein paar Pekannussbäumen am Ufer eines Baches. Dort breiteten sie ihre Decke aus. Eine Zeit lang beschäftigte Mr Rainwater Solly mit Kartenspielen, die er spontan erfand, und sie staunten über die Fortschritte, die Solly gemacht hatte.

»Er beginnt, Konzepte zu begreifen«, sagte Mr Rainwater begeistert, nachdem Solly erfolgreich eine Aufgabe gemeistert hatte. »Dessen bin ich mir sicher.«

»Ich auch.«

Ella war sich ebenfalls sicher, dass Solly ohne Mr Rainwater niemals so weit gekommen wäre, was Beschämung wegen ihres eigenen Versagens und zugleich Dankbarkeit für seine freundliche Einmischung in ihr auslöste. Sie war nicht mehr eifersüchtig auf ihn, sondern nur unendlich dankbar.

Allerdings gelang es ihnen nicht, Solly zu überreden, gemeinsam in den Bach zu waten. Er wurde sofort unruhig, als Ella versuchte, ihm die Schuhe auszuziehen. Also kehrten sie auf ihre Decke zurück und gaben ihm die Karten. Er spielte damit, während Mr Rainwater den Kopf in Ellas Schoß legte und ihr aus dem tragischen Liebesroman von Hemingway vorlas.

An einer bestimmten Stelle unterbrach er sich, bog den Kopf zurück und sagte, als er die Tränen in ihren Augen sah: »Das ist nicht einmal die traurigste Stelle.«

»Ich weine nicht wegen der Geschichte oder weil ich traurig bin.« Ella betrachtete Solly, der zu den Baumkronen hochstarrte, offenbar fixierte er das Muster der Blätter, die sich vor dem Himmel abzeichneten. Dasselbe Muster spiegelte sich in Mr Rainwaters Augen, als ihr Blick wieder zu ihm wanderte. »Ich kann mich an keinen einzigen Moment in meinem Leben erinnern, in dem ich so glücklich und zufrieden war. Und das ist nur wegen dir.«

Er setzte sich auf und legte die Arme um sie. Sie küssten sich unschuldig. Die restliche Zeit saßen sie eng umschlungen da und sonnten sich in der trüben Nachmittagshitze und in der Liebe, die sie gefunden hatten, als sie am wenigsten damit rechneten.

Ella musste sich beeilen, um das Abendessen rechtzeitig um halb sieben auf den Tisch zu bringen, und benutzte mit schlechtem Gewissen Margarets Abwesenheit als

Vorwand, dass es nur ein kaltes Abendbrot mit Schinken und diversen Salaten gab. Den Dunne-Schwestern schien es nichts auszumachen, wahrscheinlich weil Mr Rainwater ihnen besonders viel Aufmerksamkeit schenkte und sie in ein Gespräch über die Schulkinder heute und jene damals vor Jahrzehnten, als die Schwestern noch unterrichteten, verwickelte. Gab es tatsächlich Anzeichen für den moralischen Verfall der heutigen Jugend in Amerika? Die Diskussion lenkte die Damen jedenfalls davon ab, dass es keine warme Mahlzeit gab.

Als Ella das Geschirr gespült hatte, erschien Jimmy an der Hintertür mit einer Botschaft. »Die Beerdigung von Bruder Calvin ist morgen Nachmittag um fünf.«

»Warum so spät am Tag?«

»Damit wir danach Abendpicknick machen können.«

Es war üblich, nach der Sonntagsmesse ein Picknick auf dem angrenzenden Friedhof zu machen, nachdem man die Gräber der Angehörigen gepflegt hatte. Jeder brachte Essen mit, das dann auf dem Kirchhof miteinander geteilt wurde.

»Die Trauerfeier findet in der Kirche statt?«

»Das bietet sich an.«

Ella schien das auch so, obwohl sie nicht wusste, wie jemand die Kirche betreten konnte, ohne an den Leichnam des jungen Predigers am Strick zu denken. Vielleicht war die Trauerfeier ein Versuch, die Kirche von diesem Stigma zu reinigen und zu befreien. »Wie geht es deiner Mutter?«

»Sie ist untröstlich.«

»Wie wir alle.«

»Ohne Ihnen widersprechen zu wollen, Miss Ella, aber nicht alle sind untröstlich.«

Später berichtete sie Mr Rainwater von dem Gespräch.

»Ich mache mir Sorgen wegen Jimmy und der anderen jungen Männer. Ich hoffe, sie werden nichts unternehmen, um Rache zu üben.«

»Das hoffe ich auch, denn das würde nur weiteren Ärger und wahrscheinlich noch mehr Blutvergießen verursachen. Aber da ihnen Gerechtigkeit verwehrt bleibt, kann man ihnen kaum einen Vorwurf machen, dass sie auf Rache aus sind.«

Ellas Befürchtungen bestätigten sich später am Abend.

Sie und Mr Rainwater saßen getrennt voneinander im Salon und warteten mit quälender Ungeduld darauf, dass die Dunne-Schwestern sich zurückzogen, als er seine Zeitschrift weglegte und zum Fenster ging. »Es brennt.«

Ella legte ihr Nähzeug weg und stellte sich zu ihm ans Fenster. Am Nachthimmel waren Flammen zu sehen. »Das ist in der Nähe des Highways.«

Genau in diesem Augenblick klingelte das Telefon. Als Ella zur Treppe ging, um abzuheben, erschien Miss Pearl in dem Rundbogen zum hinteren Salon. »Mrs Barron, wir riechen Rauch.«

»In der Stadt brennt es.«

»Ach, du meine Güte«, jammerte Miss Violet, die ihr Kartenblatt in der gefleckten Hand haltend neben ihrer Schwester erschien.

Ella nahm den Hörer ab. Es war Ollie Thompson, und Ella hielt den Atem an, weil sie fürchtete, er würde sie bitten, Mr Rainwater an den Apparat zu holen, und ihn zum nächsten Krisenschauplatz rufen. Aber er rief nur an, um Informationen weiterzugeben. Sie bedankte sich und legte auf. Nachdem sie das Telefon zurückgestellt hatte, wandte sie sich um und entdeckte ihre drei Hausgäste im Flur, die darauf warteten, die Neuigkeiten zu erfahren.

»Das war Ollie. Er hat sich schon gedacht, dass wir den Brand bemerkt haben. Das Feuer ist wohl in der Werkstatt von Packy Simpson ausgebrochen.«

»Ach du Schande«, sagte Miss Pearl. »Das ist so ein netter Neger. Er grüßt uns jedes Mal sehr freundlich, nicht wahr, Schwester?«

Ella ignorierte die beiden und blickte Mr Rainwater an, der fragte: »Wie ist das Feuer ausgebrochen?«

»Der Sheriff beschuldigt Mr Simpson, dass er eine brennende Zigarette im Aschenbecher vergessen hat, als er die Werkstatt abschloss. Mr Simpson raucht nicht, er nimmt nur Schnupftabak.« Sie ließ diese Information wirken, bevor sie fortfuhr: »Seine Werkstatt ist völlig vernichtet, aber er kann froh sein, dass das Feuer nicht auf sein Haus übergegriffen hat. Die beiden Gebäude stehen nur knapp zwanzig Meter auseinander.«

Die Schwestern kehrten in den hinteren Salon zurück, um ihre Partie Gin Rummy fortzusetzen. Ella bedeutete Mr Rainwater, in den vorderen Salon zu gehen. Solly saß auf dem Läufer, wo sie ihn zurückgelassen hatte, und stapelte Garnspulen aufeinander. »Mr Simpson ist Diakon in Bruder Calvins Kirche«, sagte sie in leisem Ton, damit die Schwestern nicht mithören konnten. »Er ist morgen bei der Trauerfeier einer der Sargträger.«

Mr Rainwater blickte sie lange an, dann fragte er: »Von wo aus hat Ollie angerufen?«

»Aus dem Drugstore. Dort haben sich Leute versammelt, um das Feuer zu beobachten. Er dachte, wir möchten informiert werden.«

Mr Rainwater wandte sich um und verließ den Salon wieder. Ella eilte ihm nach. »Du gehst?«

»Ich möchte mit den Leuten im Drugstore reden und

schauen, was ich in Erfahrung bringen kann. Es kann kein Zufall sein, dass das Geschäft eines Schwarzen einen Tag, nachdem ein anderer gelyncht wurde, abbrennt.«

Ella stimmte ihm natürlich zu, aber ihr Herz zog sich vor Angst zusammen. »Bitte, geh nicht.«

»Ich werde nicht lange weg bleiben.« Er setzte seinen Hut auf.

»Du hältst dir ständig deine Seite.«

»Was?«

»Mir ist aufgefallen, dass du schon den ganzen Nachmittag deine Hand in die Seite drückst, aber ich wollte dich nicht darauf ansprechen, um dich nicht zu verärgern. Du hast Schmerzen, nicht wahr?«

»Es geht mir gut.«

»Lass mich Doktor Kincaid verständigen.«

Er lächelte über ihren verzweifelten Versuch, ihn im Haus zu halten. »Es wird nicht lange dauern.«

Als er durch die Vordertür hinaustrat, umklammerte sie seinen Arm. »Versprich mir, dass du vorsichtig bist.«

»Ich verspreche es.« Er warf einen Blick über ihre Schulter, um zu sehen, ob die Luft rein war, bevor er flüsterte: »Wir sehen uns später.«

18

Es war später – viel später –, als Ella seinen Wagen hörte. Sie hatte Solly zu Bett gebracht, ihre Flickarbeiten erledigt, Vorbereitungen für die Mahlzeiten morgen getroffen und sich währenddessen in eine Panik hineingesteigert, die Mr Rainwater in dem Moment vertrieb, in dem sie die Fliegengittertür entriegelte, um ihn hereinzulassen.

»Es ist alles in Ordnung. Als der Drugstore schloss, sind ein paar von uns vor Ort geblieben, um Präsenz zu zeigen, wir hoffen, dass es heute Abend zu keinen weiteren Vorfällen kommt. Es blieb alles ruhig.«

»Dem Himmel sei Dank.«

»Ja, aber es wird allgemein vermutet, dass das Feuer als Warnung für jene gelegt wurde, die auf Rache für Bruder Calvin aus sind. Wie du dir vorstellen kannst, hat Mr Simpson offen von einem Lynchmord gesprochen. Heute Mittag fand eine Fürbitte in der AME-Kirche statt. Mr Simpson hat dafür gebetet, dass Gottes Zorn sich über jene ergießt, die am Tod des Predigers schuld sind. Der übrigens von Sheriff Anderson als Selbstmord deklariert wurde.«

»Das ist grotesk.«

»Alle wissen das. Darum ist die Stimmung sehr angespannt.«

Obwohl Ella sich wegen der brisanten Situation Sorgen machte, war sie aus egoistischen Gründen erleichtert, dass Mr Rainwater wohlbehalten zu ihr zurückgekehrt war. Am liebsten wäre sie ihm um den Hals gefallen und hätte ihm das gesagt, aber vom oberen Treppenabsatz kam plötzlich eine bebende Stimme.

»Ist alles in Ordnung in der Stadt, Mrs Barron?«

Ella wandte sich um und entdeckte nicht nur eine, sondern beide Dunne-Schwestern oben am Geländer. »Ja, alles okay«, rief sie und unterdrückte mit Mühe die Enttäuschung in ihrer Stimme. Sie hatte gehofft, Mr Rainwater nach seiner Rückkehr direkt in ihr Zimmer mitnehmen zu können. Nun war das unmöglich. Sie wurde um Zeit mit ihm betrogen, und am liebsten hätte sie ihrem Ärger Luft gemacht. Aber stattdessen sagte sie ruhig: »Mr Rainwater ist gerade zurückgekommen.«

Er näherte sich der Treppe. »Meine Damen, es freut mich, Ihnen mitteilen zu können, dass das Feuer gelöscht ist und dass lediglich ein Gebäude davon betroffen war. Für Mr Simpson ist das ein trauriger Verlust, aber wenigstens sind keine Menschen zu Schaden gekommen.«

Die Schwestern murmelten zustimmend.

Er war halb auf der Treppe, bevor er einen Blick auf Ella zurückwarf. »Ich entschuldige mich, weil Sie so lange aufbleiben mussten, um mich hereinzulassen, Mrs Barron.«

»Ich wäre ohnehin noch wach gewesen, Mr Rainwater. Gute Nacht.«

Es war die längste Stunde in Ellas Leben, weil jede Minute, die verstrich, Zeit war, die sie nicht mit ihm verbringen konnte. Sie befürchtete, dass ihn, nachdem er sich in sein Zimmer zurückgezogen hatte, die Müdigkeit übermannte und er einschlief. Die Vorstellung, eine Nacht mit ihm zu verpassen, brachte sie fast zum Weinen.

Sie kannte diese Hysterie nicht von sich. Noch vor vierundzwanzig Stunden war sie eine besonnene Frau, der jede einzelne Haarlocke bewusst war, die sich aus ihrem Knoten gelöst hatte. Eine Frau, die sich Gedanken machte, ob es sich schickte, sein Buch als Geschenk zu akzeptieren, die Unbehagen spürte, wenn er sie bei ihrem Vornamen ansprach, und die beunruhigt war, dass man sie zusammen in seinem Auto sehen könnte. Nun hatte sie Angst, dass er nie wieder das Bett mit ihr teilte.

Als es klopfte, flog Ella praktisch durch den Raum. Sie öffnete die Tür, und er glitt herein. »Hat dich jemand gehört?«

»Ich glaube nicht.«

Ella überkam plötzlich eine große Befangenheit, und sie wagte kaum zu atmen, während sie versuchte, seine Silhouette in der Dunkelheit auszumachen. Aber dann griff er nach ihr und zog sie an sich. Als ihre Lippen sich trafen, verflog Ellas Schüchternheit.

Ihr Verlangen nach einander war so groß, dass sie sich nicht einmal auskleideten, was ihre fieberhafte Vereinigung noch verbotener erscheinen ließ als in der letzten Nacht, als sie bedächtig, beinahe ehrfürchtig, sich gegenseitig aus den Kleidern geholfen hatten, bevor sie auf das Bett sanken. Irgendwie hatte Ella dieses gegenseitige Entkleiden im Vergleich zu nun, da sie sich voll bekleidet in enger Umklammerung hin und her wälzten und lustvoll stöhnten, züchtiger gefunden.

Erst danach zogen sie die störenden Kleider aus. Ihre Nacktheit weckte erneut ihre Leidenschaft, und sie konnten die Hände nicht voneinander lassen. Als sie zwischen den vielen Küssen nach Luft ringen mussten, wanderte sein Mund zu ihren Brüsten hinab. Ella umfasste seinen Kopf und drückte ihn an ihre Brust, während sie sich wünschte, ihre Brüste würden Milch geben, damit sie ihn nähren konnte, ihm Kraft spenden, ihn heilen.

Die Traurigkeit überkam sie plötzlich und erbarmungslos. Sie begann zu schluchzen. »Verlass mich nicht.«

Er hob den Kopf und berührte ihre Wange, wobei er ihre Tränen spürte.

Ihre Hände klammerten sich um seinen Hals. »Du darfst nicht. Du darfst mich nicht verlassen.«

»Sch, Ella.«

»Oh, bitte, lieber Gott.« Sie presste sich in ihrer Verzweiflung an ihn, besessen davon, für immer und ewig an ihm festzuhalten. »Ich ertrage es nicht, wenn du mich verlässt. Versprich mir, dass du das nicht tust. Schwöre es.«

»Schsch.« Er hielt sie umschlungen und wiegte sie im Arm wie ein Kind, während seine Lippen über ihren Kopf streiften. »Verlange nicht ausgerechnet das, was ich dir nicht geben kann, Ella. Wenn ich könnte, würde ich bleiben. Aber das, was ich dir nicht geben kann, ist Zeit.«

Er hielt sie weiter in den Armen, bis sie sich beruhigt hatte. Dann hob er den Kopf, um ihr in die Augen zu sehen, streifte ein paar Haarsträhnen aus ihrem Gesicht und strich mit dem Daumen über ihre Wangen. »Das ist das erste Mal, und es wird das letzte Mal sein, dass ich eine Frau liebe. Und es ist perfekt, Ella. Perfekt.«

Ihr Herz war kurz davor, zu zerspringen, sie konnte nicht sprechen, aber er verstand, was sie fühlte, ohne dass sie ein Wort sagen musste.

Er verstand alles.

Am Morgen danach schämte Ella sich für ihren Ausbruch. Sie hatte das Unmögliche von ihm verlangt und wusste, dass es ihm ebenso das Herz brach wie ihr, dass er ihren glühenden Wunsch nicht erfüllen konnte. Aber über ihren emotionalen Zusammenbruch nachzudenken und mit sich zu hadern, wäre eine noch größere Verschwendung ihrer gemeinsamen Zeit gewesen. Also verdrängte sie es und dachte stattdessen an das Wunder ihrer körperlichen und geistigen Liebe. Dass sie ihn lieben durfte, war das kostbarste Geschenk.

Nach dem Frühstück bot er ihr an, beim Abräumen zu helfen, und sie nahm es an. Nicht weil sie Hilfe benötigte, da Margaret immer noch fehlte, sondern damit sie zusammen in einem Raum sein konnten. Er hatte ein Auge auf Solly, während sie ihre Hausarbeit erledigte. Noch vor wenigen Tagen wäre es ihr ein ungemein wichtiges Bedürfnis gewesen, dass sämtliche Tischflächen poliert waren und dass in keiner Ecke Staub lag.

Aber Ellas Prioritäten hatten sich geändert. Sie tat nur noch das Nötigste, um das Haus sauber zu halten, und keinen Handstreich mehr, da sie ihre Zeit nicht mit Putzen verbringen wollte, wenn sie stattdessen Mr Rainwater betrachten konnte. Das war wirklich das Einzige, was sie wollte: ihn betrachten und sein Lächeln verinnerlichen, seine ungehorsame Stirnlocke, die verschiedenen Tonlagen seiner Stimme, jede Wimper und jede Linie in seinen Handflächen.

Nach dem Mittagessen kochte sie zwei Brathühner, machte Kartoffelsalat und backte einen Kuchen für das Totenmahl. Mr Rainwater leistete ihr in der Küche Gesellschaft und ging ihr zur Hand. Solly spielte am Tisch.

Ella tat so, als – nun, sie riss sich zusammen.

Als das Essen für das Picknick nach der Trauerfeier für Bruder Calvin fertig war, ging Mr Rainwater in sein Zimmer hoch, um sich umzuziehen. Ella kleidete sich und Solly in ihre beste Sonntagstracht.

»Oh, Solly, du siehst aber hübsch aus!«, rief Miss Pearl, als Ella mit ihrem Sohn Hand in Hand den Salon betrat, wo die Schwestern einem Radiokonzert lauschten.

Erneut staunte Ella darüber, dass den beiden nichts Ungewöhnliches aufgefallen war. Wie konnte das sein, wo sich doch alles radikal verändert hatte? Die Wandlung, die ihre Liebe zu Mr Rainwater bewirkte, war derart massiv, dass Ella nicht glauben konnte, dass sie zu übersehen war. Selbst wenn sie und er körperlich voneinander getrennt waren, spürte sie ihn, als hätte er einen unauslöschlichen Abdruck auf ihrem Körper hinterlassen. Sie fragte sich, wie um alles in der Welt man das nicht sehen konnte.

»Der Tisch ist gedeckt, und auf dem Küchentisch steht eine Platte mit kaltem Huhn«, erklärte sie den beiden Schwestern. »Der Kartoffelsalat, der Gurkensalat und der Tee sind im Eisschrank. Sollte ich etwas vergessen haben, bedienen Sie sich einfach. Lassen Sie Ihre Teller stehen. Ich kümmere mich darum, wenn wir zurückkommen.«

»Ich bezweifle nach wie vor, ob es – sich schickt, dass Sie an dieser Trauerfeier teilnehmen, Mrs Barron.« Miss Violets Miene erinnerte an die einer tadelnden Lehrerin. Ihre Lippen waren derart stark geschürzt, dass Ella sich wunderte, dass sie überhaupt imstande war, sich zu artikulieren.

»Meine Schwester hat recht, Mrs Barron. Es könnte gefährlich sein«, fügte Miss Pearl hinzu, wobei sie aus irgendeinem Grund flüsterte.

»Wir haben nicht das Geringste zu befürchten.«

Miss Violet stieß ein langes Seufzen aus. »Nun, da Sie offenbar fest entschlossen sind, zu gehen –«

»Das bin ich.«

»Dann bin ich froh, dass Mr Rainwater Sie begleitet.«

»Darüber bin ich auch froh«, erwiderte Ella.

Mr Rainwater erschien in diesem Moment mit dem Picknickkorb und der Kuchenschachtel. Ella nahm ihm die Schachtel ab. »Meine Damen, genießen Sie den Abend«, sagte er und tippte an seinen Hut. Dann geleitete er Ella und Solly durch die Vordertür hinaus zu seinem Wagen.

Sie waren früh dran, aber die Kirche war bereits überfüllt, als sie eintrafen. Autos und Eselskarren reihten sich auf der Straße mehrere Häuserblöcke entlang in beide Richtungen. Alle Bänke waren voll besetzt. Es gab nicht einmal mehr Stehplätze, weshalb die Überzähligen vor der Kirche standen und durch die Fenster schauten.

Viele Menschen aus der Armensiedlung, die Ella wiedererkannte, hatten es vorgezogen, draußen zu bleiben. Ein paar Weiße unter den Trauergästen teilten offenbar die Vorbehalte der Dunne-Schwestern, was die Teilnahme an der Trauerfeier betraf. Sie waren gekommen, aber sie bildeten eine geschlossene Gruppe und hielten sich abseits. Ella wurde warm ums Herz, als sie Lola und Ollie Thompson und die Pritchetts unter den Anwesenden in der Kirche entdeckte.

Aufgrund der Todesumstände des Predigers hatte Ella angenommen, dass die Polizei präsent wäre, um Störer aus beiden Richtungen abzuschrecken, aber sie sah keine einzige Uniform. Mr Rainwater fand das Fernbleiben der Polizei ebenfalls ungewöhnlich und machte einen Kommentar dazu. »Da der Sheriff mit den Mördern unter einer Decke steckt, habe ich gehofft, dass er sich fernhält. Trotzdem wundert es mich, dass er nicht hier ist. Ich habe vermutet, er würde mit seinen Deputys in der Nähe Stellung beziehen, und wenn auch nur, um die Leute einzuschüchtern. Oder um sogar seine Schadenfreude offen zu zeigen.«

Jimmy erschien in der offenen Tür der Kirche und winkte sie herein, da Margaret für sie Plätze reserviert hatte. Ella fürchtete, Solly würde in Panik ausbrechen, als er zwischen ihr und Mr Rainwater eingezwängt wurde. Als er begann, auf seine Ohren zu trommeln, und die ersten Anzeichen eines Anfalls sich abzeichneten, holte Mr Rainwater ein paar Nickel aus seiner Hose und legte sie auf den abgegriffenen Umschlag eines Gesangsbuchs. Solly konzentrierte sich sofort darauf und machte sich daran, die Münzen nach seinem Gefallen zu sortieren.

Ella schenkte Mr Rainwater über Sollys Kopf hinweg ein Lächeln. Er erwiderte es.

Ella hatte dem Begräbnis von Margarets Ehemann beigewohnt, daher war sie von den ergreifenden Trauerreden nicht überrascht. Bruder Calvins junge Witwe war untröstlich. Der Chor sang lange und laut. Es hatte den Anschein, als wäre jeder, der den Prediger gekannt hatte, eingeladen worden, eine Rede zu halten. Nachdem die vorgesehenen Redner ihre Zeit auf der Kanzel bekommen hatten, stand es jedem frei, der sich dazu berufen fühlte, ein paar Worte hinzuzufügen, und davon machten viele Gebrauch. Die Predigt des auswärtigen Pfarrers dehnte sich zu einem langatmigen Sermon.

Auf wundersame Weise blieb Solly während der gesamten Trauerfeier brav und beschäftigte sich still mit den Münzen. Ella schwitzte so sehr, dass ihre Unterwäsche an der Haut klebte. Sie benutzte den Handfächer, der ihr am Eingang gegeben worden war, aber er nutzte nicht viel. Die Hitze in der Kirche wurde im Verlauf der Messe immer unerträglicher.

Allerdings war Ellas Unwohlsein verglichen mit Mr Rainwaters Verfassung nichts. Zuerst bemerkte sie, dass er unruhig wurde. Dann fiel ihr auf, dass er häufig in sein Jackett griff und sich die Seite massierte. Sein Gesicht war blass und in Schweiß gebadet, den er sich mit einem Taschentuch abtupfte, das er immer wieder fest vor seine Lippen presste.

Er ertappte sie dabei, dass sie ihn beobachtete, und lächelte ihr beruhigend zu. »Es ist nichts«, sagte er tonlos, indem er nur die Lippen bewegte.

Aber Ella wusste, dass mehr dahintersteckte. So sehr sie Bruder Calvin auch geachtet hatte, so sehr wünschte sie sich nun, dass die Messe schnell zu Ende ging, damit sie Mr Rainwater nach Hause fahren konnte. Sie würde darauf bestehen, dass er zu der Spritze griff, um seine Schmerzen zu lindern, die ihn sichtlich quälten. Vielleicht sollten sie auf dem Nachhauseweg einen Abstecher zu Doktor Kincaids Praxis machen.

Sobald das letzte Amen gesprochen war, schob Ella Solly in den Gang hinaus, ohne seinem Protestgeheul Beachtung zu schenken, als sie hastig seine Münzen einsammelte. »Ich werde die mitgebrachten Speisen hier lassen«, sagte sie zu Mr Rainwater, als sie durch den Andrang vor dem Ausgang zum Stehen gezwungen wurden. »Wir sollten nicht hier bleiben. Lass uns nach Hause fahren.«

»Warum? Solly hat nur Platzangst wegen der vielen Menschen. Er wird sich beruhigen, sobald wir draußen sind.«

»Es ist nicht Solly, um den ich mir Sorgen mache. Ich weiß, dass du Schmerzen hast.«

»Mir fehlt nichts.« Als er ihr konsterniertes Gesicht sah, griff er heimlich nach ihrer Hand und drückte sie. »Es geht mir gut. Außerdem verletzen wir Margarets Gefühle, wenn wir jetzt verschwinden.«

Also blieben sie. Es gab keinen Gottesdienst am Grab, da Bruder Calvins Sarg nach Houston überführt wurde. Tische waren im Schatten der Bäume auf dem Kirchhof aufgestellt. Während Mr Rainwater auf Solly aufpasste, stellte Ella ihre Speisen zu den anderen mitgebrachten Köstlichkeiten.

Die Menschen aus der Armensiedlung begannen, sich auf den Heimweg zu machen, aber Mr Simpson, der Diakon, dessen Werkstatt gestern Abend zerstört worden war, stellte sich auf einen Baumstumpf und verkündete laut, dass jeder eingeladen sei, zu bleiben und am Mahl teilzunehmen, auch wenn er nichts dazu beigetragen hatte. Diejenigen, die mit leeren Händen gekommen waren, zögerten zunächst, das freundliche Angebot anzunehmen, aber schließlich war der Hunger größer als die Scham, und sie stellten sich in einer Reihe auf.

»Deine schmecken besser«, sagte Mr Rainwater, als er in eine kalte Hühnerkeule biss. »Aber das hat sich offenbar herumgesprochen. Die Platte, die du mitgebracht hast, ist schon leer.«

Sie hatten sich in der Schlange angestellt, um sich von dem Essen zu bedienen. Dann hatte Ella eine Decke auf einem Stück Rasen in der Ecke des Kirchhofs ausgebreitet. Mr Rainwater schien sich etwas besser zu fühlen. Er schwitzte nicht mehr so stark, aber auf seinem Gesicht lag immer noch ein dünner Schweißfilm. Seine Haut sah wächsern aus, und seine Lippen waren an den Rändern weiß. Er sah aus wie an dem Tag, als sie ihn mit schlimmen Schmerzen im Bett vorgefunden hatte.

»Hast du keinen Hunger?«, fragte er und deutete mit einem Nicken auf ihren Teller. Sie hatte ihn kaum angerührt.

»Das liegt an der Hitze, glaube ich.« Aber es lag nicht an der Außentemperatur. Es lag an ihm. Sie war krank vor Sorge um ihn.

Er durchschaute ihre Ausrede. »Mach dir keine Gedanken um mich, Ella.«

»Ich kann nicht anders.«

»Ich liebe dich dafür, aber ich möchte dir keinen Kummer bereiten. Niemals.«

Sie sah ihm tief in die Augen und entgegnete mit heiserer Stimme: »Das wirst du aber.«

Er legte die Hühnerkeule auf seinen Teller. Dann starrte er an ihr vorbei und sagte: »Ich hätte niemals zu dir kommen sollen.«

Sie schüttelte wütend den Kopf. »Nein. Oh nein. Das wäre, als würde man ein Buch nicht lesen, nur weil es traurig endet. Ich hatte schließlich die Wahl.« Ohne darauf zu achten, dass alle zusehen konnten, streckte Ella die Hand aus und streichelte seine Wange, bis sich ihre Blicke wieder trafen. »Ich möchte es nicht versäumt haben, dich zu lieben. Für nichts auf der Welt.«

Sie schauten sich an und kommunizierten ohne Worte, außerhalb ihrer Umgebung, gleichgültig gegenüber allem, was um sie herum geschah. Der Bann wurde erst gebrochen, als beide gleichzeitig wahrnahmen, dass Solly unruhig wurde. »Er muss auf die Toilette.« Ella stand auf und nahm ihren Sohn an die Hand.

»Wo ist denn die nächste?«

»Hinter der Kirche. Ich bin gleich wieder zurück.«

»Ich packe hier alles zusammen. Wir treffen uns dann am Wagen.«

Mittlerweile war es fast dunkel. Die Sterne funkelten am Himmel. Der Mond, der über den Dächern aufging, erinnerte an einen Porzellanteller. Die Trauergemeinde hatte sich fast aufgelöst. Das Geschirr und der Abfall waren weggeräumt, die Tische abgebaut. Ella war so auf Mr Rainwater fixiert gewesen, dass sie nichts davon bemerkt hatte.

In diesem Moment fuhren Jimmy und Margaret in Jimmys alter Klapperkiste vorbei. Margaret winkte und rief ihr zu: »Wir sehen uns morgen, in aller Frühe.«

Ella huschte mit Solly an der Hand an der Kirchenmauer entlang zur Rückseite. Die beiden Toilettenhäuschen standen ein Stück von der Kirche entfernt. Eines war für Männer, das andere für Frauen gekennzeichnet. Ella wusste, dass das eine so schlimm aussehen würde wie das andere, und sie fürchtete sich davor, Solly hineinzuführen.

Es war dunkel hinter der Kirche, wo das Gelände von hohen Büschen umgeben war. Ella überlegte kurz, ob sie Solly in die Büsche machen lassen sollte, aber sie wusste, dass ihm das wegen seiner angeborenen Pingeligkeit widerstreben würde. Außerdem wollte sie nicht das Risiko eingehen, dass jemand ihn dabei beobachtete, dass er im Freien pinkelte. Wenn das ein normaler Junge machte, lächelten die Leute und es hieß, »Jungs sind eben Jungs«. Wenn Solly dabei erwischt wurde, waren die Folgen nicht auszudenken. Es war möglich, dass man ihn sofort als abartig hinstellte, weil er nicht richtig im Kopf war.

Gestank schlug ihr entgegen, als sie die klapprige Tür zur Damentoilette öffnete. Mit angehaltenem Atem führte sie Solly in die Kabine. Es war stockdunkel, was wahrscheinlich ein Segen war, aber für Ella war es ein Nachteil, als sie Sollys Hose aufknöpfte. Nachdem sie es geschafft hatte, stellte sie ihn vor die Öffnung. Er war kaum groß genug, um das Loch zu treffen, aber er erledigte sein Geschäft ohne Missgeschick.

Hastig knöpfte Ella ihm die Hose wieder zu. »Gut gemacht, Solly. Gut gemacht.« Sie nahm sich vor, gleich nach ihrer Rückkehr sich und ihrem Sohn gründlich die Hände mit Seife und warmem Wasser zu waschen. Falls es ihr gelang, Mr Rainwater zu überreden, auf dem Rückweg bei Doktor Kincaid vorbeizuschauen, konnten sie sich auch dort waschen.

Fest entschlossen Mr Rainwater zu überzeugen, noch heute Abend den Arzt aufzusuchen, schob sie Solly aus dem Toilettenhäuschen und zog rasch die Tür hinter sich zu.

»Hey, Ella.«

Erschrocken fuhr sie herum. Es war Conrad Ellis, der lässig mit der Schulter an der Außenwand des Häuschens lehnte. Der Deputy-Stern steckte an seinem Uniformhemd, und um die Hüften trug er ein Lederhalfter mit einer Pistole darin. Sein Feuermal war in dem schwachen Licht schwarz wie Tinte. Eine Zigarette baumelte zwischen seinen Lippen, die zu einem unverschämten Grinsen verzogen waren.

Er deutete mit dem Kopf auf das Toilettenhäuschen. »Die Nigger wissen, wie man ein Plumpsklo vollscheißt, nicht wahr?«

»Was tust du hier?«

»Meine offizielle Pflicht«, antwortete er und tippte nervös mit dem Zeigefinger gegen den Pistolengriff wie ein

Revolverheld, der jeden Moment die Waffe zieht. »Ich halte die Nigger davon ab, Amok zu laufen.«

Ellas Herz schlug hart und schnell, aber ihr war bewusst, dass das Schlimmste, was sie tun konnte, war, Conrad ihre Angst zu zeigen. Sie nahm Solly fest an die Hand und begann, sich rasch zu entfernen.

Aber Conrad ließ das nicht zu. Er überholte sie und versperrte ihr den Weg. »Was hast du eigentlich neuerdings? Glaubst du, deine Scheiße duftet vielleicht nach Rosen? Bist du dir zu fein, um einen alten Freund höflich zu grüßen?«

»Wenn ich dich höflich grüße, gehst du mir dann aus dem Weg?«

Conrad nahm die Zigarette aus dem Mund und warf sie ins Gras, wo er sie mit der Schuhspitze austrat, während er gleichzeitig einen Schritt auf sie zumachte. »Kommt darauf an.«

»Worauf?«

Er grinste anzüglich. »Darauf, wie weit deine Höflichkeit geht.«

Schlagartig begriff Ella seine Absichten. Sie öffnete den Mund, um zu schreien, aber Conrad stürzte sich auf sie und rammte sie gegen die Außenwand der Toilette, während er eine Hand auf ihren Mund presste.

Neben ihr landete etwas hart auf dem Boden, und Ella wurde bewusst, dass Conrad Solly mit seinem Schwung umgeworfen hatte. Conrad drückte sie gegen die Wand, sodass sie ihre Arme nicht mehr bewegen konnte. Trotzdem spreizte sie die Finger weit nach unten, so weit sie konnte, und tastete hoffnungslos nach ihrem Sohn, während sie gleichzeitig kämpfte, um Conrads Hand von ihrem Mund abzuschütteln. Ihn zu überwältigen, war unmöglich, aber wenn es ihr gelang, zu schreien, konnte sie sich vielleicht bemerkbar machen.

»Du solltest netter zu mir sein, Ella, wirklich.« Conrads Lässigkeit war nun verschwunden, er keuchte wie ein Tier. »So nett wie zu deinem Untermieter. Wie kommt es, dass du ihm gibst, was du mir immer verweigert hast, he?« Sein feuchter Atem roch nach Whiskey, aber sie war nicht in der Lage, ihr Gesicht abzuwenden.

Ein Laut der Empörung drang aus ihrer Kehle, als er mit der freien Hand ihre Brust zusammendrückte, aber das stachelte ihn nur an, noch gröber mit ihr umzuspringen. »Wie kommt es, dass du diesen blassen Schwächling mir vorziehst? Wenn du einen Mann wolltest, warum hast du dann nicht mich genommen?«

Es gelang ihm, eine Hand zwischen ihre Körper zu zwängen und zwischen Ellas Beine zu schieben. Sie versuchte, seiner plumpen, zielstrebigen Hand auszuweichen, aber sie konnte nicht rückwärts, und er presste sich mit seinem ganzen Gewicht auf sie, sodass sie auch nicht seitlich ausbrechen konnte. Die unnachgiebige Schnalle seines Gürtelhalfters bohrte sich ihr in den Bauch.

Was war mit Solly, war er verletzt? Hatte er das Bewusstsein verloren, als er auf den Boden fiel? Aus dem Augenwinkel versuchte Ella, ihn zu erspähen, aber ihr gesamtes Blickfeld war von Conrads Gesicht blockiert, das vor Wut verzerrt und vom Alkohol aufgedunsen war, während in seinen kleinen Augen Verachtung und Grausamkeit funkelten.

Sie hörte in nicht allzu großer Entfernung das Aufheulen von Motoren, einen scharfen Pfiff und eine männliche Stimme, die nach Conrad rief. Entweder er hörte es nicht, oder er ignorierte es. Keuchend vor Anstrengung, drückte er mit den Knien Ellas Beine auseinander, sodass sie nicht mehr in der Lage war, sie zusammenzupressen. Zu ihrem Entsetzen sah sie, dass er an seinem Hosenschlitz fummelte und leise vor sich hin fluchte, weil er ihn nicht aufbekam.

Ihr Verstand brüllte: *Das kann nicht sein, dass darf mir nicht passieren.* Aber es passierte, es würde passieren, wenn sie ihn nicht daran hinderte.

Schlagartig hörte sie auf, sich zu wehren, und sackte leicht zusammen. Conrad wich verwirrt zurück. Es waren zwar nur ein paar Zentimeter, und er lockerte seinen Griff nur geringfügig, aber Ella nutzte im Bruchteil einer Sekunde seine Verwirrung aus und rammte ihm das Knie in den Unterleib.

Er klappte den Mund auf, um zu schreien, aber es kam nur ein qualvolles Stöhnen heraus. Er umklammerte seinen Schritt mit beiden Händen und fiel auf die Knie, bevor er mit dem Gesicht voran auf den Boden kippte. Ella schlug die Hände vors Gesicht, einerseits, um den Anblick und die Geräusche von Conrad auszublenden, während er sich vor ihren Füßen vor Schmerzen krümmte, andererseits, um Atem zu schöpfen, ihr hämmerndes Herz zu beruhigen und sich zu sammeln.

Sie hörte das Dröhnen von Motoren, die rasch näher kamen, das Quietschen von Reifen, Männer, die betrunken johlten und grölten. Conrads Bande. Sie kamen immer näher. Ella musste sich beeilen und verschwinden, bevor Conrads Freunde eintrafen. Aber sie war noch nicht fähig, sich zu bewegen. Sie brauchte noch ein paar Sekunden, um ihre fünf Sinne zusammenzunehmen.

»Ella?«

Ihr Name wurde gerufen. Das war Mr Rainwaters Stimme. Seine geliebte, schöne Stimme, die zu ihr drang, trotz Conrads Wimmern. Sie war eine Erlösung.

»Ella?«

Conrads Stöhnen wurde lauter.

Dann war da plötzlich ein anderes Geräusch. Ein kurzer, dumpfer Schlag, der unerklärlich nass klang, wie das klatschende Geräusch einer reifen Melone, die aufplatzte.

Conrads Stöhnen verstummte abrupt.

Ella nahm die Hände vom Gesicht.

Conrad lag immer noch am Boden vor ihren Füßen. Aber er bewegte sich nicht mehr. Sein Hinterkopf war bis zur Schädelmitte gespalten. Es war inzwischen zu dunkel, um Farben voneinander zu unterscheiden, aber die unförmige Masse in dem klaffenden Spalt glänzte, und die Flüssigkeit, die daraus hervorsickerte und eine Pfütze auf dem Boden bildete, war schwarz wie Motoröl, das im Mondlicht reflektierte.

Über ihm stand Solly mit einem großen, blutverschmierten Stein in den Händen.

Ella schlug die Hand vor den Mund, obwohl sie immer noch seltsam hohe Laute des abgrundtiefen Entsetzens von sich gab. Sie sank auf ihre Knie und blickte abwechselnd von Conrads offenem Schädel in das friedliche Engelsgesicht ihres Sohnes.

»Ella!«

Sie sah, dass Mr Rainwaters Schuhe schlitternd neben Conrads leblosem Körper zum Halten kamen. Er stieß hörbar den Atem aus. Er ging vor Solly in die Hocke, und Ella beobachtete, wie er aus den kleinen Händen ihres Sohnes den Stein nahm, mit dem Conrad Ellis der Schädel eingeschlagen worden war. Erst da hob sie den Kopf und erwiderte Mr Rainwaters Blick. In seinen Augen spiegelten sich die Fassungslosigkeit und Bestürzung, mit der sie ihn ansah.

»Gut gemacht, Solly.«

Sie wandten beide gleichzeitig den Kopf und starrten entgeistert auf den Jungen, der die Worte gesprochen hatte. Sollys Blick war auf den Schaden fixiert, den er angerichtet hatte, ohne dass er begriff, was es bedeutete, abgesehen davon, dass Leid beendet worden war. Er wiederholte die anerkennenden Worte, mit denen er in letzter Zeit so oft gelobt worden war. Diese hatten seinen Geist durchdrungen, hatten sich in seinem Gedächtnis festgesetzt, und nun wiederholte er sie. »Gut gemacht, Solly. Gut gemacht, Solly. Gut gemacht, Solly.«

»Oh Gott!« Ella kroch zu ihm hinüber und schloss ihn fest in die Arme, wobei sie sein Gesicht an ihre Brust drückte, um seine verfängliche Litanei zu ersticken. Nachdem sie nur auf den Tag hingelebt hatte, an dem sie ihn zum ersten Mal sprechen hören würde, wollte sie nun seine liebliche Stimme zum Schweigen bringen, seinen Sprechgesang, der ihn verraten würde. »Sch, Solly, sch. Nein, Baby, nein.«

Auf der Straße vor der Kirche hörten sie Rufe und Gelächter, das Knallen von Wagentüren, splitterndes Glas, schnelle Schritte. Laternenlicht flackerte zwischen den Bäumen.

Jemand rief mit Singsang-Stimme: »Con-rad! Wo bist du?«

»Komm sofort raus, wo immer du steckst.«

»Lass uns ein paar Nigger verprügeln!«

Solly begann plötzlich, zu heulen und sich aus Ellas Umarmung zu befreien. Seine Hände schlugen gegen seine Ohren wie die Flügel eines verletzten Vogels. Über seinen Kopf hinweg blickte Ella verzweifelt zu Mr Rainwater. Ihre Blicke verharrten ineinander, aber nur für wenige Sekunden.

Dann tat Mr Rainwater etwas absolut Seltsames.

Er tauchte die Hände in das Blut, das sich unter Conrads Kopf gesammelt hatte.

Ella starrte ihn verblüfft an, während er sich langsam aufrichtete, den Stein in seinen Händen hielt und sich zu der herbeieilenden Gruppe von Männern drehte, die nun angeführt vom Sheriff persönlich um die Ecke der Kirche kamen.

Obwohl sie noch mehrere Meter entfernt waren, blieb einer der Männer abrupt stehen. »Was zum Teufel? Conrad?«

Einer nach dem anderen erkannte, warum ihr Gefährte stoppte. Sie starrten zu Ella, Solly und Mr Rainwater und versuchten zu verarbeiten, was ihr Verstand nicht begreifen wollte.

Dann stürmte die Meute brüllend und fluchend geschlossen vorwärts. Zwei Mann stürzten sich auf Mr Rainwater und rissen ihn zu Boden, wo sie ihn mit ihren Fäusten traktierten.

»Stop! Nicht!«, schrie Ella. »Lasst ihn in Ruhe!«

Aber niemand hörte auf sie. Sie waren geifernd wie tollwütige Hunde, während sie darauf warteten, bei Mr Rainwater an die Reihe zu kommen.

»Halt, halt!« Sheriff Anderson bahnte sich mit den Ellenbogen einen Weg durch die Männer und schob sie zur Seite, bis er den letzten Mann von Mr Rainwater weggezerrt hatte. Dann packte er den Verletzten unter den Armen und stellte ihn auf die Beine. Aber Mr Rainwater konnte nicht alleine stehen, sodass ihn zwei Männer stützen mussten, während der Sheriff ihm die blutigen Hände auf den Rücken drehte und ihm Handschellen anlegte. Mr Rainwaters Kopf war tief auf seine Brust gesenkt. Ein Blutfaden hing an seiner Unterlippe. Er schwankte.

Ella, die endlich begriff, was geschah, stieß einen leisen, kläglichen Laut aus und krächzte: »Nein.«

Der Sheriff wandte sich zu ihr. »Einer der Männer wird Sie und Ihren Jungen nach Hause bringen, Mrs Barron. Er wird so lange bei Ihnen bleiben, bis wir dieses Subjekt hinter Schloss und Riegel gebracht haben. Danach komme ich vorbei, um Sie zu befragen.«

»Nein! Mr Rainwater hat nichts getan.«

»Ella.«

»Es war nicht –«

»Ella.«

Ihr Blick flackerte wild zu dem Mann, der ihren Namen wie kein anderer zuvor aussprach. Er hatte den Kopf gehoben und sah sie direkt an. Leise sagte er: »Tun Sie, was der Sheriff sagt. Es ist so, wie es sein soll.«

Es dämmerte Ella nur langsam, was er vorhatte, während sie schwer atmend und mit trockenem Schluchzen dastand. Sie schüttelte heftig den Kopf. »Nein!«

So verzweifelt sie war, so gefasst war er. »Es ist gut so.«

Sie blickte auf Solly, der, nachdem sie ihn losgelassen hatte, wieder ruhig war und nicht mehr schrie, aber immer noch mit den Händen auf seine Ohren schlug und leise vor sich hin murmelte: »Gut gemacht, Solly.«

Dann sah sie wieder zu dem Mann, der ihren Sohn berührt hatte, der ihn erreicht hatte, was keinem anderen gelungen war, nicht einmal ihr selbst.

Sie betrachtete den Mann, der sie berührt hatte.

Sein Anblick begann zu verschwimmen, als ihre Augen

sich mit Tränen füllten. Wieder schüttelte sie den Kopf und sagte kläglich: »Nein, nein.«

Seine Augen hatten nie ruhiger gewirkt. Und sicher nie liebevoller. Er nickte langsam. Seine Lippen bewegten sich, und Ella las das Wort, das sie formten. *Doch.*

Epilog

»Er starb noch vor seiner Hinrichtung.«

Das Paar hatte sich während der letzten Stunde nicht bewegt. Der Nachmittag wich allmählich der Abenddämmerung, aber die Zeit war unbemerkt verstrichen. Die Frau schniefte leise. Ihr Mann gab ihr ein Taschentuch. Sie bedankte sich und tupfte sich anmutig die Nase ab.

»Dann ist das seine Taschenuhr?«, fragte sie. »Die von Mr Rainwater?«

Der Antiquitätenhändler nickte. »Er hat Doktor Kincaid gebeten, das Datum eingravieren zu lassen, an dem der Arzt ihn in das Haus meiner Mutter brachte und sie miteinander bekannt machte.« Er berührte die Zahlen, die in das Gold eingeprägt waren. »Nachdem der Sheriff ihn an jenem Abend abführte, haben sie sich nie wieder gesehen.«

»Aber Ihre Mutter nahm doch sicher an der Verhandlung teil«, wandte die Frau ein.

»Es gab keine Verhandlung. Er gestand die Tat. Er weigerte sich, meine Mutter im Gefängnis zu empfangen. Er wollte nicht, dass sie ihn so in Erinnerung behielt. Doktor Kincaid überbrachte Botschaften von einem zum anderen.«

»Wie lange hat er noch gelebt?«, fragte der Mann.

»Fünf Wochen. Er musste nicht lange leiden.«

Die Frau griff nach der Hand ihres Mannes und umklammerte sie fest. »Ihre Mutter hat wahrscheinlich mehr gelitten als er.«

»Sie wollte ihn unbedingt sehen, aber später hat sie eingesehen, dass er wie immer wusste, was das Beste war. Sie sagte, sie hätte es sicher nicht ertragen, ihm beim Sterben zuzuschauen.«

»Wie hat sie sich von allem erholt?«

»Nach seinem Tod stellte sie bestürzt fest, dass er ihr sein gesamtes Vermögen vermacht hatte. Er hat die ganzen Nachmittage außer Haus nicht nur mit Ollie Thompson und Bruder Calvin verbracht. Ein paar davon nutzte er, um seine Angelegenheiten zu regeln.« Der alte Mann lächelte. »Mutter war ihrer Zeit weit voraus und investierte das Geld gut. Sobald sie konnte, gab sie die Pension auf und zog nach Nordtexas, wo sie begann, Baumwolle auf Mr Rainwaters Land anzubauen. Sie erntete, entkörnte, verkaufte. Sie handelte auch für andere Züchter, genau wie Mr Rainwater früher.

Einige Jahre später verwendete sie den Gewinn, um eine Textilfabrik zu bauen. Sie wurde damit sehr reich und war hoch angesehen. Sie bekam, oh, ich weiß nicht, wie viele, Unmengen von Ehrungen und Auszeichnungen. Herausragende Geschäftsfrau, Bürgerin des Jahres und solche Titel.«

»Bemerkenswert«, sagte die Frau ehrfurchtsvoll.

»Das war sie in der Tat.« Wieder strich der alte Mann wehmütig über die Uhr. »Sie erzählte mir einmal, dass es eines sterbenden Mannes bedurft hatte, um sie das Leben zu lehren. Vor Mr Rainwater hatte sie sich mit einem Leben in Gefangenschaft abgefunden. Er hat sie befreit. In jeder Hinsicht.«

»Er war auch bemerkenswert auf seine Art«, sagte der Mann. »Er starb als ein Verurteilter, obwohl er unschuldig war. Mir ist bewusst, dass er ohnehin nicht mehr lange zu leben hatte. Trotzdem hat er ein großes Opfer für Sie gebracht.«

Der alte Mann blickte verwirrt vom einen zum anderen, bevor ihm klar wurde, dass sie diejenigen waren, die etwas durcheinander brachten. »Er hat das Opfer für *Solly* gebracht.«

»Aber sind Sie nicht –?«

Er schüttelte den Kopf.

Die Frau blickte auf die Visitenkarte, die er ihr gegeben hatte. »Ich habe angenommen – Ihr Geschäft ist benannt –«

»Nach meinem Bruder. Mein Name ist David. David Rainwater Barron.«

Sie sahen ihn bestürzt an. »Sie sind sein Sohn?«, flüsterte die Frau.

»Der bin ich.«

Ihre Augen wurden wieder feucht, aber dieses Mal vor Freude. Ihr Mann legte den Arm um sie. Er fragte: »Was ist aus Solly geworden?«

»Nach unserem Umzug in den Norden hat meine Mutter sich eine Einrichtung in Dallas angeschaut, die einen hervorragenden Ruf besaß. Sie nahmen Solly auf. Meiner Mutter brach es das Herz, ihn dort zu lassen, aber sie wusste, dass es das Beste war. Seine Sprachblockade war seit jenem Abend, an dem Conrad Ellis starb, gebrochen. Solly konnte später fast normal sprechen, obwohl er manchmal bei einzelnen Wörtern oder Ausdrücken ins Stocken geriet.«

»Konnte er sich erinnern, also wusste er noch –«

»Was er getan hat? Nein. Mutter hat ihn nie mit der Wahrheit belastet.«

»Hat er lesen gelernt, wie Ihre Mutter immer hoffte?«

»Ja, das hat er. Er verstand mathematische Formeln, mit denen die meisten Menschen überfordert sind, und er konnte komplizierte Modelle von Gebäuden und Brücken bauen. Aber er war nie imstande, seine Fähigkeiten beruflich zu nutzen. Mit dem heutigen Wissen über Autismus wäre es vielleicht möglich gewesen. Aber die Krankheit wurde erst Mitte der Vierzigerjahre benannt.

»Als er zu alt war, um auf der Schule zu bleiben, nahm Mutter ihn wieder nach Hause. Er hatte einen Pfleger, der sich um ihn kümmerte, während sie arbeitete. Er war zufrieden bis zu dem Tag, an dem er plötzlich und unerwartet im Alter von zweiunddreißig Jahren an einer Herzschwäche, von der niemand gewusst hatte, starb.

Wir trauerten sehr um ihn. Da ich untröstlich war, erinnerte meine Mutter mich daran, dass Solly ein viel besseres Leben hatte, als sie sich hätte erträumen lassen, und das hatte er Mr Rainwater zu verdanken. Dieser wusste, was mit Solly passiert wäre, hätte man ihn des Mordes an Conrad Ellis verdächtigt. Man hätte ihn in eine geschlossene Anstalt für kriminelle Geisteskranke gebracht, wo er wahrscheinlich Tag für Tag bis ans Ende seines Lebens grausam misshandelt worden wäre. In ihrem letzten gemeinsamen Moment machte mein Vater meiner Mutter bewusst, dass die einzige Möglichkeit, Solly ein Leben zu ermöglichen, war, sein Opfer anzunehmen.«

Das Paar schwieg eine Zeit lang, dann warf der Mann einen Blick auf seine Uhr. »Wir sollten los.« Er streckte die Hand aus, und der alte Mann schüttelte sie. »Es war ein faszinierender Nachmittag. Wir haben weitaus mehr bekommen, als wir von diesem Zwischenstopp erwartet haben.«

Der Antiquitätenhändler kam hinter der Theke hervor und begleitete sie zur Tür, wo die Frau ihn spontan umarmte, was ihn mit großer Freude erfüllte.

»Auf Wiedersehen«, sagte sie. »Es war uns ein Vergnügen.«

»Ganz meinerseits. Auf Wiedersehen.«

Sie hatten fast ihren Geländewagen erreicht, als die Frau sich noch einmal umwandte. »Hat Mr Rainwater von Ihnen erfahren?«

Der alte Mann lächelte. »Doktor Kincaid hat es ihm nur wenige Stunden, bevor er starb, gesagt. Geschwächt, wie er war, schrieb er einen letzten Brief an meine Mutter. Sie trug ihn immer bei sich, direkt unter ihrem Herzen. Sie war nie ohne ihn. Nie ohne meinen Vater.«

Als er die stumme Frage in ihren Augen las, schüttelte er den Kopf. »Sie hat mir all das erzählt, was ich Ihnen erzählt habe, aber sie hat mir nie gesagt, was in dem Brief stand. Ich bin mir sicher, der Inhalt war für sie viel zu kostbar, um ihn mit jemandem zu teilen. Sie wurde mit dem Brief und dem Exemplar von *In einem anderen Land,* das er ihr geschenkt hat, begraben.«

Er senkte den Blick auf die Taschenuhr in seiner offenen Hand, bevor er die Finger fest darum schloss. »Seine Uhr hat sie mir vermacht.«

Danksagung

In einer heißen Sommernacht entstand zwischen zwei Auftragsarbeiten. Ich schrieb daran, wenn ich die Zeit dazu fand, und wenn ich keine Zeit hatte, bekam ich richtig Sehnsucht danach. Von meinen Geschäftspartnern wusste keiner etwas von dem Buch, bis es fertig war. Weil es so anders ist als alles, was ich in den vergangenen zwanzig Jahren geschrieben habe, reichte ich das Manuskript mit großem Lampenfieber ein, denn ich war unsicher, wie die Reaktionen ausfallen würden.

Für ihre sehr erfreulichen Rückmeldungen und die damit verbundenen Anstöße möchte ich folgenden Menschen danken: dem ersten Leser des Romans, meinem Mann Michael Brown; meiner Agentin Maria Carvainis, meiner Lektorin Marysue Rucci; den Verlegern Carolyn Reidy, David Rosenthal und Louise Burke; der stellvertretenden Verlagsleiterin Aileen Boyle; Publicity Director Tracey Guest; sowie der restlichen Belegschaft von Simon & Schuster und Pocket Books, die mit ihrer Energie und ihrem Enthusiasmus dafür gesorgt haben, dass dieses Buch veröffentlicht wurde.